名家散文自选集

散文就是向亲人谈心

红叶归处

查 干／著

民主与建设出版社

① 1959 年，参加工作时。

② 1991 年，与李凖在新疆。

③ 1992 年，与叶楠在布达佩斯。

④ 1998 年，在贵州娄山关。

⑤ 1999 年，随中国作家代表团访问台湾地区。

⑥ 2002 年，与从维熙、邵燕祥、轧拉嘎胡、陈忠实在布力亚特人家做客。

⑦ 2006 年，查干和夫人吕洁在郭尔罗斯草原。

2007 年在呼伦贝尔草原

写在前面的话

　　倾力散文写作，是近十几年的事。散文，是我老境下自我审视与内心对话的有效途径。诗歌写了一辈子，它是我灵魂的清洁剂，也是拐杖。假如没有它，人生路上的风风雨雨，坎坎坷坷，不知怎样闯过去。在人生路上，我有两盏灯，一盏是慈母的爱和教诲。它一直照亮着我的心灵世界，使我不至于迷路。另一盏，是诗歌，它照耀我的前路，使我不至于跌入深渊和陷阱。

　　感谢苦难。苦难使我懂得了人生，也使我头脑清醒。美德，源于苦难。苦难使人亲近良知，也使人勤于思考。我的散文写作，基于此。故乡，赋予我善的品格。它是我写作的动力和源头。一提笔，故乡的一切，便拥于笔下。人是自然之子。因为有了美好的山与水，我的人生，才有了色彩、欢乐以及哲思。山与水，是一切生物的摇篮，是娘亲。因而，我的笔下不可能不出现山与水。

　　在散文写作中，经常思考的，还有——生与死。拙作《红叶归处是秋风》《斑驳秋色箫声外》等多篇，皆是这一探索的结果。它们被全国几十个城市的几百所大中学校，作为范文、试题、美文所运用，被各级报刊、网站所转载，是我所料不及的。

我怕出书，怕在出版的同时成为废品。给国家，浪费铜钱与纸张。给读者和朋友，带去阅读的压力和负担。假如没有内子的勉力、辛勤选编和仔细校正，假如没有好友们的善意怂恿，这本散文集，或许殒于胎中。感谢，一切为这本散文集的面世，费心尽力的朋友们。感谢！

《红叶归处是秋风》，我归向何处？只有故土、文字与诗歌，还有良知吧。

2016年岁末　于北京

红叶归处

目录

第1辑·明月故乡

第 1 辑 · 明月故乡

炊烟起处是故乡

"鸡犬相闻，老死不相往来"，那不是我的故乡。我的故乡，是祥和而宁静的一方偏僻之地。富有富的时髦，贫有贫的味道。童年时，我的故乡穷，然有味道。味道在于她的宁静与祥和、与世无争和四邻和善的存世心态。就连晨间晚暮里，袅袅升起的炊烟，都有善的表述和情的高扬。村落与村落之间，相距较远，一般步行多半日，或更长时间才可抵达。但炊烟相招，就是一种报平安和互通信息的过程。村民的生活水准相差不多，基本达到温饱之境。

她居于深山老林之中，显得有些闭塞。外部世界，发生着什么事与之无关，正如《西游记》里所说"山中无甲子，寒尽不知年"。家家户户耕田养牧（半农半牧），靠老天的赐予吃饭。因此，少有非分之想生于心。偷盗抢掠之事极少发生。

因为大家都穷，就相互靠拢，彼此救济，抱团取暖，渐成一种社会风气。谁家有事，大家帮忙。譬如，谁家房舍雨中塌了，全村人齐伸手，十天半月，三间土屋就立在那里。唯一答谢方式是，请大家吃一顿饸饹面，喝几盅村里自酿的高粱白干。再敬一锅锅旱烟，了事。没有其他说价，平平常常、自自然然，连那些表面的客套话也都免了。而脸上流露的，只是憨态可掬的微笑和谦和质朴的腼腆。乡人从来不懂得奸诈、算计、巧取为何物。

初春，当自家新菜长成，第一口，不是自己吃，而是送与左邻右舍尝鲜。自家乳牛下了奶，往往分一些给他家的老人和儿童吃。这几乎成了村规，家家照做，而且心甘情愿。殡葬嫁娶，也是大家的事，绝无推托耍奸之事发生，这便是穷乡僻壤的味道。不仅能共苦，更可同甘。

乡人敬畏大自然，因为大家靠天吃饭。乡人信仰佛教，因为相信善有善报，恶有恶报这一说教。因而，家乡的阿拉坦山寺，一年四季总是香火不断，上山下山的香客络绎不绝。

家乡那时雨水充沛，雷雨频繁。雷劈之事常有发生，或动物或植物，一旦被殃及，人们便相信，那一定是被妖魔缠身，抑或做了什么缺德事，遭雷公斩杀了。也因为如斯，心怀不善者，雨天不敢出门。心坦荡者，大摇大摆雨中耕作。现在想来，这些现象十分有趣，也让人深思。信仰，或许是一种自律的神器，持有者，便可磊落光明，善始善终。因为信仰的实质是真、善、美。一个族群，假如没有了信仰，就没有了自律，便就成为洪水猛兽。不但殃及他人，最终也殃及自身。如今，众多贪官的纷纷落马，便灵验了这一因果关系。历来有，魔高一尺道高一丈之说。谁敢把百姓当作草芥，谁敢把国家当作唐僧肉，谁就自毁了前程。

故乡人大都没有文化，更不知老聃为何人？更没有读过他的《道德经》。然而，他们的一身操守，且贴近老子的教诲。老子与孔子的对话中，有这样一些表述："君子与人处，若冰释于水，与人共事，如童仆谦下。"为什么在一处偏远村落，有这样明道为人的修炼？或许，这便是人性中被遮蔽的光点，稍有擦拭，便可发光的缘故。

老聃还有些话，是对孔子讲的，也是对众生讲的："养生之道，在神静心清。神静心清者，洗内心之污垢也。心中之垢，一为物欲，一为知求。去欲去求，则心中坦然；心中坦然则动静自然。"正如老子所言，故乡人穷则穷，然而，少物欲心清明。所以动与静，皆为坦然。他们不急不火，安安静静，不为名利所困扰，就接近了智慧。这是所处的环境赋予他们的品行。他们的生活节拍，是舒缓的，所求也甚少，温饱便足。这符合民谚"财富，生不带来死不带去，用不着贪心占有"这一理念。不像如今一些人，贪得无厌，动辄鲸吞千百万百姓血汗钱，而毫无愧疚之心。他们，如斯敛财，究竟为了什么？要带到哪里去？一个"财"字，为什么成了他们的索命绞索？不能不使我们静神思考。

而如今，西方国家一些阔绰之人，则开始追求极简的生活方式，将无用之物一律弃之，抑或捐之。简而又简，一身轻松，不再囿己为金钱与物质的奴仆。如斯看来，有时候把富日子当作穷日子过，也是一种智慧和德行，就如我童年时代的故乡人。

那时的故乡人，的确"寒酸"，几间土屋，一道柴门，房前房后有块菜地，有猪窝、狗窝、鸡窝。而到了冬天，当寒风呼啸，白雪覆盖之时，故乡人在院墙外，围起厚厚的一层芦苇，挡风保暖。家里更有热炕以及火盆，不亦其乐融融乎？更重要的是，一切均为劳动所得。因而住得安心，吃得肚暖，睡得踏实。夜无梦魇所扰，日无烦心所困。

每当我从远方归去，远远看见缭缭又绕绕的故地炊烟，心里便感到暖融融的，脚下也陡然生风。只有故乡的炊烟，才有如斯强烈的感召力和亲和力。因为在那一缕缕炊烟下，有个叫"家"的地方，在等着你。有慈母一碗热腾腾的饸饹面，在等着你。对游子而言，这便是天堂。犹如民谚所说"金窝银窝，不如自家的狗窝"。何况那里还有，符合人生哲理的生存方式，在绵延着。前人陶渊明所心醉的"暖暖远人村，依依墟里烟。狗吠深巷中，鸡鸣桑树颠"的《归田园居》，也不过如斯耳。

故乡四月杏花开

　　故乡，离别多年。假使现在回去，定有儿童"笑问客从何处来"了。然而，梦境中浮现的仍是，童年时代的那个样子。山山水水、草草木木，在记忆深处仍清晰如昨，并不模糊。

　　譬如山杏花。

　　山杏，落叶乔木，叶卵圆形，花白色或粉色，单生，属蔷薇科。在我的家乡扎鲁特旗嘎亥吐村（现已成镇）的山野里，一般都在阴历三月末四月初开花。

　　花势极盛，犹如梦境，一夜间开满山野草地和阿拉坦山寺周围。晨光一照，半个天空皆是浮动着的粉红色气岚，袅袅娜娜，勾人魂魄。她淡雅，雅得让人安静，清明中彰显不可言状的妩媚。

　　山杏花，与南国杏花有所不同。不同在于家乡的山杏花是野生的，在寒风中独立，雪光中芬芳，野气十足而充满灵秀。在万千花木中，她醒得最早，可以状为"占尽春光第一枝"。

　　她花型不大，成五瓣，花根有紫红色的花托，紧紧托举花瓣，唯恐一松手离它而去似的。山风一荡，满野清香，似是从天外飘来的一股仙气。那清香，似有似无，浓淡相宜，绝无献媚夺魂之势。似一位纯真的乡野少女，心中溢荡的是自然之漪，本真之风。

一棵山杏树，抽很多枝杈，花朵一旦展开，霎时美成一片，一如云霞浮岚。

出得家门，往东边一望，山杏花的潮头，就出现在离家不远的山坡上，那一闭眼工夫就会冲到家门口的架势，使人觉着暖暖的，美美的。那时的家乡人，大多敬畏自然，不太敢"与天斗，与地斗"恣意挥霍大自然赐予我们的那一福分。有时也刨来杏树疙瘩烧火，但毕竟不常有。

当山杏花热闹起来的时候，野地村落立马就光彩起来，似被笼罩在一片霞光里。这时候，家家户户都打开窗棂，来迎接这一汪芬芳喜气。

唐代王维有诗："屋上春鸠鸣，村边杏花白"，也是这般情景，只不过没有我们这般的野气荡漾，香韵诱山罢了。

我的姐姐，那时候也不过十几岁的样子，长得俊，瘦削，两眼明亮而有神，性格开朗，颇具歌唱天赋。她极喜爱杏花，总是采来一些，插在水罐子里，不时地贪看，有时与花说悄悄话："妹妹们，你们可得挺得住啊，别给我早早地睡着了。给姐姐笑一笑啊……"

有一次，母亲悄声对我说："你姐姐前生不一定也是杏花呢，她笑起来多像一朵绽放中的杏花呀，站在杏花丛里，人就没了，变成杏花了。"从那以后，走到哪里，一旦见到杏花，就想起我远在天国的姐姐。我曾经写过一首缅怀她的诗：《杏花仙子》。中有这样几句："母亲流泪说/是百花仙子/把你带到天国去了/可是天国又有什么好的呢？/难道还有我们故乡山野的/粗犷和自在吗？/哦，姐姐/ 母亲蓝色的炊烟已经升起/顺它降下/就是我们的家……"

家乡的山杏树，一般都在三四米以上的个头儿，显得高挑又苗壮，一棵挨着一棵，是抱团的一群。它和蜡梅一样，也是先花后叶，千姿百态的虬枝，枝枝昂扬向上，像是淘气好动的野孩子，虔诚地举起手中的花瓣，毫不含糊地向四野招摇。

除了我的家乡嘎亥吐村以外，相邻的乌力吉穆仁苏木和查布嘎吐苏木等地，都有一大片一大片连绵不断的野生山杏林在生长。我走北闯南，见过很多杏树林，可是像我们扎鲁特草原上如此规模的山杏林还没见到过。

那年出访波兰，被邀到一位著名艺术家的美丽庄园做客，主人自豪地说，他的庄园周围少说有8平方公里的杏树林，盛花时期蔚为壮观，为世不多见。听到这里，我哑然失笑。不过，也有情可原，他老兄没有见过我的家乡扎鲁特草原上的山杏林，是何等的一望无际？何等的连绵不断。

　　家乡的山杏花，生也旷野，败也旷野。初春时节，它顶着凛冽的寒风，一夜间开遍草地和山岗，自甘寂寞地站在那里，不求名不求贵，自自然然朴朴实实地完成着上苍给予它的那一分职能。这与我家乡亲人那种勤劳质朴本分的天性十分相似。

　　我疑心，家乡的山杏花，在远古时代，是否与蜡梅同一族群，勿论它的花苞和花瓣，都与蜡梅有相似之处。连它的脾性和寂寞处世的特征，都使我产生错觉。

　　它与樱花，也有相似的地方。花瓣单薄色彩淡雅，花期短而落红自然。然而，我还是偏爱我家乡的山杏花，偏爱它的野性和不事献媚的处世风格。它盛开，不是为了招蜂引蝶，不是为了摆出一分自怨自艾的样子，来引众注目，讨得一些怜香惜玉的长吁短叹。

　　它开花，是为了结果。

　　它的果实味苦而性善，治病又养人。杏核油是一种十分珍贵的食用油。杏子油拌黄瓜是我百吃不厌的美食。杏仁不仅养人，家乡人说，连小松鼠和飞禽都得到了它的滋养，充满了活力，延年又益寿。

　　"小楼一夜听春雨，深巷明朝卖杏花。"（宋代陆游）他那里春暖，杏花盛开之夜，还有细雨来滋润。而我的家乡，只有纷纷扬扬的雪花，来陪衬这一山狂放的山杏花了。细细观察就会发现，六瓣雪花落在五瓣山杏花花瓣之上，叠出一个美丽的图案，然后雪花与杏花融为一体，犹如久别重逢的姐妹，相拥在一起。

在与雪相伴这一点脾性上，山杏花与蜡梅十分相似。踏雪寻梅，自古盛之，早已成为文人骚客们的风雅之事。似乎没有雪，寻梅就少了一点什么？家乡的山杏花，则自开自败，少有骚客前来光顾。踏雪去寻山杏花，古代没有，现在有没有？不得而知。心中生出些许不平。

前几天，梦里出现家乡的山杏花。而且它来到了北京香山的斜坡上，很使我惊愕。它以陌生的眼光看着我，且有些寂寥的样子。离井别乡，它来这里干什么呢？难道是来闯天下的吗？打工生活何等辛苦，她有这个承受力吗？在忧心忡忡之中，梦醒了，额头出了很多的汗，湿漉漉的。这一拟人化的梦境使我坐卧不安，促使我走向山野。

恰好此刻有消息说，颐和园东北角乐农轩前的蜡梅开了，就与内子匆匆前往，想补去梦中的缺憾。此处，寒气很重，树下雪还睡着，树影斑驳中的乐农轩，衣衫褴褛地站在那里，像一位扛犁待耕的老农。轩前几株蜡梅，正含苞待放，使人心生些许愁绪。因为梦里萦绕的家乡的山杏花，使我心神不宁。

啊，家乡的山杏花，别来无恙？

胡鲁斯台淖尔苇花如雪

　　家乡有苇湖，规模可观，风来摆动出一片风景。我们称其为胡鲁斯台淖尔。胡鲁斯，蒙古语：芦苇。淖尔：湖泊。那时的家乡，生态环境可圈可点，不仅有河水精神着，有湿地兴旺着，还有星罗棋布的水泡子，镶嵌在那里。说泡子，面积都还不小。水生植物，到处游动，而且葳蕤。其中胡鲁斯（芦苇），是我最喜爱的一种禾草。一打春，它便急着往上蹿，头尖尖的，像箭镞。由浅黄变浓绿，似乎是在一夜之间的事，有点魔幻意味。

　　家乡芦苇性格粗犷，一般都能长到两至三米高的样子，比筷子还粗一些。当它长到一米多高的时候，长脖子老等就来拧苇做巢。它们把芦苇的上端，艺术地拢织到一起，弄成凹形，再衔来些软干草、羽毛之类，铺在里边，苇巢便大功告成。之后，随芦苇长势，巢也升高。这样的时候，童年的我们只能仰视，却看不清巢中的鸟蛋，心里就发痒。跑到高地远眺：呀，那蛋真大，发青蓝色，还发一些微弱的光。风吹苇<u>丛</u>，鸟巢也动。但鸟蛋却纹丝不动，不知施了什么魔法？

此禽，不仅脖子长，腿也长。羽毛洁白，洁白到了极致。查过资料看，说是苍鹭。它起飞时，慢腾腾，不慌不忙，有股绅士风度。双翼颀长，扇动时格外给力。在浓绿的苇丛中，这里那里地落着，像初开的白玉兰。画面感极强，也生动。苍鹭凭此安身，该是它的摇篮了吧？

芦苇入诗也入画，自古有之。最早见于《诗经·秦风·蒹葭》里："蒹葭苍苍，白露为霜。所谓伊人，在水一方……"。蒹葭，即芦苇。而芦苇被人曲解，始于明代大学问家解缙的一副对联："墙上芦苇，头重脚轻根底浅，山间竹笋，嘴尖皮厚腹中空。"从此，这两种无辜植物，便成为轻薄、空洞、无知的代名词。愚揣度，当解老夫子，骨鲠在喉，不吐不快之时，倒霉的芦苇和竹笋，正好走入了他的视野，便被顺手牵来替用之。在华文词语里，这种误读，到处可见。其中有动物，也有植物。这种偏见，或许出于人的傲慢与无知，人是自我意识极强的动物。经过岁月沉淀，很多东西早已真相大白，然而，习惯性的用法，仍继续延伸。芦苇，就是一例。民间也有"墙上芦苇腹中空"之说。一个"空"字，把个芦苇判为异类。其实说空，它并非空。其间，定然有生命之氧和营养液在流动。何况，空有空的道理。我以为，芦苇的空，与血管的空，没有什么本质上的差别。只是人们，亲此疏彼而已。

芦苇，是多年水生或湿生之禾草。生长于沟渠边、河堤旁、沼与泽之中，是依水而生之物。对于人类而言，芦苇算是功臣。自古至今，芦苇为人类所造的福，恐怕一言两语，是说不尽的。芦叶、芦花、芦茎、芦根、芦笋，无一不入药。芦根与芦茎，可造纸和生物制剂。芦茎编织的工艺品和生活制品，是农家之爱。这样说来，芦苇浑身是宝，怎可以一个"空"字就打发了它？何况，所谓头重脚轻根底浅，只是视觉上的偏差而已，并非如实。假如它，真的头重脚轻根底也浅的话，在水流和风涛中，能自然屹立经久不倒吗？尤其它的根底，我挖过，并非浅，而且把泥土抓得牢牢的。解老夫子，仅一次信口开河，竟使它蒙羞至今，令人扼腕。如斯说来，历史还有一个重要任务需要来完成——即是纠偏。无论它是人或物，一旦蒙冤，就为之昭雪，这是磊落光明的标志。

在童年的家乡，芦苇是常见植物。比较集中的，就属胡鲁斯台淖尔这一处。春夏季节，浓绿若盖，浩荡一片。尤其那微风中的千层摆动，真是婀娜到了极致。秋冬季节，家乡的芦花，色若初降的白雪，在阳光照射下显得仙气十足。一旦风起，无垠的苇波，推波助澜，浩然荡远。尤其令人感谓的是，当芦叶枯萎落尽之时，芦杆依然挺立不倒，撑得芦花昂扬如旗，激活四野。给人的感觉，何止是悲壮？

在芦苇的旺盛期，飞禽、昆虫以及蛙类，都得益于它的庇护与滋养。尤其在宁静的月明之夜，此起彼伏的空空蛙声，给人的感悟是温馨的，美妙的，可感的。它使你不由联想，婴儿求乳时的嘤嘤之声。这或许就是闻者无心，鸣者有意的缘故吧？

对于穷乡僻壤的贫寒人家而言，芦苇无疑是可亲之物。首先说，火炕上所铺的席子。就是用芦苇，编织而成的。我的母亲，就是一位编织能手。而且能编织出极美的图案来。我是母亲得力的助手，一教便会。

母亲也说，芦苇这种野草，颇通人性。你怎么想，它就怎么来，顺手又顺心。当然，这可能只属于操作者在操作过程中才会有的切身体会吧？一般情况下，芦苇割下来之后，立即刨开，就比较容易编织。时日一长，则需要用水泡软。具体做法是：将泡软的芦苇，用薄刀片划开一面，然后用尺把长的木棍，压住一头，往回拉，将其压扁拉长。而后搭在墙上或绳子上，备用。母亲用它编织席子，真是得心应手，速度也快。一张炕席，用不了两天，便编织完成，还不误做饭、烧水、喂猪之类家务活儿。编织毕，需要晾干，用旧布块擦拭干净，便可铺炕。那时的我们，压根儿不知，世上还有铺褥子之说。我们都是光着身子，直接睡在席子上边的。而新鲜芦苇，那沁人心脾的清香，唯梦中才可独享。它无毒，不伤皮肤，也不觉得硌身。感觉硌身，是富贵人家的事。

除此之外，在冬日彻骨的寒风中，芦苇还能为我们抵挡风雪，胜似暖衣或者棉被。在秋末冬初之时，将割来的芦苇，捆成一人粗的捆子，一捆紧挨一捆地埋入房子外围挖开的坑道里，再用红柳条将它们绑定，暖围子便就成了。再凛冽的风雪，也吹不透它。下雪之后，将雪堆在围子后边，又多了一层屏障。如斯，不但家里暖和，连院子里的牛马羊，猪狗鸡，都不会受寒冷的侵袭，就可以暖暖地过冬了。

据此种种，童年的我，就把芦苇看作是一种可亲近之物。有一层发小般的亲密感，浸于其中。之后，在几十年的漂泊岁月中，无论走到哪里，每当看到芦苇，就像见到了久违的乡亲，心就发热。这种感觉，使我一次又一次强烈地思念起故乡和母亲来。

有人研究称人与物之间，有一种神秘的交流常会发生。我相信此说。当然，这一定与一个人的存在意识有关；与他亲近自然，领悟自然的悟性有关。

勒勒车与风中芦花

　　勒勒车与风中芦花，风马牛不相干，是完全不同的两种事物。但在我的思维里，它们却同时出现，并相融相衬，形成一种凄美画面，令我唏嘘不已。

　　起因是：今晨走进公园晨练，那一片湖边芦花，依旧站在冬日风里，轻轻地前后摇摆，显得些许凄清。芦叶已枯萎，芦秆虽坚挺，但还是瘦了不少。世间一切事物中，凡坚持到最后的，总给人以悲壮之感。不错，满园草木皆已凋零，唯它坚持不倒，守住生命之顽强与坚韧。我凝目而视，浮想联翩——

　　猛然，在我的心屏上，清晰地出现了一辆老旧的勒勒车，以及牵动它的那一头老黄牛。车辕上驾车的那位老额吉，额手而坐，若有所思。风中的白发，飘动如晚秋的芦花。年代已经十分遥远，在我心里，人即佛，佛即人，早已合二而一了，她，就是我的母亲。我觉得在高高蓝天里，她仍驾着那辆勒勒车，俯视着我，俯视着草原。仿佛还在去额吉盐湖拉盐的路上。这是岁月遗留的蒙太奇镜头，在我的记忆里，又一次复活。

在我的童年，蒙古高原上的人们，吃的大都是额吉淖尔的大粒儿青盐。时隔一段时间，家家户户，都去那里拉盐，大概一年一次的样子。那是生命之需，如同食粮。人，一旦吃不到盐，浑身就乏力，没有食欲，身上也长起绒绒的细毛。现代医学，谈盐色变，我总是心怀疑问，其中是否有误判？连野兽，都需要舔硝，不然就抗不住风雪严寒，和长时间的煎熬。

额吉淖尔盐湖，离家乡其实并不远。但赶着勒勒车去，则要走好几天的路程。一般都秋末冬首去，为什么如斯，我至今没弄明白。或许在这个季节，盐比较好采的缘故？在这个季节里，一路有芦花在那里飘。那时，家乡一带湿地多，水泡子到处可见。那时的芦花，个头大且又白，白如雪。在阳光照射下，尤其妩媚。母亲喜欢芦花，但看它的眼神是凄婉的。当时，母亲心里究竟想着一些什么？不好猜测。有时，她把芦花插在头发上，轻轻地哼起古老民歌：《天上的风》。那时她还是一头青丝的中年人，有一两根白发藏于其间，并不显眼。所以，也没有把芦花，和她的头发联系在一起想。那时，父亲已离世有年，我们六个孩子，全凭她一个人来拉扯。在我幼小的心灵里，她就是我们家的观世音菩萨。尤其是她，驾着那辆老旧的勒勒车，轻轻鞭打那头老黄牛，在草原上行驶时的印象尤为特别。觉得救苦救难的佛，就是这个模样。

那辆勒勒车，和那头老黄牛，是我们家的全部财产，也是命根。母亲有时会唱一些自编的歌来，给它们听，音律中充满了感激之情。仿佛它们是知音。于是，它们的形象就深深地刻在了我的心里。勒勒车、老黄牛、芦花，最易撩动我敏感神经的原因，由此而来。年迈之后，人变得脆弱，不知为什么，每想到它们，眼睛便有些潮湿。

不错，在古老的蒙古高原，勒勒车是功臣。就像蒙古包、牛马驼羊以及牧羊犬一样。勒勒车，在所有的交通运输工具里，是最为古老的一种，就像蒙古包是在所有建筑形式里，最为简易最为古老的形式一样。在现代人看来，它们原始得不可思议。然而它们，离大地最近，离人心最近，又是与大自然最为合拍的一种存在。

要说勒勒车，一言两语，是说不清道不明的。它跟随古老的蒙古族群，存在了许多个世纪。它有很多别称：哈尔沁车、罗罗车、牛牛车、辘辘车等等。它是蒙古民族，历代使用的交通工具，传统得就如自己的手脚。通常，以桦木制作。因为桦木生长于草原的山岳地带，是因地制宜，可采伐之物。勒勒车，双轮较高，也大，车身却小。适于在深草地带和雪地里行驶。一般由牛来牵动，有时也用驼和马。必要时，一人可驾三到十辆勒勒车。有人戏称它为草原列车，或草原之舟。在辽阔的草原上，它们星星点点地在行驶，缓慢、安静、吱吱嘎嘎地在丈量着母亲的草地。就像初生的婴儿，悠然地爬动在慈母宽大的胸脯上一样。在它们行驶的时候，由绿草、野花、百灵鸟，以及洁净的雪，相伴于左右。给人的感觉，往往是在读着一篇悠远的童话。车轮碾过，野草依然蓬勃生长。不像汽车轮子，把草根都碾成泥，不可再活。勒勒车，是最适于草原生态的一种原始交通工具。它的节奏，就是大地的节奏，也是灵魂的节奏。灵魂，原本是喜静而慢的节奏的。现在看来，最原始的倒显得合理、仁义和安谧。也因为如斯，如今很多西方富贵之人，毅然抛弃富华，过起质朴简易的生活来。这或许就是，人的自然属性所决定的。因为世间万物，都是大自然所生。无论如何进化，是不会有质的改变的。我总是觉得进化，有时也会产生负面效应。

譬如一个人，坐在勒勒车上，悠悠丈量草原时，灵魂就会显得安静，呼吸就会感到舒畅，思维也显得不狂不躁。只有如斯，才可以充分享受大自然赋予的一切美好。这时，辽阔、空静、清新、自在、和谐、宽容，才都属于你。这时的人，才算做自然之人。因为心里，没有太多欲念的干扰。在蒙古高原的静夜里，在奶色的月光下，蒙古包就像一只白鹤，安静的平卧在绿草丛之中。仿佛在做它飞翔的梦。而勒勒车，则与之相携相伴，像一幅剪影似的存在着。牧羊犬卧在轮边，似睡又醒，像警戒中的卫士。这样的时候，只有草香、花香、奶茶香，进得了你的梦乡，别无他扰。这便是原始之美，是人类真正的灵魂所需之态。因为一切人造之美，都不具备自然之美和灵之美，是与"道法自然"相悖逆的。

岭树何悲风

A

村北有岭，叫红树岭。家乡人称它为乌兰达巴。所谓红树即是五角红枫，秋天叶红，因而得名。岭高千丈，岭头单单长一棵巨型大树——黑山榆。茫茫苍苍的，不知高龄几何？它挺立在一处石壁上，可望而不可即。从低处仰望，足有大水缸那么粗。威风凛凛且母性十足。怎么讲？原来，树的顶端藏有一处鹰宅（即巢），岁岁年年，总有山鹰生活在那里。父亲讲，他进山时才十几岁，几十个春秋过去，鹰宅依然，总有大小山鹰，飞起飞落，那是它们的家族领地。

家乡人有些惧鹰，因为它一俯冲下来，一只雏鸡就被叼走了。然而，红岭上的鹰家族，从不来叼本村的小鸡。以邻为安，怕是它们的家规和情致吧？村里人，也从来不去琢磨它们，把它们看作本村成员。有的老人说他们是本村的守护神。

村里人大大小小，都认得它们，男的体积比女的小，头及前身发黑灰色，有白色眉斑，下体白色。叫声粗粝且威猛，极护家，对小鹰总是呵护有加，胜于女鹰。女的，上体及翼发灰褐色，眉纹白而杂以褐纹，下体白色，体下有纵斑。她，爱美，闲时，总爱以尖喙梳理羽毛，有些粗心，有时小鹰掉地才急急忙忙叼上来。男鹰不高兴，就啄她，她也知趣，从不还喙。如斯，男鹰名声比女鹰好。村里女人，总以男鹰来说事，说它是模范丈夫又是慈父。

村里人，不愿辨以它们雄与雌，而辨以男与女。不然好像不够亲昵似的。有时，天气晴朗，又有几片羊脂云在天空挪动，鹰男女就带领它们全家，翱翔嬉戏，旋飞于村子上空。像是慰问演出，展示它们高超舞技。飞姿优美，飘飘欲仙，有时停在空中，犹如风筝。我们这些顽童就大声地呼唤："伊勒伊勒下来！逮住蚂蚱给你吃！"伊勒，即鹰。伊勒也喜欢小孩，有时低空飞翔，逗我们高兴。现在想来，人与动物之间，其实距离并不遥远。只要怀有仁爱之心，一切都不在陌路。

B

有资料说，世界上鹰的种类很多。我国就有苍鹰、雀鹰、赤腹鹰三种。我们这里的，就是苍鹰。家乡人称山鹰或者老鹰。当我初读鹰重生的资料感慨万分，甚以佩然，对鹰的认知，就不仅仅限于凶猛和强悍了。资料称，鹰可以活到70岁，与人的寿命相仿。当它活到40岁的时候，将面临一次生死抉择。要么等死，要么重生。重生的过程，极痛苦又惊心动魄，令人感慨万千。

鹰到了40岁，利爪开始老化僵化，难以捕捉猎物。喙也变得又长又弯，直至胸脯，进食艰难。翅膀也会老化，羽毛变得密而厚重，难以自如飞翔。如斯，只有走重生这条路，才能延续寿命，重燃活力。

过程是：首先，它要独自飞到高耸的山顶，在粗糙的岩石上用力摩擦老喙，一次又一次，一次又一次。直至把老喙全部磨掉。期间不能进食，也不能护理羽毛。只凭体内有限的能量，来维持生命。三个月之后新喙慢慢长成。而后用新喙，去将老化的趾甲层层拔掉，直至鲜血淋淋。待新的趾甲慢慢长出来之后，又用它去拔掉多余的羽毛，一根又一根。如斯，重生便完成了。生命里程，又自然延续30年。有些像神话故事。

果真如斯，鹰，应属于天物。它勇以极端痛苦，换取重生，可见他的刚烈与韧性何其了得。动物界（包括人类），哪个可以与之比肩？其实，这也是一次涅槃的过程。可谓之鹰之涅槃。鹰，重生的过程，对人生应该有所启迪和鼓舞。

鹰也重情感。甚或，舍身殉情。家乡那只男鹰之死，可以说让人撕心裂肺，不敢回想。

C

那一年初夏，小鹰三只已出生。羽毛柔软而发灰白色，个个活泼可爱，天使一般。有一天，女鹰回巢喂食毕，与小鹰亲昵一番，便进入了梦境，母爱笼盖在整个鹰宅。

遽然一声枪响，半边鹰宅瞬间坍塌，女鹰和小鹰全部中散弹（无数小铁球），命殒高树。是一位外乡人，路过红树岭，看见鹰宅和睡梦中的鹰，歹心突发，举起火枪，扣动了扳机。田野里的农人，听见枪响，迅即跑来，也为时已晚。看见坍塌的鹰宅，和鲜血淋淋的鹰，人们的眼睛刹时潮红，摁倒歹人一顿暴打。那人跪地求饶，将枪一摔两截，踉跄上马，一溜烟儿跑了。

村里人，将四只鹰用青草裹住，安放岩石上，等待猎物的男鹰归来。我们这一群顽童却个个泪流满面，朝歹人消失的方向，大声地诅咒：呜喝！呜喝！去死吧！去死吧！……后来发现那只男鹰，孤独地落于高岩，一动不动，犹如一尊雕塑。一连几天不再起飞。再后来发现，他已撞石壁而殁，双翅无力地展开来，像是远飞的样子。死得英烈，而又悲惨。与我们相邻几十载的鹰家族于是销声匿迹，再也看不到他们翔于村空的美丽舞姿，再也听不到他们散于长空的空空鹰喉。我用"他"，而不用它来称鹰，是因为家乡那一家消隐的鹰，在我心里一直是我们村里的成员，而非仅仅是野禽的缘故。

之后的日子里，那一株慈父般的老山榆，有风无风，总也萧萧不止。其声凄厉，其枝摇摇，树干上常有水滴出现。村里人说，那一定是相思泪，为它逝去的鹰孩们流下的。我愿信此说，因为世间万物不但有生命，更有情感。多么恬静、多么和谐、多么生动有趣的，天人合一的场景啊，怎么一瞬间就消失了呢？没有仁爱之心的世界是黑暗的；没有仁爱之心的人，是可恶的、可恨的、可悲的。世界，会因为他们的存在而暗淡无光，甚或支离破碎。

后来，每当春秋季节，家乡多起小股旋风。尤其在红树岭下，旋风说起就起，走走停停，寻寻觅觅，怀有满腹心事的样子。更叫人惆怅的是，常有一小群大大小小的旋风，旋过村子，直奔那一株老山榆。旋至树下，就不见了踪影。村里人说，那一定是鹰家族，前来探访老山榆和他们曾经的温暖老宅。我也信此说，因为我也相信，灵魂的存在。

岭树何悲风？悲在聚与散，悲在美好事物的瞬间消失。愿在另一世界的鹰孩们，再不遇暗算与杀戮！常有太平盛世，慰以他们！

梦里奶茶又飘香

游子远离故乡，就易生乡愁。梦见故乡哪怕是一缕炊烟，也会动容也会两眼满含泪水。离别的时间越长，乡愁就越加浓郁。犹如醇酿，一饮便醉。

我的故乡，在马鸣惊月的蒙古高原。蒙古高原上的辽阔草原，有它独特的品格与风光。风是清爽的，含有雪的品质。云是洁白的，间有羊群的缩影。草，翠绿而鲜嫩，散发乳汁的香味。犬吠传得很高，也很远。在夜深里给人的感觉，仿佛它是从星星那里传来的。

天似穹庐，笼盖四野，是说它的辽阔和苍茫。目力所及，天地相连，只有水蒸气的绰绰远影，才能衬托出它的苍茫轮廓。

人在童年，对故乡的一切，一般都是熟而无睹，睹而无心。因为近在咫尺，不怎么放在心上。然而，一旦远离，就会有撕心裂肺的思念和追怀在心头波动。

譬如，我对飘香的奶茶。

奶茶，是草原人的生命之茶，一时也离不开它。蒙古女人，早晨起来第一件事是放牛犊吮母乳，而后开始挤奶。挤奶完毕，接着就是熬制奶茶。茶是老青砖，奶是刚刚挤来的鲜奶。

老青砖，在茶的分类里属于黑茶（也有红茶）又叫边销茶。是由比较老的茶梗和茶叶茎，发酵压块而成，茶叶里属于差品。但是它有消解油腻、促进消化的功效，所以比较适合常用肉食的草原牧区。一般青砖奶茶，采取用锅熬制的方法：用纱布将茶包紧，放入锅内，煮。当茶色变黑红之后，捞出，再加盐、奶。饮用时再加炒米、黄油即可。期间，主妇用小碗口大的铜勺，不断地沸扬，大概用五到十分钟时间。动作具有节奏感，很美。不轻亦不重，不溅出水花，就像跳水运动员鱼贯入水。一直到茶乳交融，飘出浓浓的乳茶香味为止。那种香味，是十分诱人的，是很特别的那一种。本来水、米、盐、茶、黄油，各有各的香味。它们有机地溶合在一起，所散发出来的就是奇香或者说天香了。

奶茶，是牧人至爱。所以有"宁可三日无粮，不可一日无茶"之说。

想来草原品饮奶茶者，最好选择八月。你可以端坐在蒙古包里，就着油炸果子、奶豆腐，再放一些纯正的奶皮在茶碗里，或削几片手扒肉慢慢地嚼。如斯，你就是真正的草原人了。一边喝着奶茶，一边从包房门里望过去，包门外是一望无际的绿草地，一直延伸到天地相合之处。而广布在这里那里的牛群和羊群，像是镶嵌在绿色毡毯上的活动图案，别具一番意韵在。

小牛犊长长的拴绳下，长着各样的野草花，逗得小牛犊忘情地哞叫。硕大的牧羊犬（草原獒），安静地卧在羊圈边，不忘放飞警惕的瞭望。它是牧人最可信赖的朋友。一只牧羊犬，不弃不离地为主人家终生守护，是司空见惯的事。从没有听说过，谁家牧羊犬，离家出走而不归的。我观察过它们在夜里的行为，可以肯定，没有一只沉沉入睡而失去了防备心的。也就是说，它们是在半睡半醒状态中熬过一夜又一夜。只有闻到女主人的奶茶开始飘香，才放心大胆地昏昏入睡。像一位星夜带刀的卫士，换岗之后才抱刀而寐一样。

奶茶飘香，在草原上是再普通不过的生活内容，谁也不把它当一回事。然而，当你远离家乡，闻不到那种与生俱来的香味时，你就会感觉到心里的惶惶然。而后，茫然地去追索那个场景，点击出最有典型意义的那一段来，反复放映于心灵的屏幕之上。这就叫甜蜜的乡愁。关于奶茶飘香的往事，我有两段记忆可与诸君述说：

第一件事，发生在北国边陲的杜尔伯特草原。那时，北国边陲不大安宁，常有擦枪走火事件发生。我被派去一个边防连队采风，因为时间已晚，就先住进一户牧人家里。家里的老额吉，一头白发，满脸慈祥，待我就像远归的儿子。对我笑着，话语间总带有霍若嘿，霍若嘿的感叹词。（蒙古语，可怜的意思。）这只是一种语气，其中含有亲昵怜悯之意。

骑一天的马，浑身骨头散了架似的，刚到掌灯时分，我倒头便睡。在夜深里，我遽然被一股浓浓的奶茶香熏醒。以为天已大亮，一骨碌翻身坐起，睁眼一看，炉火燃烧得正旺，一锅的奶茶在那里沸着，额吉不断地用铜勺在沸扬，一心专注别无他顾。在朦胧的炉火微光下，我猛然觉得她就是菩萨。眉宇间含有无尽的慈悲，和些许的不安。

我轻声问额吉，半夜里为谁在煮茶？她唉了一声说，霍若嘿，夜这么寒冷，雪这么大，孩子们不知走到了哪里？该回来喝一口热茶，暖暖身子的时候了呀！噢，她说的孩子们，一定是指雪夜巡逻的那些边防战士无疑。我猛然醒悟。稍顷，她放下手中的铜勺，摁着膝盖骨缓慢地站起来，出得包门去，往北方搭手瞭望。显然，她眉宇间的不安，被风雪不断地扩大着。

是的，她就是我们草原上的菩萨。

后来，我写了短诗一首（1972年11月）《奶茶飘香》，大概发表在1973年的《内蒙古日报》上。青年画家胡钧先生配有一图：一顶蒙古包在风雪中独立，套那里升起一股青色炊烟，包门里透出的菊黄色灯光，显得十分微弱。一位老额吉，着一身紫檀色蒙古袍，左手扣着扣口，右手搭凉远眺，一条牧羊犬，仰起脖子看着主人。它，似乎读到了主人心中的不安和期待。

嗣后就有，飘香的奶茶，乳香飘之类的文字，频频出现。朋友们调侃，说我是打造"奶茶飘香"一词的第一人。对此我不敢据为独有。然而，这首诗，产生了一些比较广泛的社会影响倒是不假。

另一件发生在1963年的初秋。那一年，我和我们旗人委办公室的几个同事，被下放到四子王旗红格尔公社白音乌拉大队劳动锻炼一年，这是那个年代施行的干部参加劳动锻炼的一种制度，一年一轮换。

白音红格尔草原宁静如梦，秋风如期而至。生产大队要我们到一个冬营盘，搭板打墙，打出一个羊圈来。那是一种极重的体力活儿，先是架起一个二尺宽三米长的木板架子，再起土添于空当里，而后用木制的榔头，将半干半湿的散土，严严夯实尽。而后，一节一节往上再加高，加到羊跳不出羊圈的高度为止。

劳动一天，我们感到精疲力竭浑身乏力，一到晚上躺下就着，直至第二天清晨。连梦，都顾不得去做。

在这个冬营盘上留守的，只有一位老额吉以及她的一头乳牛和小牛犊，还有一只牧羊犬。队里人，都称她为多贵玛额吉。记得开工的第一天，我们干到上午十点，已经大汗淋漓，口干舌燥，躺在草地上歇息，顷刻间就睡着了。忽然听到有人在轻声轻语地呼唤我们：孩子们醒醒，起来喝一口奶茶，吃点奶食，霍若嘿霍若嘿，都累成酷阳下的沙葱了。

一看，是额吉给我们提来刚刚熬制的一铜壶奶茶，还有奶食和炸面点。她把镶银边的精制木碗一一摆在我们面前，开始给我们倒奶茶。微风吹拂着它银色的长发，使我想起风中飘动的一丛白草。一股浓浓的奶茶香，冲开我们鼻翼，冲进肺腑，甚至浸入骨头以及灵魂，使我们的心灵，在顷刻里，得以抚慰和滋润起来。我们喝了一碗又一碗，顾不得说一声谢。额吉坐在我们对面，慈祥地静静地笑着，看我们痛饮奶茶。她身边的牧羊犬尼斯嘎（飞犬之意），吐着长长的舌头，也在友好地盯着我们。此情此景，犹如一幅《慈悲菩萨救生图》，永远地铭刻在了我的心中。那一股奶茶香，也总是飘浮在我深深的记忆里。

秋风拂原草，明月照高原。这般慈悲的人间正剧，大概只有在这样一个辽阔静谧的绿色草地上，才适合上演的吧？在以后的日子里，每天的上下午，额吉热腾腾的奶茶，都如期飘香于我们的工地上。一直飘到施工结束，我们离开。

如今，五十余年岁月烟水般飘散。而额吉那一壶奶茶香，却没有飘散。在我沉湎的记忆和久远的梦境里，一直在飘，在飘……

梦中马嘶何处达

昨夜梦中，闻到一声熟悉而久违的马嘶，大喊一声——我的雪驹，就把自己喊醒了。妻子急问："怎么了？"我说，我的雪驹在楼下叫我呢。她说，还没醒过来呀？都哪辈子的事了，还说在楼下叫你呢？醒醒，喝一口水，开窗看看，哪有你的雪驹？

果真，楼外只有明月一轮停在半空，银辉洒满古城，显得一片空静。楼下花园里的那株雪松，在风中稍作摆动，好像在挥手安慰我："莫心伤，既然它梦中出现，就说明它也记着你呢。"

那是在20世纪60年代初，我供职于内蒙古四子王旗人委办公室。那个年代，干部下牧区是常有的事。交通工具只有马匹。全旗只有两辆半旧不新的嘎斯吉普车，分别由旗委书记和旗长乘坐。更无长途公交，连自行车都是稀罕物。旗里有一座马号（马厩），专供干部下乡骑用的马匹，都由那里饲养。基本上一人配一匹马，下乡的时候去牵就是。我的坐骑是一匹白马，白如雪，精神，线条清晰，四条腿匀称而细长，是走马，走起来像流水。在鞍上，碗里的酒都不往外溢。它通人性，重情谊，我们相处得像兄弟或者战友一般亲密。如果它现在还在，拿宝马车来换，我都不干。因为它懂感情，懂理数，不张狂。

平时在机关里，隔三岔五我都要去看它。理理鬃毛，梳梳马背，说说话。当然是我说它听，它能听懂我的话，表达方式是，将双耳立起来或往后移。有时它知道我心有感伤，就用头来触碰我，或咴咴地嘶鸣两声。在草原上行驶，我有绝对的安全感，也不寂寞。时常，我给它唱长调，它以流水般的小跑，回报予我。有时我在鞍上睡着了，它就轻轻地走。假如身子歪了，它就停下来并喷鼻，以提醒我有掉下去的危险。

蒙古民族历来有爱马、惜马的传统。马和牧羊犬是蒙古人的亲密朋友。昨天（2014年8月22日），中国国家主席习近平和夫人，访问蒙古国时，蒙方赠送两匹豹花白骏马，属于国宝级礼物。可见情之深，意之切。按照礼数，习主席将两条蓝色哈达，分别给那两匹骏马系上。此情此景，很让人动容。

自从入城，长时间听不到马嘶和犬吠，心里就觉得空空的，仿佛失去了一些什么。有关马的民歌和诗作以及有关马匹的动人故事，在草原上到处流传。蒙古人对马和牧羊犬的感情，是长在骨子里的。没有马的草原，就像没有灵物的荒漠。

据有关资料称，家马是由野马驯化而来的。中国是最早开始驯化马匹的国家之一。蒙古高原尤为早。从黄河下游的山东以及江苏等地的大汶口文化时期及仰韶文化时期遗址的遗物中，都证明距今六千年左右的几个野马变种，已被驯化为家畜。但马的驯化，晚于狗和牛。自古至今，马匹入诗数不胜数。可见马匹陪伴人类，已经走出多么遥远的路。马乃古代人类生活中，密不可分的一部分。请读一下诗句：

"春风得意马蹄疾，一日看尽长安花。"（孟郊《登第》）在这里，春风得意是因为马蹄疾。春风和马蹄，已不分彼此。长安，到处开着初春的花。因为主人心急，马懂得主人心情，就飞也似的跑，把个偌大的长安城，一日便跑尽了。真是美煞人。

"草枯鹰眼疾，雪尽马蹄轻。"（王维《观猎》）狩猎，是古代人的一种娱乐方式。那时没有"生态平衡"这个概念。草枯季节，猎物无处藏身，猎鹰一看一个准。该是冬春交替季节，雪化掉了，马跑得轻松了许多。猎物就很容易变成囊中之物，何等逍遥。

"挥手自兹去，萧萧班马鸣。"（李白《送友人》）挥手之间，友人就要辞别远去，而班马也感伤的萧萧不止。马在这里，替主人表述着离情别绪，马识人意。

"云横秦岭家何在，雪拥蓝关马不前。"（韩愈《左迁至

蓝关示侄孙湘》）。浓云挡住了去路，家不知在何处？雪下得
很厚，拥堵得蓝关马都无法前进了。这里，表述一种极其寂寞
无助的心情。马，又唱了主角。

这些年交通工具日益发达，五花八门。出门不是乘坐高铁
就是乘坐飞机。在京城，解放初期还能看到骑马骑驼之人的身
影。如今，连马车都少得见了。马，被机械替代了。马，走出
了人的生活圈子，甚至视线。然而，我们这一代人，对马的感
情并未消退，总是想方设法去追踪马的身影。索求有关马的美
术作品，就是方法之一。

记得在20世纪70年代末，著名书画艺术家尹瘦石，刚获得
人身自由之后，就风尘仆仆跑到苏尼特草原，亲近马群画出大
量素描。当时，"文革"刚刚结束，一切还在无序之中，当然
没有专车来接送。由我陪伴他，从旗所在地赛汗塔拉，坐一军
用卡车到白音乌拉草原。那天，草原上风和日丽，八月的草原
安静又祥和。花草长势旺盛，到处是牛马羊群。曾经在内蒙古
工作过的他，重回草原不能没有感情波动。当看到一群群奔驰
中的马，他的眼眶里噙满了泪水。那日，一看到草原，他便要
求从驾驶室坐到车厢里来。风中，他的一头白发飘如乱草。他
高兴，尤其看到马群，他不由自己，哦哦地发声。兴奋之态，
让我动容。

我们住到大队部，条件极简陋，但十分宁静。空气也新

鲜，有肉吃有酒喝。为了让他画马，大队支书，让马倌将马群每天赶到这里。老画家一见马群就来精神，甚至顾不得吃饭喝水，画呀画。爱马如斯，叫我这个蒙古人，都有点逊色了。在白音乌拉草原，一待就是半个月。他画了大量的马的素描。那一次，他犒赏我一匹奔腾中的马。笔墨简洁而极具神韵。如斯，我便有了一匹真正的蒙古马。至今珍藏于书橱之内。有一年，我去拜访他。他拿出当年曾经轰动重庆的《柳诗尹画联展》的签到簿。毛泽东为首的当年的中央领导几乎全部出席。柳，就是著名诗人柳亚子。尹的屈原画像，形神兼备，甚具神韵。

得另一匹马也是在20世纪70年代末。我来北京参加"文革"后的第一个作家访问团，去东北地区采风。是已故著名诗人，当时的中国作家协会领导人之一的李季先生，就是长诗《王贵与李香香》的作者，召唤我参加这次活动的。期间，由著名女画家何韵兰引荐，我结识了她的先生著名画家刘勃舒。他是徐悲鸿大师的得意门生，画马高手。由此，我又求得一匹好马，此画泼墨雄浑呼之欲出，也是一匹神骏。

在离开草原的几十年间，这两匹马，一直陪伴我度过了听不见马嘶的寂寞岁月。昨夜，有马嘶在梦中，使我一夜无眠。我的大草原，我兄弟般的雪驹，你们可安好？

明月草原静无声

倘若阳光称职，雨水勤奋，草原八月是可读的。可以读成一篇美文或者一首抒情诗。读成一幅水墨画，也无不可，就看你的爱好和目力了。

八月，是我们草原最可炫耀的季节。草，长势旺。空气里飘散的皆是草香花香。当然还有牛粪烟味的清香。对草原人来说，牛粪烟味是可亲的。当你久别归乡的时候，首先欢迎你的，就是随风迎来的牛粪烟味。闻到它，你便到家了，乡愁一哄而散。

宽阔的草原，连绵的丘陵，星罗棋布的淖尔，飘在半空中的云团似的羊群（水蒸气的佳作），迎风奔腾的马群，一闪而逝的白狐或者红狐，斜驰远去的野羊部落，蓝空中盘旋的山鹰或者金雕，美声女高音百灵子，这里那里独自抒情的莎日娜花，一条连接天和地的草原小道，小道上慢悠悠行驶的勒勒车阵……以上这些画面，足使你目不暇接，心灵宁静。然而，当你举目，发现这里那里静默着的银白色的蒙古包，你便发现了我们美丽草原的灵魂。你再凝目,从包房紫红色的包门中走出一位老额吉,她身着紫色蒙古袍,脚穿绣着云边的蒙古靴子,绿色头巾随风飘摇,左手拿一碗鲜奶,右手沾去奶水,虔诚地弹向天和地,口中念念有词。她是圣母,我们草原的圣母。一脸的慈祥,荡漾在她的微笑中,她眼中荡漾的祝福,变作生命之草浪,连绵起伏。这时,你就会想到天堂这个词汇。有人可能讥讽,你这不过是一首草原挽歌而已,不值得一谈。对现实而言,你说的可能有些道理,然而,上苍是公允的,在宇宙不可测的变异中,一片圣土,不可能与愚昧无知和淫欲一同消亡。我不担心草原的未来,何况还有无数的有识之士,将会降生在这个多难的世界上。

既然你已身在草原,不会不去聆听,这个古老种族从心灵深处喷发出来的辽阔长调。长调,是这个古老种族生命的一部分,它其实是血液和热泪的流动声。

太多的苦难和机遇,伴随这个古老种族走过了多少个世纪。太多的自满和自省,使这个古老种族,从荆棘走向了坦荡。内心的积虑太多而需要发泄;内心的柔情太多而需要抒情。然而,这片土地太辽阔太空旷,小腔小调灌不满她。只有长调,像额尔古纳河水一般流动远去的长调,才能将她灌满。长调,是因势长出的一片绿茵,只有它才能覆盖这生命延续的蒙古高原。

还有马头琴，你不能不去聆听。顾名思义，它是属于马的一种乐器。它所发出的悲鸣声，令天地动容。它是一匹孤独的雪驹，在迎风嘶鸣。因了暴风雪，也因了阳光和雨水；因了战争与和平、也因了乳汁与炊烟。马头琴，其实是属于独奏的乐器，就像钢琴或者箫。假如母骆驼弃子不要，只有马头琴悲凉的独奏声，才会使它暗暗落泪，继而回心转意。假如千把马头琴对它齐奏，非吓走它不可。当然，偶尔用千万把马头琴的合奏，造一造声势，表现一下万马奔腾的气势，也无可厚非，只是不要忽略了它生命的本质。何况，在人烟稀疏的草原上，在一顶孤零零的蒙古包里，需要的只是宁静的独白，而非其他。

唐代王维有诗云"大漠孤烟直，长河落日圆"，这是阳关以外的景致，是大手笔所营造出来的特写镜头。然而，在草原上，这是不难发现的景观，随处可见。另外，在初春或者孟夏季节，草原所蒸发的水蒸气，也就是地气，所营造的远方景致，更令人心醉，它可以把牛马驼羊或蒙古包，无限放大增高，仿佛都是顶天立地，影影绰绰，像神话一般。草原上出现的海市蜃楼更是神奇万分，令人叫绝。这是大自然赐予草原牧人的礼品，虽非实体，然而它在告诉我们，天外有天，山外有山，要喂好你的鞍马。当那些远方都市的摩天大楼或碧海帆船的美丽投影，高挂在草原远方天际时，连牛马驼羊都会抬头观望，忘记了吃草，连百灵鸟都忘记了歌唱，甚至忘记了拍打翅膀。

除此之外，草原上的日出和日落，也磅礴而瑰丽；草原上的雨丝，也格外温柔而极富诗意。草原上空盘旋的鹰，也总叫人联想起远征而归的勇士。

任何一位首访草原的人，心中不产生联想是不可能的。因为她太辽阔，太静谧，太圣洁，太富有慈悲心了。尽管她也有过战事、烽烟和干戈的撞击声。联想，即刻使你的人生丰富起来，充实起来。辽阔，使人灵魂舒坦；静谧，使人浮躁沉淀。

就古老的蒙古文字而言，它是竖立的文体，细看像一个骑士坐在马背上，在挥动套马杆或者马鞭，似乎永远宁折不弯似的。又像从蒙古包天窗里飘起的一缕蓝色炊烟，在微风的轻轻拂动下有了一些小小的曲线。

在草原八月，在祥和明朗的月光下，离包房不远的淖尔里，水草静若梦境，蛙鼓也歇了，宿鸟们有了轻微的梦呓。这时，你可以藏在一堆芨芨草丛的背后，平心静气地窥视，你看到了什么？啊，那是两只毛色光亮的狼，带着它们的幼崽，倾着身子在饮湖水。在它们的右侧，在芦苇下边，有一只火狐在东张西望，在月光的照射下像一位美人，它用长长的舌头舔水，尔后开始很优雅地汲水。离它仅百米处，一峰野骆驼也来饮水，它走了很远的路，来寻找淖尔，现在它心情爽朗地仰起脖子，远眺。在眺望什么呢？它的那另一半或者小驼羔？也不一定呢？

　　草原八月的夜，是宁静的，母性的。偶尔的一两声犬吠，在广大的草原上显得如此微弱，如此遥远。这时，包门被推开了，一位身披长袍的女子，躬身走出来，她的身后闪起豆粒大小的灯火，像萤火虫，可就是它，即刻使夜的草原，有了生气和活力。她是在守夜，木栏里卧着一片银色月光，那是她的羊群。她的心里，即刻涌动起很柔和的情感，像慈母。

　　啊，这就是我月光下静谧无声的母亲的草原。虽然她今天伤痕多多，大不如从前，但仍然拥有迷人的魅力与辽阔。从京城安外星野斋的北窗，远眺她时，有什么东西轻轻撞击了一下我的心，在疼与不疼之间。我两眼迷茫。

秋声起处是故乡

在所有的自然之声里，我最喜欢秋之声。在秋之声里，童年时所陶醉的故乡之秋声，为最。那或许是因为与摇篮有关；与母亲唱给我的童谣有关；与落生的母土有关；与马头琴的悲鸣之声有关。

秋之声，就是天籁。

天籁，乃是音乐的最高境界。我们的古人早就说，那是从天上来的声音。"天籁"一词出自《庄子·齐物论》曰："汝闻人籁而未闻地籁，汝闻地籁而未闻天籁夫！""籁"，谓之洞孔里发出的声音。风声、水声、鸟声以及所有自然之声（自然界的暴怒之声大概除外），都属于天籁。

中国古人有"三音"之说：古琴之音为天籁；土埙之音为地籁；昆曲之音为人籁。我以为优美抒情具有禅意的自然之声，皆为天籁。

我的老家，在扎鲁特草原上的阿拉坦山寺脚下。那里曾经有广袤的牧场，也有葳蕤的田园。即半农半牧之地。童年的时候，家徒四壁一无长物。有的则是大自然赐予我们的春风秋雨和五谷杂粮。故乡的春夏秋冬，各有属于自己的独特声音，界定分明而音律各异。其中秋之声，给予我的启迪和遐想是无限的。在我幼小的心灵中，秋之声才是天籁中的天籁。

我们那个村子，坐落在青青群山的环绕之中。秋风总是长驱直入，一荡千里。初秋的田野五彩斑斓，秋风的色泽则介于幽蓝和金黄之间。举目，田畴连绵，风吹无尽波浪于幽幽天际。苞谷黄、高粱红、米色的谷地装点于天地之间，而荞麦的白色小花娇媚而散发异香，因而吸引无数蜜蜂，寻香乱飞。

每年的下种时节，我们家的高粱地里，总要辟出一块为西瓜领地。神不知鬼不觉长成的甜甜的红瓤子西瓜，使左邻右舍啧啧称赞。而他们无论如何也想不到，瓜地会藏匿于此。因为初秋的高粱都长得丈把高了，是天然的绿色屏障，捂得那块宝地严严实实。唯我是家贼，经常悄没声儿地带一二要好的同学来偷吃西瓜，但不挥霍，也不留一丝儿痕迹。吃罢西瓜，我们就仰躺在瓜地里，静静地聆听起秋声来，那是上苍的赐予，也是我们这些乡下孩子，最为奢侈的享受。

此时此刻，秋声仿佛是我们生命的唯一。千千万万个高粱叶子，窸窸窣窣地流动如天涯之水，总觉得那声音是从一个不知的神秘之处飘荡过来，而后又哗然推向另一个不知之处。这便是天籁，它来去无踪，又无处不在，即刻使你弱小的生命，纯净若清晨的草露水。

高粱地外边是野性草地，昆虫们齐声歌唱着，像一个庞大的交响乐队。蝉的高音，在初秋是极纯正的，算是首席小提琴。蛙歌，是唯一可以与之见高低的音律，它好似从不远的湿地里突然冒出来的，此起彼伏而空洞如箫。当然，还有蝈蝈和蚂蚱们叽叽喳喳地无限度地倾诉，那只是背景音乐而已，总是在那里存在着。

听着听着，你觉得周遭渐入万籁俱寂的氛围，有声似无声了。这便是天籁之妙处，会把你的整个心灵融化于空灵之中，因为你已经在不知不觉中，进入了彩色的无忧亦无虑的梦之乡。这时的你，是幸福的人。你是在大自然的温怀里，变成了地地道道的自然之子。你要感恩秋之声，她以深沉的诗意的祝福，抚慰着你跋涉中疲惫的灵魂。

此刻，假如你真诚而怀有敬意地去侧耳谛听的话，就能听得见一片叶子、一个花瓣、一粒松子的心灵独白，抑或能听得见小小蚂蚁们齐心协力搬动重物的呼号之声。于是，秋之声使你心怀若谷灵魂安静，远离尘嚣与无谓的争斗，这便是天籁的本来意义。所以古人云："此曲只应天上有，人间难得几回闻。"

一个人想要真心聆听天籁的话，则必须把自己看小，看淡，看轻。假如你过分工于心计，沉溺于称雄称霸的好斗之中，便也无缘于天籁。

陶渊明所以向往桃花源，是因为他心中藏有天籁。因为他可以"采菊东篱下，悠然见南山"。古代那些隐士们，无一不是与天籁相伴的，所谓《归田园居》本来就是为了亲近天籁的。我总认为，老子骑牛出关，在狼烟与瀚海中寻寻觅觅，所寻求的也许就是一个"无"字的真正内涵吧，因为他心中怀有更为幽深的天籁。然而，天籁对于一个成日价想着告密状，唯恐天下不乱的利欲熏心者而言，不过杂音而已。他哪里顾得上去品味什么天籁呢？利欲、权欲使他五内翻腾，不由自己。

简而言之，与天籁相伴者一定是智者，而非狂徒。能够聆听天籁的人，一定多有善举而少有偷鸡摸狗之习。智者与天籁相伴，并非为了出世，而是为了更好地更清醒地去入世。假如我们每个人心中都珍藏有天籁，那么，光明一定多于黑暗，正义一定优于邪恶。

假若你心向往之，天籁就会来与你相伴，这需要有一颗宁静而淡泊的心。

秋声起处是故乡，只要我的故乡还在，还怕没有天籁可聆听吗？

童年初识二月兰

在我的童年，故乡扎鲁特草原野花遍地，种类繁多，数不胜数。它们是山野里的精灵，优雅而圣洁，姣美而不俗。春风一吹，一夜间布满山野草地，芬芳的气息使人联想传说中的西王母后花园。

瘦弱的大地，不是因为明月的照耀而一夜间丰满起来的，而是因了这些多情的野花，梦醒之后的璀璨所造就的。沉睡一冬的万物，一睁开眼，就与这般泼辣的山花相遇，哪个不感到开怀呢？那是它们冰雪之下漫长的梦境啊。

木犁、柴门、鸡啼、青青的炊烟、白白的羊脂云，与万千野花一起生动起来，就叫作生命的喟叹了吧？抑或叫作乡野交响曲，也无不可。在这些野花中，最为普通但最令人怜爱的，便是矮矮小小的二月兰。那时我不晓得它的汉语芳名就叫作——二月兰。

故乡人叫她为"宝日布拜"，宝日为紫色，布拜为令人疼爱之意。勉强译之，为紫色的爱怜。原是名词，一经翻译就在名词与动词之间了，我学识浅显，确切的译名还说不准。反正在它的称呼里，含有美丽和惹人疼爱的意思。故乡人喜欢它也怜爱它，是因为它体态姣小而生命力旺盛，又不张扬，灵魂中潜有一股静谧的大雅之气。

盛放之际，蓝紫色的花势，满山遍野地展开来，似一片神秘的晚霞在海面上浮动。这是大自然生动的一笔，又是朴拙的一笔，它教人们去识别淫与雅的界线。我总是想，假若我们让那些情窦初开的少女们，多多去定睛初春时节的二月兰，会不会起到一些净化心灵的作用呢？朴拙之美，自然之美，才是美之绝色啊。

童年的家乡，俯仰之间皆是二月兰。打开柴门，便是它的倩影。从马桩一直延伸到远方山野。宝日布拜，是我童年的玩伴，也可以说是我对美好事物的初恋。择美之趣由此而定，且影响了我一生。至今，我对那些过分艳鲜的花卉和扭捏作态的异性，一概睹而远之，总有些厌腻在心头。我笃信，自然之美远胜于人造之美。譬如见一些做得很假的双眼皮，心里就有些不适应。有些整容医生见钱眼开，技术拙劣，又胆大妄为，真是可恶。当然，对那些求治者的爱美之心，不可太挑剔，不然显得不够厚道。尤其对特殊情况下的整容，不该有所嘀咕的。

联想到对于植物的嫁接与变种，是福是祸，我缺乏这方面的知识，不能多说什么，但慎重为好。譬如对于紫玉兰（也称二乔兰）和白玉兰的嫁接，我就有些反感。觉得有点不伦不类。其实，纯正单一的花色，更显得高贵一些，一树多花种，就乱了方寸。但金丝垂柳的嫁接，我以为是成功的。嫁接之后的它更加婀娜动人了。

这些观念的形成，都与故乡质朴的二月兰有关。

每当新春到来之时，故乡最先盛开的就是野杏子花，再就是二月兰。我的家，位于屯子（村子）最西边靠河的地方。河，叫作嘎海吐河，水波清凌而红柳夹岸。河道窄而水流湍急，是一条生命之河。白天，禽类布满她的上空，叫声不绝，不舍远去。而夜晚，在月色朦胧中可以窥探大型野兽们来河边饮水的身影。这里便是鹿、盘羊、獾子、野猪、獐、狼、豹子们的出没之地。二月兰则是这条河的紫金镶边。

二月兰是故乡早春的象征。她一盛开，就说明春临我的故乡了。农人和牧人的脸上，就有了喜色。连清晨的炊烟，都显得舒展而直射天空，犹如一支支淡青色的抒情之笔。

屯子里的五畜是集中放牧的。家家户户的牲畜，晨送晚接，天天如此。放牧人，黎明即起，就喊："放牲口了！"而牧归的傍晚里又喊："接牲口了！"那声音苍浑而又充满柔情。就像和一群儿童喊话"再见！孩子们，路上走好"。奇怪的是畜蹄下的二月兰，总是安然无恙。花照样开，香气依然风散，有一种天合之意趣在。

我小学同班同学阿拉坦，就住在我家北边不远处。她人俊而雅气，质朴得就像二月兰。她极喜爱二月兰，送畜接畜时，总要路经我家西边草地，也总要蹲下来久久地贪看二月兰。有一次我跑过去，摘一枝二月兰给她。说："喜欢就摘一些回去插在玻璃罐里，几天下来都不枯萎的，多好玩儿啊？"她抬起头，死盯着我低声而缓慢地说："好玩儿什么？一掐，她就死了，真是残忍至极！"说毕，扭头走了，她白净的脸上布满了彤彤红晕，是气的。

从此，我再也没有伤害过一枝二月兰。习以为常的二月兰，从此走进了我的心灵深处，那一片安静的蓝紫色，也成了我灵魂的底色。

因为我的鲁莽，阿拉坦从此对我不理不睬，连上学路上，也与我拉开一定距离。使我内疚也觉尴尬。也许，在她幼小的心里，我是一个毁美之人。此前，她与我十分友好，有一种朴实无邪的情谊在我们心中。

之后的岁月里，每当二月兰盛开，我就会想起阿拉坦因生气而涨红的那张青春的脸，愧不能回想。仿佛掐掉的不仅仅是一枝二月兰，而是阿拉坦一颗怜美之心。我犯了人生大忌。

小学毕业，我上了通辽市第二中学，她上了代钦塔拉中学，她东我南，音信全无。后来她因病退学，当上了旗里一名行政干部。在我初中毕业那年，我收到了她只有两行诗的一封信，信中夹有一枝二月兰。她从小就不缺少诗歌天赋，我们爱好相同。诗句是用蒙古文写的，字迹清秀而内容深沉，译文是："毅然掷去时，石头重。沉沉相思时，心情重。"之后，因生活的艰辛，行路的坎坷，彼此断了音信。

元人华幼武有一首叫作《宿隐微山房》是写二月兰的，其中两句就是："二月兰舟泊上宫，春云不雨玉坛空。"也是我日后的心灵写照。

还有一首是宋人释智愚的《文禅人临衰北堂》："卷衣东去泪沾巾，兰谷见香二月春。天地豁空舒笑眼，不知谁是报亲人。"如今，我老了，泪沾巾的事很少有了，但，见香二月春，倒常有。是回忆，也是念想。

昨日，随妻子去北京奥林匹克森林公园南园踏青，猛然又遇湖边坡头的一大片二月兰，她体态面貌未改，我却鬓毛已衰了。

这乃是，旧遇新知何须谈，浊目不识二月兰。

妻子抬头说，那一片生机盎然的是二月兰吧？我们去看看。一看果真是。山野草莽中，她依然如故不改初衷。静中达雅，艳而不俗。是的，她就是二月兰，没错。

回来上网查看，才知二月兰不啻是花，也是菜。传说诸葛亮出征时，曾采嫩梢为菜，解了军中燃眉之急，故得名——诸葛菜。又因了她农历二月开蓝紫色的花，得名——二月兰。在日本，则被称作紫金草。

原来，它是早春常见的一种野菜，其嫩茎叶生长量较大，营养丰富。又是很好的油料植物，特别是其含有的亚油酸比例较高，对人体极为有利。并有软化血管和阻止血栓之功效，是良好的壮脉药物。

童年初识二月兰，它只是旷野之小野花。如今才知，它可食又入药。不过以上这些，与我已经不甚重要了，重要的是，与我情谊相连的那一片生动的紫金色，早已铺就于我的心田。

味蕾上的童年

人世间最为可口、最为养胃、最为壮骨、最为醉魂、最为刻骨铭心的饭菜，来自哪里？回答只有一个：来自天下母亲那双勤勉而富有创造性的手。因为她们善用的调料，就叫浓情和母爱。是天下之唯一，别无他寻。

一个人，落生后的第一口饭，是母亲们来喂的。而且，一般情况下，都是口对口的喂。因了无限的疼爱在里边，我们才尝到了五谷杂粮那种透心的自然香味。从此，我们的味蕾就有了浸心的记忆，直到终老，也不会改变。

时至今日，我还是觉得童年时母亲所做的饭菜，天下为最，无与伦比。那时，家景贫寒，天天吃的基本上是俗食。就是说，都是从黑土地里长出来的养命植物。很少吃到的鸡蛋（大都换去生活必需品）和只有年夜可狼吞一次的肉食，除外。那时，我的家乡不会种水稻和麦子，我吃到白面馒头和大米饭，是15岁那年，在中学的饭桌上。家乡人，平日吃的都是小米、高粱、苞谷和荞麦。荞麦产量低，因此稀贵。吃荞面饴饹和荞面饺子，算是改善了生活。

母亲的荞麦面饸饹，是神来之食。左邻右舍无不夸其为白家一绝。他们都来学，却总学不透。还有杂面饸饹，是我母亲的独创品牌。朦胧记得，它的做法是：先是把白高粱米、苞米渣子、小米等杂粮，泡在大土盆里，放在灶台上发酵，待散发出一些酒香酸味时，将其捞出，摊晒在用红柳条编织的大筐箩里。待手感稍有潮湿时，就拿去用碾子碾，用细孔筛子筛。和面时，还放一些什么，就记不大清楚了，反正压出来的饸饹面，筋道又细长，香浓扑鼻，很是诱人。汤，一般是酸菜汤为主。汤里，很少有肉，大都炝一些植物油而已。但吃起来，酸甜可口，让人大发食欲。因为那都是纯天然植物，没有半点污染，味纯而喷发出一屋的自然之香，那是我永远的记忆。假如，让我现在去选择，满汉全席或杂面饸饹其中的一种，我毫不犹豫地选择后者。因为胃和心，牢牢记住的，就是那个滋味。更因为它是出自慈母之手。普天下，什么香味能够抵过母爱之香味呢？

譬如，今天的饭铺和超市里，玉米面贴饼和窝窝头，都有外卖，然而我很少去眷顾。原因是没有我母亲做的那种，诱人馋虫的口感和香味。母亲的玉米面窝头，光泽若金，香浓酥软，酸里带甜，有着特殊的天然之味。里边包的是似烂非烂的大颗云豆。嚼起来，有一种特别的口感，叫你一辈子也吃不腻。而母亲做的玉米面贴饼，无论包有云豆或者无，都让人几口便咽尽，因为它太让人开胃了。家里大铁锅，可绕圈贴15个大贴饼在上端，下边是常有变化的炖菜，菜熟饼亦熟，饼子里喷发的，皆是新鲜菜肴的自然香味，微咸而甜。一个大贴饼，一碗炖菜，足以填饱我们的肚子，并口有余香。出去干活或在学校操场里奔跑，都有敦实的后劲，生龙活虎，精神百倍。功，均在于母亲精心烧制的饭和菜。对于我们这些"七狼八虎"而言，母亲既是整个世界，又是一轮明月。

在我几十年的日常生活中，早餐大都是玉米面发糕。是妻子按我的口述，照葫芦画瓢做出来的，她虽尽心尽意，却有些不解，以为我顽固也有些土。前些日子，妻子买回面包机，变着花样烤制面包，十分爽口，吃了一段时间，还是想念起我的玉米面发糕来。妻子无奈，只有摇头，恢复了我原来的食谱。奈何？胃里的馋虫，皆来自故乡，是母亲亲手喂养起来的。它们的固执和偏爱，远远超过了我对新生事物的亲和力。譬如对大米饭，无论哪里的上好大米，吃起来总觉得不如母亲的白高粱米和大粒玉米焖饭。那种掺有云豆香味的气味，我相信连鬼神都说不出一个不字来。

说来也不奇怪，无论富贵或者贫贱，因为我们的根都在农村，都在黑土地里，无一例外。因为长长的历史长河里，村庄在前，城市在后，村庄是城市之母体。再好的山珍海味，吃一天爽，吃一百天就觉着腻了。所以，小米粥就咸菜，不都是我们常挂嘴边的食谱吗？我走遍大江南北，吃过无数个地方菜系，但发现有一个奇怪现象，那就是满桌的美味里，让大家抢着吃的仍然是煮玉米、土豆、红薯和粗面窝头；仍然是大葱、萝卜、苦菜蘸大酱。不是吗？不信，观察一下就是。因为那些都是，人类生存之根，绵延几千年，甚或几万年。如斯便可肯定，五谷杂粮是我们的生命之源，弃不得也离不得的。人是可以阔、也可以富的，但五谷杂粮，无论如何是不能忘怀的。假若谁忘掉了，说明他只是富，而非贵。贵的真正含义，不是所有的富人，都能弄得懂，学得来的。贵，是一个高雅的有分量的字眼，轻浮之人与之无缘。

闯荡世界开拓疆场，人阔人富浮华一生，何其荣耀。但到老了，鬓角落霜，牙齿脱落，走路趔趄之时，就会猛然想起家乡，而且撕心裂肺。此乃，落叶归根之乡思症也。老迈之人，回到了故乡，第一个捧起的必是黑色泥土；第一口想吃的，必是母亲颤抖着手，做给你的那一碗热汤面。如斯，你重又寻到了根，寻到了生命之源。你终于从神话，变为平凡；你终于从复杂，变为简单；你终于从天涯，又回归于原点。你，终于寻到了最初那种质朴无华的人味，和最初的天然良知。如斯，"打马还乡"这个字眼，就让人心热、就让人眼潮，就让人迫不及待。

西苏尼特的梦幻月色

在这个世界上，我相信没有一个人是不喜欢月色的。就如在这个世界上，没有一个人是不喜欢玉液琼浆一样。月光若水这个比喻，就来自人们对月色的柔情蜜意。月色，使万物安静。月色，使山河增色。月色使人产生，不想之想，犹如啜饮梦幻之剂。月色，给古代诗家不尽的遐思。如："独上江楼思悄然，月光如水水如天。"如："明月出天山，苍茫云海间。"犹如："明月，明月，胡笳一声愁绝。"

我曾与黄山北海的月见花，一同凝望过松涛中独游的一轮明月。想象她，是一只发光的白鹇鸟，口衔一枝橄榄枝，向天庭飞去，去报告人世间的苦难与不平。

我曾在雄性的函谷关，仰视过穿越云层的半轮边塞月，想象她是那一头发光的老青牛，驭着一卷《道德经》幽幽出关去。

我曾在北戴河的望海亭中，仰视过东升的海月，想象她是一只掌灯的打鱼船，夜雨中遇到了风浪，凭一根长篙，斗风斩浪，划向了彼岸，我听到了渔鹰的啸啸和海螺的悲催。

我曾在多瑙河上的伊丽莎白大桥上，与东欧的明月隔空对过话。讨论，东方文明与西方文明的不同之处与相同之处；讨论未来世界可否采纳东方文明中的"和为贵"，"天人合一"这些智慧之思，为世界的安宁与和谐酿制一坛灵魂美酒？

我曾在西苏尼特草原，明媚的夜空下，迎逅过萨日娜花般灿烂的，那一轮花草香的明月。她使我想到了，手捧一碗奶酒，祝福草原风调雨顺，祝福牧人平安幸福的白发额吉，风中所放飞的蓝色哈达。是的，在所有与明月的不期而遇中，感到最为明媚、最为安详、最为深邃、最为慈悲的，还是浮游于草原夜空里，悄没声息，神态安闲的那一轮。

我在西苏尼特的赛汉塔拉镇，生活过将近五个春秋。那里是苏尼特右旗旗所在地。是一座新型城镇。那时，那里缺水，草原连年干旱。草原上有草，但长得不高。由于西伯利亚的盲目开发，殃及这里气候变得恶劣，沙漠化严重。而载畜量过重，也是草原退化的原因之一。但它毕竟是草原，稍有雨水，草根就复活，一夜间绿染草原。假若雨水慷慨，变得蔚为壮观是必需的。

赛汉塔拉，蒙古语，即美丽的草原。它曾有过风吹草低见牛羊的盛兴时期。那个时候载有遍地牛羊不说，就连野羊，也常以千数为群。野狼也称霸，时常祸害草原安宁。新中国成立之后，打狼是一大政治任务。有一位蒙古族的副盟长，因带领牧民打狼有功，成为"打狼英雄"。由此可见，曾经的草原，水草丰盛之一斑。北京—乌兰巴托—莫斯科的国际铁路，正由此经过，一路的辽阔与肃穆，使人灵魂安静。据考证，此地在远古时代，是一片汪洋大海。在乳色的月光下，你似乎嗅到了远古海浪的气息，似乎闻到了鸥鸟的飞鸣。再继续遐想，就可以看到渔船白色的帆影，点点隐没于无垠的蓝色里。这便是草原月色的神奇所在。有诗为证：在20世纪70年代，我曾写过一首短诗《彩石》，发于《人民文学》杂志。抄录如下："草原是个沉寂的海/失去了往日的澎湃/我想着古往今来/在这里久久地徘徊//踏着青草地/在夕阳下寻觅/那早已湮没了的渔歌//蓝蓝的海水/变成了云在天上飘？/白白的海鸥/变成了羊在吃青草？//我的旅伴/捡到一枚极美的彩石/有海浪的波纹/有珊瑚的色调//阳光一照/发出生命的光泽//……"此诗后来多次获奖。人们首肯的缘由，可能是由于它写到了沧桑演变的一个过程。

那时的赛汉塔拉镇，街道宽敞，可以并驰八匹马。尤其在草原静谧的月色下，使人幻觉，它也是一片草原。因为有马和羊在街道上走。有成群的野羊，在它的郊外静静地窥视。它们在月光下的奔驰，像流动的剪影，一闪而没。这种奇异的、独特的自然景致，只有在草原的月色下才可以看得到。因为，此时的月色，是属于母性的，慈悲的，祥和的。假如你，踏着月色，俩仁友朋，走到郊外，就可闻到萨日娜花独有的、依风而飘散的幽幽清香。她，风中的身影那般婀娜，那般优雅，那般独一无二。因为她，是独自盛开的精灵。使人联想，思凡的仙子。这时的萨日娜花，请你，勿要惊动她。她正在做，幽幽远古之梦。你可以凝视她，但不可以触摸她，她的花叶上，有夜露在蠕动。那是生命之水，只有草原上的花草，才可以享用它。

我总是觉得西苏尼特的月色，与任何地方的都有所不同。大地，如斯广袤；草花，如斯安静；除了稀疏的马嘶和犬吠，再无声响。我在那里，独自环顾溶溶月色时，常常想到罗丹那件，充满哲思意韵的雕塑作品——《沉思》。这个联想，怎么形成的，我自己也解释不清楚。或许，这便是西苏尼特梦幻般的月色，给予我的启迪或者灵感？

有一个夜晚，在郊外，我正构思一首，有关生命转换的诗作，独自徜徉于月光下。忽有一阵夜风轻拂而来，还带一些些小小的水滴。我警觉起来，难道会有夜雨要降临不成？抬头，月光若水，但没有雨云。夜空，清朗一片。那么，这些小小水粒，是从哪里来的呢？是天堂洒来的甘露水吗？我展开手臂，平视远方，在朦胧的夜气中站定。遽然，我有了一个奇异的感觉，这时的我，也是一管野草，一管会思考的野草，会接纳天露的野草。我的一篇抒情散文《思念露水》，就是凭这个记忆而写成的。是的，花草与露水，是多么神奇的一种天然契合？我们总是忽略，这一奇妙的生命现象。这是一个生命互补互偎的过程，犹如母乳与婴儿。这样一想，猛然觉得长成一株草在慈祥的草原上，要比做一个人来得更自在和幸福一些。

如今，离开西苏尼特草地，离开那一片温馨的月色，已有多年，然而，每当漫步于京都斑驳的夜色里，总是觉得有什么东西，在荡漾于心，也笼罩着我。啊，那一定是西苏尼特梦幻般的母性月色，在我心灵最柔软处，生辉、流泻……

乡愁以及故乡的云

昨天的微信朋友圈里，有诗人步涛兄分享的一组图片，曰《故乡的云》。云彩，形状各异，飘浮不定，给人以诗的联想。诗人高若虹跟帖："陪故乡的树坐坐，让故乡的云摸顶。"读了，让人动情。于是，我也跟帖："故乡的云是一面纱巾，拂你的乡思，也揩你的眼泪。"步涛兄回复："云上是天堂，云下是故乡。"妻子也参加进来："每一个游子的心空，都飘着一片故乡的云。"转发之后，有很多圈内朋友，都送来一个"赞"字。说明，故乡的云，深藏在每一个人的心里。

或许有人调侃：都是一些疯言疯语。的确，乡思就是一种"疯"症，连医圣华佗，对它也无可奈何。其实，微信里发来的云，也都是普普通通，常能见到的云，没什么特别的。然而，状以——"故乡的云"，就大不一样了。遽然变得，不仅夺目，更是夺心了。

在童年的时候，我常站在临雨的窗前，与姐姐和妹妹争论起云的形状："那一朵，多像骆驼呀？你看它还有两个高耸的驼峰呢。""才不是呢，那是一匹马，在披有银色的马鞍。""啊，那一个长长的，一定是蟒蛇一条。快看！要钻进草丛里了。""不对，蛇是不会腾云的，是一条龙。它在吸地上的水呢。你看，那一个连接天地的白色物件，就是吸入龙嘴里的水柱。"

有时候，也来猜晴天里散淡的云："那一定是，天上的棉花。蓬蓬松松的，都开裂了。""不对吧？好像谁家把羊脂，晒在天上了，你看，中间有很多小窟窿，不是羊脂，是什么？"总之，天上有云，我们就去猜。猜它的形状，都像一些什么？

记得有一年的7月，天气酷热，土地干裂，庄稼眼看都要枯死了，村里人心急如焚。一位叫特固斯的智性老者，带领全村人，去祭拜阿拉坦山寺里的众菩萨，又是磕头又是烧香。还把一大盆一大盆奶油，都倒在山寺后边的岩石上。那是大家，从自己嘴里抠出来的，平时哪家也舍不得吃它一口。

还真是灵验。当天的傍晚时分，阿拉坦山顶四周，涌起了一团又一团的黑色雨云。翻翻滚滚，气势很是吓人。一时间，乌云便密布了整个山川。随之而来的雷声，惊天动地。云，翻腾，像翻江倒海一般。村里人惊呼，那一定是山神在追杀旱魔。也有人惊呼，他看到了山神的银色盔甲，和白色龙驹，就在闪电的那一刹那……

　　然而在那个时候，我从未把云和离乡的游子，联想在一起。有了联想，那是后来的事。因为背井离乡走得远了。见天上飘过云彩，总以为那是自己的乡愁在飘。何如斯？原因很简单，因为云和自己一样，也在背井离乡，去到处流浪。

　　每每看到有云在往东方飘，就相信它一定也掠过我故乡的上空。母亲也一定能够看到。这样想的时候，眼睛便潮湿起来。我相信凡远离家乡的游子，大抵都会有这种体验。

　　青山横北郭，白水绕东城。

　　此地一为别，孤蓬万里征。

　　浮云游子意，落日故人情。

　　挥手自兹去，萧萧班马鸣。

　　　　　　　　——李白《送友人》。

　　在这首诗里，唐人李白就把浮云和游子联系在了一起。而且描摹得又那么动人心魄。给人以苍茫、空阔、凄楚、寂寥的感伤。

　　记得在40多年前，我在内蒙古杜尔伯特草原的巴彦乌拉生产大队，下放劳动一年。队里分配，让我去放一群羊。有一天，我把羊群赶到一个大草滩，自己悠闲地躺在绿茸茸的草地上，品读起唐诗来。当我读到"浮云游子意，落日故人情"这两句时，心一沉，思维也远走天涯。此时，正好有一片白云，缓缓地在往东边飘动。我一直目送它，直到天边消失为止。

有一年，我暑假后返校的前一天晚上，母亲坐在我旁边，慈爱地看着我，有些感伤地说："哎！明天我儿，像一片云，又要飘走了。"显然，那一定是由于我的缘故，母亲才把云与我的离乡联系在了一起的。

人有乡愁，是因为远离故乡而不可常回的缘故。也因为自己的脐带，仍留在那片土地上的缘故。

一个人，无论活得多么阔绰，抑或活得如何寒碜，最终收留你的，只有一处——故乡。

前些年，费翔像一阵旋风，旋进了大陆。除了他的《一把火》之外，给我感受最深，更让我动容的另有一首歌，就是《故乡的云》。

他那绵柔洪亮，蜜也似的歌声，让多少听众为之动容，流泪。因为他也是游子，心中充满了浓浓的乡愁——

天边飘过故乡的云
它不停地向我召唤
当身边的微风轻轻吹起

吹来故乡泥土的芬芳

归来吧 归来哟
浪迹天涯的游子
我已厌倦漂泊

我已是满怀疲惫
眼里是酸楚的泪
那故乡的风和故乡的云
为我抹去创痕

我曾经豪情万丈
归来却空空的行囊
那故乡的风和故乡的云
为我抚平创伤
……

显然，当他在异国他乡举目遥望时，天边飘过的云，仿佛在向他召唤。当微风吹起，他嗅到了故乡泥土的芬芳。那么，云在提醒着谁呢？是在提醒浪迹天涯的游子："归来吧 归来哟！"这一声召唤，正合游子之意。因为他早已厌倦漂泊的生活。是啊，人可以豪情万丈，去闯荡世界，然而，无论你家财万贯或者空空行囊，祖国总是惦记着你，惦记着你的冷暖和苦乐。在这里，祖国指的是一片江山、一片热土。而非一个人，或一个集团，或一个朝代。有人说，我爱祖国，祖国不爱我。此话当然有些偏颇，他混淆了一个起码的界线。因为当你受到了委屈或者遭难时，祖国一定也未得幸免。然而，最终可以为你抹平创伤的唯有她——祖国。南非伟人曼德拉的悲壮人生，就足能说明这一点。

一个人，从青丝到白发，眼前飘动的，是故乡的云。飘在梦境里的，更是故乡的云。它俨然一个美好的符号或象征，与我们惺惺相惜。

杏野藏故地

　　辽远的地平线上，山野苍苍茫茫，满眼的杏树林，拥拥挤挤，择地而生，时刻与梦幻般的山雾，交织在一起。有一处宁静之地，藏于林中，像一缕古老的梦。那里便是我的故地——嘎亥图艾勒（屯）。嘎亥图——野猪出没的地方。野猪的确不少，有时以上千只成群，趁夜色闯入苞谷地，我们敲着铜脸盆往外赶。那时的故乡，只有十几户人家。从山上往下瞧，房舍小得像土拨鼠拱出的土包，星星点点，藏在草丛里。假如没有淡淡的炊烟，随风飘动的话，决然不会想到，那里还住有人家。故乡属于高寒山区，山与岭，混杂在一起，高低错落，全无章法。整个屯子，被山杏林和其他树木所包围。野草，野得可爱，张扬有加。假如不勤于清理的话，会长在你耳蜗里也不一定。在墙壁或房顶上，刚抹去没几天的泥土里，就会冒出稗子来，还打苞结籽儿，摇曳于风中，甚是不屑的样子。

　　我们蒙古人，把山叫作——敖拉。把岭叫作——达巴。叫达巴的地名多了去，前面再加一个实物名称，便就生动起来。

譬如：乌兰达巴——红石岭。茂润达巴——马岭。察尔逊达巴——桦树岭，等等。屯子以南，是一马平川，有草野，有庄稼地。还有一处泡子，实则湖泊，或者沼泽地，大概有几百亩的样子。看来，蒲草和芦苇，是这里的当家人。丈把高，显得有些粗野，气势不凡地占领这一片丰饶水泽。但它对水禽们，却格外温柔，像一位慈爱的妇人，将它们拥在怀里。其中有苍鹭、小白鹭、绿头鸭、鸳鸯、黑顶鹤等几十种。那时，还有朱鹮出没。只是不知，它就是濒临灭绝的飞禽之一。我们笼统地称这些鸟类为：乌逊少布——水鸟。

承载屯子的这一马平川，是个狭长地带。东西大概有四公里之宽，南北则有四十余公里长。村西不远，流有一条河——嘎亥图河。它，源于山，也消失于山。河水清澈，水草杂生，但不邋遢。有红柳守卫水岸，有的地方，柳枝覆盖水面，绿头小蛇，藏于其间，以假乱真，让我们心生胆怯，不敢靠近。鱼类，有些懒散，也显得肥沃。鲇鱼、草鱼、鲤鱼、鲶鱼、黄花鱼等等，藏于水深处，轻易不露面。偶尔会跳出水面，来一个懒洋洋的前滚翻，带有挑战意味。最初，屯子周围，耕地不多。野地里长满千百种野花，掺杂一些贵重药草在其间，也开自己别样的花。还有黄花菜（金针）、苦苦菜、哈拉盖菜等多种可食用野菜，分布山野草地，让我们去采、去挖。而萨日朗花，也叫莎日娜花，总是独自绽放于山之野、田之畴，红红的，下卷着花瓣，婀娜飘逸，很是特别，让人联想远嫁女子，在回访娘家。

故乡身处大兴安岭南麓的罕山山脉，扎鲁特山地草原东北部。因其独特的地理位置，气候条件和土壤环境，成为天然山杏林生长带，一片又一片地分布于大野，但相隔不远。俗称"山杏之乡"。全扎鲁特天然山杏林，少说也有380万亩之多。年产杏核600万公斤左右，是早先的数据。是全国最大一处山杏林之地。而我们屯子的山杏林，则集中于阿拉坦山周围。阿拉坦山，有人命名它为——金门山，是不确切的。地名不可译，是常识。山上曾有过一处寺庙——阿拉坦山寺。有一定规模，香客成群结队，有时，上千辆勒勒车逶迤而来，甚为壮观。寺，在半山腰，被山榆、山桦、山丁子树所簇拥。山顶，有一石门，有病患之人爬上山，门洞里来回过，以求消去病灾。当地人传说，这是格斯尔汗大老婆所射出的石窟窿。当时，格斯尔正带着小老婆，路经此地，见到河边玩耍的儿子，十分高兴，拥在怀里，并嘱咐，回家莫告知母亲。儿子没食言，而母亲早已知道，为此大怒，扇儿子一巴掌，又拿起神弓，唰地射出一箭，格斯尔急忙躲入这石壁后面，冠翎被射断。其实，大老婆哪舍得杀他，吓唬而已。格斯尔便留言，此石为救苦救难石。之后，香客们便奔此而来，求得免去灾害病患。寺庙，也因此香火旺盛。可惜，1947年之后被毁。之前，整个山林野地完好无损，苍苍亦茫茫。因为是山神出游之地，哪个敢侵犯一草一木？山鸦成群结队，筑巢高树危崖，叫声空旷而邈远。后来，山林被采伐，成了一处残破山地，一改往日神秘色彩，令人扼腕。据说，这些年，大有改观，山林野地，也在恢复之中。为此，我把一首《故乡杏林祭》的诗作，一火焚之。

故乡杏花，春三月是盛期。树高，花势亦浓。粉红或粉白的花瓣绽放之时，大半个天空，均被染成粉红色。顺着山势起伏远去，像是一处梦幻之境。君，可否见过，云贵高原和香格里拉山地的，高杜鹃和矮杜鹃？家乡杏花之气势，与之相差无几。那时没有智能手机，要不然，放于朋友圈，定然获得无数个点赞。可惜，如今只出现于我记忆的屏幕之上，常使我唏嘘不已。昨天，来自侄女的微信警告说，嘎亥图镇周围，四十公里范围内，山杏林发生病虫害，要打药灭虫，切勿食用青杏。以此看来，杏林面积恢复得很快。甚喜。

山杏成熟，变得紫红之时，就可食用。甜里带点酸，解渴，让人流口水。季夏六月——孟秋七月，是采摘杏核的日子。我的母亲，是屯子里有名的打杏子能手。我家老黄牛，也通人性，牵一辆木轮车，紧跟母亲身后，穿梭于杏树之间。母亲，左手拿簸箕，用身子将其固定于树干或树枝上，用右手里的细长棍子，轻轻敲打缀满树枝的杏子，使其不偏不倚地落入簸箕之内，再将它们倒入车上的方型柳条筐内。动作，既熟稔，又协调，也敏捷，像是在舞蹈。有时，也哼唱一些古老民谣。现在想来，那一定是为了解乏或者给自己鼓劲的。劳动，使人变得勤快而美丽，也变得慈悲。尤其在山杏林中劳作的母亲，在我看来，她就是一位杏林之神之化身。她身上一切的美德与智慧，一定都是来自上苍。她的存在，即是我们全家的福分。她信佛，而且虔诚。我们家有一佛龛，在墙壁高处。当夜晚来临，母亲便点燃杏油佛灯，并燃香拜佛，也向阿拉坦山寺方向，虔敬叩拜。她说，家乡有如此美好的山杏林，是阿拉坦山神赐予我们的，要我们以劳动养活自己。他总说，人不可过度地追名逐利，那样会折寿的。她身上带有很浓的佛性，慈悲、爱怜、关照一切生灵，好做善事，不伤害任何人与物。假如说我们身上还有善的基因，就是来自母亲的言传身教。故乡的山杏林，也具佛性，因而，显得安静而苍郁。或许是因为阿拉坦山寺的木鱼声和晚钟声，常常浸润它的缘故。我不信佛，然而，这样的想法，不知为什么总是闪进脑子里来。抑或，母亲的佛性，依然在佑护着我。

雪落故乡静悄悄

　　童年的故乡，多雪。雪是故乡人不可分割的生活内容。假如哪一年少雪或无雪，大家就觉得心里空空的。放眼望去，家乡的崇山峻岭，茫野山川，都显得很寂寞的样子，像是患了相思症。

　　雪，是故乡的圣物。有了雪，山川显得丰腴，人显得精神，极少有病患。当然，草野更是平展展的，雪被之下，暖暖和和酣睡着的是，小草以及昆虫们，还有兔子。西北风刮起来的时候，显得很清冷，但很干净。此时的风，是无形的。没了杂尘飞扬的风是没有颜色的，譬如土黄或者灰黑。打在脸上，像是针芒，但不留污物。有时，反而把脸上的污秽给抹去了。是天然的清洁剂。

　　《现代汉语词典》，对雪的解释是："空气中降落的白色结晶，多为六角形，是气温下降到零度以下时，空气层中的水蒸气凝结而成的。"这是科学的解答，当然最为权威。然而，诗歌的解答可以为，上苍派遣到人世间的白色精灵，神秘的镇邪之蝶。它在自由自在，飞飞扬扬，环环绕绕之中完成着驱邪清污的使命。

雪落，是静悄悄的。唯恐惊吓了天下万物的美梦似的。当然，暴雪除外。故乡老人说，下暴雪是因为有人触犯了天条，是上苍一时震怒的行为，不是常有的。老人们还说，假如你注意观察，就会发现一个很怪的现象，落雪时分，有人披一身白雪，像一尊玉雕，说明此人心灵干净，又无恶行。有人，雪落身上即刻就化掉，雪不给他白，因为此人是黑心肝，多有劣迹。这就叫，黑白分明。这一说法，没有科学根据。只说明故乡人，对白雪持有的崇敬和期冀心理，是多么地虔诚。

数九寒天雪落故乡，我们不觉得太冷，反而感到温暖了许多。阳光照射在雪地上，产生很强烈的反射。雪，不独吞阳光，使万物分享到冬日里的暖。这是雪之品行。正月十五雪打灯，是丰收的前兆，民间要放鞭炮庆贺的。瑞雪兆丰年，人们脸上就有了喜色。

童年时，走在雪地上，一点儿也不觉得累。脚下似有弹性，所谓脚下生风，是也。落脚时所产生的咯吱咯吱之声，极富节奏感，其实，那就是雪地进行曲。

我们的母亲，从踏雪的声音里，远远就能辨认出，是哪个孩子回来了。我们笑称，我们的妈妈是顺风耳，千里眼，她只是慈爱地笑笑，并不回应。

当我们从野地里回来，抬头望，村落里的房舍是洁白的，阳光一照，有银色的反光一闪一闪的，我们的雪屋，是我们一代一代乡人，温暖的巢。尤其那一缕青蓝色的炊烟，在白雪的衬托下显得美丽无比，温馨无比。那是我们的母亲升起的招魂的旗帜，至今仍猎猎飘扬在我的心头。再加几声犬吠，更觉柴门里的温情与亲切，对于我们是多么重要。唐代刘长卿有一首五言绝句：《逢雪宿芙蓉山主人》就很接近此情："日暮苍山远，天寒白屋贫。柴门闻犬吠，风雪夜归人。"

每当苍野飞雪，父亲就凝神远眺，心里好似藏有千古之谜。而后返身回屋，从墙上拿下四胡，拉起蒙古古曲，那神情，身后似有千军万马，在涉雪而行。这时候的母亲，悄悄然烫来一铜酒壶高粱酒，再加一碟咸菜，放在小炕桌上，推到父亲面前，这是习惯性动作，不言不语，情在其中。唐代白居易，有一首五言绝句《问刘十九》就接近此情："绿蚁新醅酒，红泥小火炉。晚来天欲雪，能饮一杯无。"为什么从古至今，每当有雪，人就想喝一盅，尤其父亲，为何如此凝神，他当时究竟想一些什么，至今，是个谜。人与雪，雪与酒，究竟有何关联，我仍是弄不明白。我有个感觉，雪，似乎不属于现代化的高楼大厦，而属于茅屋和柴门以及那一缕袅袅上升的乡间炊烟，会抒怀的炊烟。

在我的潜意识里，雪是有生命的物体。它又是大自然寂寞的圣哲。因为它是水的另一种存在。如今的科学试验证明，水是有生命的感性之物。一定意义上讲，水，就是世界，水，就是生命。假如没有水，一切生命就完结了。

雨和雪，都是由水分子来组成的。我喜欢绵绵细雨，更喜欢飞飞扬扬的瑞雪。因为它在冬天，给万物以滋润、呵护。如斯，它比雨更胜一筹。

雪，是寂寞的。是一片寂寞的白。万物，都在它的暖衾下休养生息。然而，它赐给我们故乡人的何止是滋润，还有喜气。每当年节，故乡的红对联和红灯笼，被白雪衬托得耀眼而夺目。朴素的柴门，也因了有雪而显得精神。

我的家乡四面环山，一放眼，就能看到越岭而去的雪路和雪地上留下的脚印，它给人以极多遐想。譬如，它使人联想，是神留下的一行有关善与恶，美与丑的文字。它使人联想，是远嫁的女子走向他乡时的回首与依恋。它使人联想，是破钵行僧的孤寂与阿拉坦山寺的悠悠钟声。

雪地上的车辙和行迹，伸向远方，对于童年的我来说，是一本想读又读不懂的书，想猜也猜出的谜语。童年时，经常向母亲发问，妈妈，那条雪地上远去的脚印是谁留下的呢？母亲说，那不是人留下的，是大型野兽留下的。我又问，是老虎还是狼呢？母亲说，这个说不好，去问你爸爸吧。

有一天，去问父亲，阿拉坦山顶上的雪，为什么夏天也不化呀？父亲说，那是山神的雪帽，化不得的。如斯，对雪的神圣感，又多了一层。那年，我到玉龙雪山脚下，十分虔诚地磕了三个响头。它的洁白，神圣，威严，使我折服。童年时的意识，一直潜伏在心底。实际如斯，山顶上积有永恒的雪，是人类的福分。对于雪山的敬畏，是人有了悟性的表现。

唐人柳宗元，或许没到过雪山。但《江雪》，他是见识过的。他写："千山鸟飞绝，万径人踪灭。孤舟蓑笠翁，独钓寒江雪。"诗人极其孤寂，千山的鸟都飞走了，万条路上没了人的行踪。那么，唯一可钓的，就只有寒江雪了。在诗人的下意识里，只有江雪，可来陪伴他。如斯说来，雪，不仅仅是我童年的朋友，也是古圣柳宗元他老兄的朋友。

雪落故乡静悄悄。美好的梦境，美好的回忆，比一壶老烧还诱人，更使人心生甜蜜的忧愁。

野径乱草闻子规

　　昨天夜里电话铃响，一个有点沙哑的声音，当头便问，你猜猜我是谁啊？一下子把我问住了。片刻之后他才报上名来，原来是我几十年前的初中同学。我惊喜:老伙计，你还活着?他嗔怪，什么话，那边哪有电话给你打？我这个酒鬼假使走了，家乡的酒厂早不关张了吗，说罢朗声大笑起来。

　　一个电话，闹得我一夜无眠。一幕幕往事，虽有些重叠，但仍清晰如昨，跳荡在记忆的屏幕之上。原来，如烟往事并没有被山风吹尽。

　　那时，家乡还没有中学，我们那个班一共有70多个毕业生，分别报考代钦塔拉中学和通辽市第二中学，升学率不足8%。我有幸被通辽市第二中学录取。那年我14岁，突然离家远走他乡，心里不免有些惶惶然。但为了给母亲争口气，心一横，就踏上了艰难的求学之路。除了极寒酸的行囊之外，母亲带给我的还有一支蒙古族古老民歌《天上的风》，母亲唱它时几度哽咽，十分忧伤。在以后几十年的风雨岁月里，它一直陪伴着我，成为生命的一部分。

往事，是需要剪辑的。要不然回忆太过沉重，会压断一支又一支的瘦笔。我的老家，距离通辽市大概有近二百公里路程，那时候没有公路，土路坎坷崎岖，其间有很多湿地和山地，行路极尽艰难。每当放假，我们几个穷人家的孩子，没钱坐胶轮马车，全凭两条腿一寸一寸地去磨掉这一程的归乡之路。

有一年的暑假，我们每个人背上校方发放的8斤小米，一个军用水壶，便就上了归乡路。那是七月天，天气酷热，阳光太过热情，我们只好白天找人家煮饭吃，而后，找一棵大树或高粱地，休整睡觉，到了夜晚就乘凉上路，每个人手里持一节木棍，以防家狗或野兽袭击。我们虽然年纪小，但记忆力却极好，只要有北斗星横在北方天上，我们就不会迷路，心里也觉着踏实。

一路上，野草没膝，露水打湿裤腿，常有野兔从脚下嗖地蹿起来，惊得我们心惊肉跳。远处的狼嗥时不时地传来，声音苍凉且空旷。我们齐声高唱家乡民歌，也学狗叫，来为自己壮胆，造一些声势给狼群听。有时候，狼也停止了长嗥，好像在琢磨我们的实力究竟如何？抑或被我们的歌声震住了。

那时候，自然环境极好，人与自然和谐共处，一路走来，乱草丛生，百花迷眼，月光下还能够分辨出草和花的色彩和形态。在湿地里，蛙声此起彼伏，声波传得极远，偶有蝈蝈或蛐蛐也来凑个热闹，不知在夜深人静里，它们为何不好好去睡觉？抑或是它们的梦呓，也不一定呢。

行路行到老家地界时，就要开始爬山了。拔地而起的崇山峻岭在脚下伸延，黑黢黢的深山老林迎风怒吼，像海浪滔滔远去又汤汤折回来。时而闻有盘羊的粗角抵石的空空声，从高处滚向低处，使人毛骨悚然。而子规夜啼，更使人感到刻骨的凄楚和悲凉。我们蒙古人称子规为"昂该少布"，大概是婴儿啼哭的意思。它的叫声也是空空的，远远的，时断时续。有时，我们也模仿它叫，它叫一声，我们又回应它一声，夜空里遥相呼应，仿佛为彼此在打消寂寞似的。

径，是野径。草，是乱草。鸟，是子规鸟。夜行者，是我们几个野孩子。如果有丹青手与我们同行，就一定会绘出一帧《寂寞行野图》吧。这与白居易"乱花渐欲迷人眼，浅草才能没马蹄"有着本质的差别。他是高贵之人，在茶余饭后悠闲地去欣赏风景，而我们是身无分文的野孩子，在欣赏二字前应该加一个"被"字的。也因为如斯，记忆或许比他更为深刻更为久长。杜甫有"两边山木合，终日子规啼"的诗句，而我们身边的情景则是"四下山木合，终夜子规啼"了。一段剪辑的往事，拂去尘土之后，仍见到它往日的色泽，我是始料不及的。

老同学在电话里嘱咐我，赶紧回来看看吧，要不然，"儿

童相见不相识，笑问客从何处来"了。现在不比从前，从通辽
到老家，用不着夜行四五天，仅用三个小时行程，你就可以品
尝我为你烫好的草原白了。只是，非常遗憾地告诉你，你再也
看不到我们当时所走过的长长野径和蓬蓬乱草了，子规鸟的啼
声也早已消失得无影无踪。这是不是为现代化应该付出的代价
呢？我说不好，你见多识广，我在等你的高见了。

　　放下电话，我不由得黯然神伤起来，觉得眼眶有些湿，嗓
子有些干。老同学的提问，我能回答得圆满吗？假若有那么一
天，是不是也会近乡情怯呢？

第 2 辑 · 草木人生

古来圣贤皆寂寞

"古来圣贤皆寂寞"，这句充满哲思意味的名言，是谁说的呢？李白。除了他这位纵观古今之广阔视野的诗仙之外，别人是难以捕捉到的。

细细琢磨，此言极是。

一般说来，寂寞乃人生常态。当然，寂寞有深浅之分，因人而异。那些野心者、利欲小人，那些无明之徒，寂寞程度相对要浅，甚至无。他们因为心中有事，顾不得去寂寞。以我的人生经验和观察来看，寂寞属于善良和诚实之人。心怀自律和操守德行者，尤甚。因为寂寞是一种醒脑剂，它时刻来提醒你，要远离诱惑。诱惑，是一张魔幻之网，一不小心，就会变作网中之物。越是明理之人，越是会有深度寂寞。唐诗人杜甫，就曾经感叹"千秋万岁名，寂寞身后事"。

对于寂寞，历来议论甚多。有人说："孤独是一种状态，寂寞是一种心境。"又有人说："孤独是水池中，只有一条鱼；而寂寞是水池中，什么也没有。"又有人说："孤独是在很多人的地方，身边却没有人陪伴；而寂寞是在很多人陪伴的时候，也只能独自沉默。"上述都是经验之谈，是生活经历之总结。其中必有，尝尽了甜酸苦辣之后的，悟性与智慧在。我曾经读过一本小册子。是一位所谓心理问题专家，大谈怎样去战胜寂寞、治疗寂寞的。而且，他把寂寞归属于心理疾病的范畴。说，这是一种软弱和智性浅薄的内在表现。在我看来，这位老兄压根就没弄懂，什么叫作寂寞。假如一个人，心无智慧和良知，哪里会有寂寞？没有先天下之忧的抱负，哪里会有寂寞？寂寞，是清醒者的专利。所以李白才感叹："古来圣贤皆寂寞，惟有饮者留其名。"首句里，他说的是，人世间的普遍现象，圣者贤者皆是寂寞的。次句，是带有反讽意味的感叹，我觉得没有什么消沉的意思在里面。而一代才女李清照的寂寞，是因为惜春春去："寂寞深闺，柔赐一寸愁千缕，惜春春去，几点催花雨。"而现代人，南京大学教授韩儒林先生，曾写一副对联："板凳要坐十年冷，文章不写一句空。"他规劝人们，即使守十年寒窗寂寞，去苦坐冷板凳，也要完善其文章，不说一句空话。从这些智者的阐述来看，他们甘愿去守寂寞，不是缘于懦弱、无知或病态，而是出于一种人生节操——担当。更不是什么，心脏虚弱的问题。他们的心脏，健康得很，无须备用什么救心丸。倒是那些在灯红酒绿，声色犬马中混日子的人，心脏最易出事。因为他们总是置身于寂寞的另一头——狂热和享乐里。

漫漫历史告诉我们，往往寂寞者，事竟成。假如清人曹雪芹，不去守长长的寂寞岁月，一部巨著——红楼之梦，就难以闻世；假如那些科学家，不去守寂寞长夜的苦思冥想，电灯不会照亮大地、卫星不会升入高天、稻谷亩产达不到千斤计。假如那些卫士，不去守寂寞边关，就没有国家的安宁和昌隆，没有黎民百姓，一整夜一整夜的安稳觉。这样看来，寂寞又是一副看不见的浩然骨骼，在撑持天下之躯。

然而，寂寞毕竟不是一种享受，而是一种艰辛和付出。寂寞者，难免会有苦闷和无奈的时候，甚至会陷入被排挤、诽谤、诬陷和下石的困境。甚或为之去殉情殉国，像楚国三闾大夫——屈原。像诗仙李白，到老来竟身处"众鸟高飞尽，孤云独去闲。相看两不厌，只有敬亭山"的无助之境。也像诗人柳宗元，所撑持的"孤舟蓑笠翁，独钓寒江雪"的凛然傲骨和寂寞情态。

某些好为人师者，想出很多法子，教人们如何去摆脱寂寞。譬如去唱歌跳舞、下棋打麻将、到朋友那里谈心叙旧、抚琴吹箫、垂钓放风筝，等等，不一而足。然而，这些消解寂寞的办法，对真正深层寂寞之人而言，是起不了多大作用的。那么，有无较好的方法呢？我曾请教一位山寺高僧。他说，有啊有啊，你若心有太深的寂寞，想排解一些出去，何不走向大山大野呢？他问我，你说人的属性是什么？我答，自然之子。他说，这就对了，这就像婴儿，一回到母亲的怀里，便安然入睡一样。是一个道理啊。

的确，大自然乃人类灵魂与躯体，唯一的摇篮。人，生于大自然，也归于大自然。高尚的人在生前，没有一个是不寂寞的。因为在这个混沌的人世间，寂寞也是一盏灯，小小的一盏灯。除了需要照亮自己的内心而外，也要去照亮浊世的角角落落。这便是，寂寞存在的辩证意义。

智者，甘于寂寞，是因为不愿被浊流溅身，不愿消失在淫欲的暮色里。然而，甘心寂寞，不等于心中就没有苦。那么，想排解一些寂寞在心外，就如高僧所说，可以走向大山大野。大山大野的存在，就是崇高与雄立的存在。寂寞，是内心里的一块空余之地。常听到人们说，不知是怎么回事，心里总是空空的。那就是寂寞。寂寞，其实也是忧思、沉湎、独步的代名词。心有空余，是需要填充的。那么，拿什么来填充好呢？首选应该是苍茫野气。那些，野性的云与岚气；那些，野性的高树与矮草；那些，野性的山花与蜂蝶；那些，空中盘旋的苍鹰和高岩上的鸦舍，都会使你的浊目，即刻清明而达观起来；使你的内心，即刻感到充沛而温暖。因为苍茫并非虚无。苍茫里蕴涵着道。往往，大道至简。平常心，即是道。自然万物的生生灭灭，都是在道的关照下，在运作。

　　道的规律，是自然而然的。因而叫作道法自然。道，涵盖一切，容留一切。人在过度寂寞无助之时，猛然闻有来自大自然的，风声或者雨声、鹰唳或者蝉鸣，都会产生内心的强烈感应和震撼。那便是引导我们内心，趋于平静和饱和的天籁之音。这种经验，我们每一个人，是不是都曾经有过呢？为何如斯？答案只有一个：那就是，在我们的血管里，依然潜伏着大自然之原始基因。这种基因，既是力，也是自我拯救与完善的有为潜能。然而，这种基因也是寂寞的。因了"道"是寂寞的。

喤喤何处钟

　　节令在深秋，大雁南飞万物飘零，半绿半黄的风，不仅吹皱了一池碧水，也吹皱了我些许枯萎的梦境。

　　今夜，在燕山南麓的一片大森林里，确切地说是在一座被森森林木保卫着的野性住所里浮想联翩。它的芳名，叫作木兰宾馆。

　　窗外，怀有心思的一轮明月在悄然踱步，我在高枕上，仿佛闻到了她身上所散发出来的桂子的清香。一片落叶又一片落叶，随风而落，并依时远别。夜，静极，灵魂也是。

　　思维的涟漪，于是扩散开来，联想也接踵而至。首先想到的是唐人张说的一首五律《深渡驿》，诗曰："旅泊青山夜，荒庭白露秋。洞房悬月影，高枕听江流。猿响寒岩树，萤飞古驿楼。他乡对摇落，并觉起离忧。"同样的夜晚，他在江边，我在山里，他在高枕上听到的是江水的流动声和猿猴的叫声，而我听到的是远方低沉的晚钟声。离忧，他有我也有。我的离忧，是这一声又一声的晚钟声所引发而来的。

　　我的家乡，有一座林深谷幽的阿拉坦山，山上的阿拉坦寺所发出的悠悠晚钟，总是在半夜里隐隐约约传来，那是家乡人的梦境和催眠曲。可以说，我的童年是在苍茫的，野性的，匆然而逝的晚钟声里度过的。那个时候总觉得神就在我的身边，仿佛一睁眼就能看见她的仙姿玉貌。我也疑心，假若没有阿拉坦山寺的晚钟陪伴着，我能不能长大成人？

　　童年的时候，不知钟为何物？只是它苍凉而安魂的波浪声，深深地吸引着我，世间所有的声响里，我觉得它是最为动听的那一种，也是最贴近灵魂的那一种。有一次在跌伤之后，刻骨的疼痛使我久久不能入眠，然而，在夜深里传来的阿拉坦山寺的钟声，一下子使我忘记了疼痛，在钟声地抚慰下，酣然入睡。后来母亲说，这孩子在前生，一定是一个敲钟的小喇嘛，对于他的病痛，钟声要比止痛药管用得多，闻钟即好。的确，我与钟声，有一种说不清道不明的特殊渊源，至今，弄不明白为何如斯？

　　据说，钟是佛教的犍椎之一，当初仅仅是作为集众之用的，所以也被称为信鼓。在印度，还没有钟的时期，多半是敲击木制的犍椎来集合大众的。后来，钟也成为报时之器。钟有梵钟和半钟之分，梵钟就是所谓的大钟，又称为钓（吊）钟、撞钟、洪钟、鲸钟等。半钟的体积只有梵钟的一半之高，所以被称为半钟。

钟，对于修道，有着大功德。因此，凡是敲钟之人，必先默诵《愿偈》，即《钟声偈》。

钟声，是为世间万物求福求安而存在的，它是功德之物。古代文人墨客，对于钟有过数不胜数的描摹。唐代诗人张继的《枫桥夜泊》里就有"姑苏城外寒山寺，夜半钟声到客船"之句。这般诗句，能使人灵魂安静，远离尘世。在这里，诗人营造江枫、渔火、寒山寺、钟声这样的静谧氛围，去安置自己漂泊的灵魂，这一点上，古人的确比现代人高明。

那年在太湖诗会闭幕之后，步唐诗人张继后尘，去拜谒寒山寺，想领略一下寒山寺钟声的幽静和邈远，谁料寺院里钟声轰轰然不断，原来掏十元人民币，香客就可以敲钟三下，钟楼下花钱敲钟的人排起长长的队，这不能不令人扼腕。和尚寒山和诗人张继，在另一个世界，不知作何感想？

当年出访匈牙利，下榻布达佩斯教授之家别墅，夜里静谧如水，只有马加什大教堂的夜半钟声不时传来，使人感到神的提示和护佑。同行的作家叶楠兄与我，因为时间差，都无法入睡，只好上天入地的瞎侃。叶楠兄说，其实这钟声不应该仅仅归属于宗教与佛门，我总觉得钟声一响世界就相对安宁起来。炮声压过钟声的时候，人心就会失去依托，感到孤单。我写一部战争片脚本的时候，幻觉之中，耳边都是炮声，眼前出现战争的惨烈场面，心里不免有些惶惶然，凄凄然。那时，我倒是渴望着窗外有钟声响起来，就像今夜。我以为，广义上的钟声应该是平安之音，和平之音，不该仅仅在教堂和庙宇里敲响。

我突发奇想，说，假若有谁在我们的珠穆朗玛峰最高处，安放一口巨型铜钟，日里敲一次、夜里再敲一次，来警示世人，求得和平与安宁，也是一种功德无量的事吧。叶楠兄笑起来，说，这纯属诗的联想。我也笑了，说，你言外之意是说，我在说梦话，也是，也是。

东欧的风窗外沉默着，偶有索索律动，夜很长，我们有时碰杯有时沉默，大饮布达佩斯生啤酒，一听又一听。电视开着，读不懂的画面文字下，传来坦克的轰鸣声，不知是在哪个国度，又有了战乱？

毕竟，现实与梦想，永远不会有相等的距离。

午夜时分，马加什大教堂的钟声，又一次响了起来。不知为什么？我突然想起法国影片《巴黎圣母院》里的丑八怪敲钟人卡西莫多和美貌女郎爱斯梅拉达。同样的钟声，这里却演义出美与丑的真正意义和人们在不同的生存环境里的不同的命运所在。法国浪漫主义文学运动的领路人维克多·雨果，赋予钟声以发人深省的多层面的内涵，无情地撕去了上等人的伪装。几十年过去了，巴黎圣母院的轰轰钟声依然在耳，久久不去。丑人卡西莫多，也总在记忆深处晃去荡来。

现在，燕山大野无风亦无雨，夜幕呈墨绿色，秋虫合鸣而草香四溢，木兰宾馆的高高阳台上，我披衣独坐，面朝东南。只因那远方苍凉的钟声，又一次穿越夜空随风而来，在我的心灵深处泛起一圈又一圈哲思的涟漪。此刻，有一种崇高、绵远、苍浑的情感顿然占据了我的心胸，并慢慢融在了我的血脉之中，这是钟声的韵律，它使我苍白的生命有了些全新的内涵。我站起身来，缓缓地将右手虔诚地贴近胸口，随着钟声，为漂泊中的这一丸小小的地球和万千生灵，默默地祈愿。

微风习习撩衣，明月天庭掌灯。我侧耳，哦，喤喤何处钟，在今夜？

梅与明城墙遗址

当高洁的梅花与斑驳的古城墙并立于你眼前时，你不会不感到它是一道别具韵味的幽雅风景，也不会不感到它是一种令人沉思的残缺之美。

我说的古城墙，是指北京市中心地域的那一段明代古城墙。历史上的明城墙全长40公里，始建于明永乐十七年（1419年），距今已有580多年历史。现存的城墙遗址公园，东起城东南角楼，西至崇文门。其城东南角楼是全国仅存的规模最大的城垣转角楼，始建于明代正统年间（1436年），是全国重点文物保护单位。遗址公园的设计，颇具功力，显得简洁而古朴自然，通过营造沧桑古朴的自然环境，充分展现了古都城墙的文化内涵和历史风貌。

园中的国槐、银杏、油松们，各自展示着自身的内涵和魅力，挺拔且坦荡。淡雅多情的山桃、山杏、海棠，花色别致而富有诱惑力，是因了与这一段古城墙相映相依的缘故吧。

而这里的梅花，我说的是城墙下婀娜迎风的梅花，则是点睛之笔。创意种植梅树之人，颇具哲理的思考和隐士风格，他想到了古城墙和梅花站在一起，会相映成趣会寓意非凡这一层。山桃、山杏、海棠，固然美艳也很亮丽，为这古老而残缺的城墙增添了几多生机与色彩。然而与梅相比较，就显得少了一些内蕴和象征意义。曾经辉煌而威严的城墙，一时间退出了历史舞台，失却了往日的光彩。但是它存在过，为当时的一方带来了安宁和繁荣，从历史的眼光看，它也是功臣。时光似流水，它失去了原有的意义，成了一段回忆和残缺之遗。现在，微寒的风里，它孤傲地静默着，只有早春的梅花，在此与它相伴，并且勇敢地绽放出不惧寒霜的高洁诗意的花朵，像是古城墙清晨的梦。花朵，也是语言，所传达的信息，城墙一定能够听得懂，赏梅的人群听懂与否？就不得而知了。

谁说古城墙是没有生命的静物呢？假如历史有生命，古城墙定然也有生命，哪怕只剩下最后一块残缺的砖。它是为后人而存在着的，而非为自己曾经的辉煌和象征意义。这里，我们需要判断和取舍。

这里的梅花，因了残缺的但有生命的古城墙而更具一份凄美。"迎春故早发，独自不疑寒。畏落众花后，无人别意看。"（南朝·谢燮《早梅》）梅，如斯，古城墙何不如斯。不知列位赏梅中的游人，有无与梅花相同的感慨呢？王安石写道："墙脚数枝梅，凌寒独自开。遥知不是雪，为有暗香来。"这里的独自开和暗香来，恐怕不只是对景而随意发出的慨叹吧？

梅，原产于中国，已有7000至7500年的应用历史，而后才遍布世界。是我国乃至全球应用最早的经济乔木之一。梅给人的精神滋补，更是应该大书特书的。宋代陆游笔下的《卜算子·咏梅》里的梅，决然不仅仅是一种植物，而是活生生的一个人。你看："驿外断桥边，寂寞开无主。已是黄昏独自愁，更著风和雨。无意苦争春，一任群芳妒。零落成泥碾作尘，只有香如故。"这里所描绘的是怎样的一个精神境界呢？这里的梅，所感染的，恐怕也不只是陆放翁一个人吧？

梅与人相似，梅在人心中的分量是沉甸甸的。自古至今，踏雪寻梅是一种雅事，也是一种寄托。蜡梅与梅，有所不同。蜡梅是一种落叶灌木，先花后叶，冬季开花，花瓣外层黄色，内层暗紫色，香味极浓，是我极喜欢的一种芳类。而梅，是一种落叶乔木，品种很多，早春开花，花瓣五片，有粉红、白、红等颜色。味亦香。果实可食。蜡梅与梅的花期，相隔时间很近，只是一个是冬尾，一个是早春，相差则两个季节。有关蜡梅与梅的诗赋画作，数不胜数。蜡梅与梅，与其他花类不同，她们谢绝绿叶来扶持和衬托，毅然决然地先花后叶，花开当先，却不与其他花类去争春，这是她们的品质，也为人楷模。

去年冬尾，一场瑞雪落罢，我与妻子顺着媒体报道的路线，又去踏雪寻梅。紫竹园里的蜡梅是开了，只是为数不多，花亦不大精神，我想是与人间烟火太相近的缘故。媒体的渲染，有时是不可靠的。而颐和园东北角的乐农轩，倒是没有叫我们失望，此处虽荒芜却展示出一大片的蜡梅来，花亦精神，又十分地野气，树枝上，还睡着一些昨夜的雪。此地虽背风，仍是寒气逼人，但阳光还是灿烂了不少。脚下的雪，咯吱咯吱地响，而蜡梅花冷冽的清香，却一阵阵地扑鼻而来，会香到你的骨子里去。更令我惊讶的是，竟有几只蜜蜂在寒风中飞来飞去，惊蛰还早，难道它们是前来殉情的不成？我们也是为情而来，只是一身的冬装，包裹得严严实实，与舍命寻梅的蜜蜂相比，我们是不是有些虚情假意了呢？

人群中有一位少妇突然大发感慨："这才叫纯正的清香呢，从此之后，我真不想再被人造化妆品的香气所迷惑了。"我听了会心地笑，然而接着进入了一阵莫名的沉思。的确，人之恍然大悟，往往是在认识到事物的本质之后才会有。然而往往觉醒总是来得很晚，对我们而言，这是不是一种缺憾呢？

众所周知，人造美永远不及自然之美。人造美，只是一种努力和补偿，往往败笔多于成功。就像有些地方，把绿色的山体破坏之后，再用绿色的塑料网网住一样，显得那样地可悲又可笑。

今天恰好是双休日，当我和妻子又一次赶到明城墙遗址公园时，梅花们仍在盛装迎客，老老少少男男女女手中的相机，都对准了梅花，气氛优雅而安静，没有一个人大声喧哗，连童车中的婴儿都是静静的，这氛围很让人欣慰。

况且还有白玉兰和紫玉兰，还有山桃花和山杏也都来凑热闹，唯恐有愧于早春的阳光和春风一般。一位老太，聚精会神地在拍摄一朵绿萼梅，而她的老伴微笑着，从不远处拍她的特写镜头。是啊，她也是他心中的梅花呢，梅花香自苦寒来，一生相伴，犹如梅花与蜜蜂。

在这般风爽、日暖、梅香的氛围里，播放一些有关梅花的古典名曲是不是更为上乘呢？比如《梅花三弄》或者《阳关三叠》《平沙落雁》之类。梅花渴望的，恐怕是洞箫与琴瑟之音吧？那些无处不在的叫卖声，可否稍稍停一停或再低调一些呢？喧宾夺主，总是有点不雅，愚以为。

眼下，这芬芳的梅与残缺的古城墙，给这座喧闹中的都市和凡尘中的人们带来了一片的静谧与幽深的抚慰，难道我们不该庆幸吗？

莫为萧索悲秋风

我喜欢秋风。喜欢那种带有稻谷香味的，微微然荡来的秋风。虽然它像一杆音韵悲壮的洞箫。

所谓悲壮，是对败落和萧索而言的。其实，败落只是大自然一种障眼术，生命意义并没有改变。植物们的凋零，只是一种休眠和入梦的过程。悲壮一词，是我们强加于植物身上的一种情感表述，并没有什么实在意义。

譬如隆冬树枝，一掰就断，干干的脆脆的，了无生命迹象。我们以为，那就是死亡。然而，待来年春风一吹，它就即刻酥软起来，弹性初显，黏汁外溢，充溢起绿色血液。这不是它的重生，它原本就与死亡无干。

世间万物没有一样是不疲劳的，钢铁都会。因而，一切生物都需要休整，都需要补充元气，需要进入休眠状态。人和动物尤其如斯。一般说来，动物比植物更显得娇嫩，也更脆弱。因此，日出日落之间必休整一次。而植物，却一站就是一年半载的，从不偷懒，从不离岗，吸氮吐氧，净化空气，为一切生命的存活繁衍而职守始终。

秋风一起，一切植物立刻就打起盹来，仿佛躺下就着的样子，那是因为秋风犹如摇篮曲，是母亲的大自然，催促她勤勉的儿女们，去美美睡一个香甜觉的。不如斯，生命活力何以复原？

既然是摇篮曲，难免有些慈悲、绵柔、沉静的韵味。植物们的休眠，是以此为前提的。也因为如斯，人们心里才会产生植物终结的悲观错觉。悲秋，也因此而生发。登高、采茱萸、点燃红泥小炉煮酒吟诗、抚琴吹箫，皆是这一心绪的动感表露。

不言而喻，情感转化总是需要一个过程的。其实悲秋之人，心里也明白，枯枯荣荣乃自然属性，并非生命实质。然而，秋天的败落现象，还是会使人顿生伤感。就像一段如水似蜜的恋情，与你猝然疏离了一样。这样的时候，你就不得不面对落英满江，香消玉殒的萧疏场面。更何况还有满山遍野的落叶，随风飘摇着，黄的像金，红的似火，它们在以最后的激情，来与高天阔地告别。

我猛然觉得秋天像一位转身远去的老农。他曾扶犁耕耘，求雨锄地，他面对稻花麦浪舒展眉头，他扬锨他晒粮，而后颗粒归仓。最后，待日月饱满之后，便悄然转身隐匿而去。

秋风里含有喜庆与不舍，喜庆是因为收获。不舍是因为暂别离。秋风，使蜂蝶的翅膀沉重起来，绕着枯枝败叶缓缓地飞。毕竟是越过三个季节的，相处相依，何忍就此别离？虽然，再度相逢在预期之中，到那时，又都以新的形态出现，都处在相互熟悉又陌生的窘境里。

在颐和园半绿半黄的荷塘边，我看见一对白发人。他们静静地坐在那里，谁也不言语。使人疑心，那是一对雕塑，倘若秋风不撩起他们几缕白发的话。可是，他们的眼睛，有些湿润地在转动，绕着那朵还停留在枯杆上的残荷。唯恐一闭眼，她就会败落就会遁形似的。

秋天的喜与忧、肥与瘦，让人何以言状？

记得我的母亲，每逢秋日到来，便就去拾掇她亲手种植的瓜蔓。瓜蔓也已枯黄，往日的生机不再。

对此情景，她便低声哼起《天上的风》。那是一首比我祖母的祖母，还要古老的蒙古族民歌。起头两句就是"天上的风涛 / 动荡不定 / 人的一生啊 不能永恒"歌，虽有些感伤，但极富哲思意味。她许是看到了眼前这等秋日败象，才想到了人生无常的世相吧？有时，她迎着秋风站在那里，自言自语："你这秋天的红格尔风，究竟把草木梳理成什么样子？又将它们吹到哪里去？"红格尔，是蒙古语里一个极富爱意的词汇。显然，母亲有些悲秋，但无怨怼。她心里，对金色的秋天有着一股感恩之情。她总是说，秋天是养育人的。没有秋天，妈

妈拿什么养活你们？说这句话的时候，她会双手合十，静默
片刻。

那年我去登泰山，登至岱顶时，正好有一股温馨的秋风，
迎面吹来。猛然，我想到了我的母亲，想到了她对秋风倾诉的
哪些话，一时间双眼噙满了泪水。是啊，秋风万古依然在，
依然吹动我两鬓白发，而我的老母，却远在天国了。不知天上
有无这般秋风？在吹动她花白的长发？它的瓜蔓，也该拾掇
了吧？

抬眼北望，在泰山高高的暖坡上，远远地有一片红色，在
阳光下闪耀着光。不知是树？还是花？秋风依然暖暖地吹拂
着，使我想起"感恩"这两个字。

在岱顶，偶与秋风相遇，不知是缘分？还是福分？但愿它
是从我故乡那里吹来的，带着我慈母往日那轻声的召唤和我童
年为故乡的虔敬祈祷。

也在此刻，带有松香味的秋风，荡漾于整个岱顶。从岱
庙、从碧霞祠传来的佛器之声，此起彼伏。香烟缭绕，峰峰峦
峦，都已被它熏染。此时，碧霞元君是在山上闭目而坐？还是
回天庭为凡间百姓祈求平安？我在遐想之中，抬脚下山。秋风
与我肩并着肩，仿佛都是归去的香客。

清凉诗意在山晚

在电脑屏幕上打出这一文题时，仿佛有一股清清凉凉的山野之风，微微然迎面拂来，精神为之一爽。所谓，"心静自然凉"也。

而窗外，夏阳一轮悬于空中，整个京城闷在蒸笼里一般。39度高温，烤焦了树木顶端叶子，使之纷纷地飘落。可怜小小麻雀们钻进草丛里，不敢张翅，也不敢大叫。酷热让人也无处躲藏，挥汗如雨地熬着。有空调不假，但空调的凉，非自然之凉，不但不爽且有些贼。总觉得它的凉气在往骨子里偷偷地钻，虽有凉意，却感到不舒坦，因而避之。

愚，生来命贱。对于一些现代化的生活方式，总是不能适应。譬如坐车，走南闯北，免不了要坐车赶路或游览。主人好意，让我坐进小车，我却赶紧摇手，往大客车或面包车里奔。主人以为，我在发扬高风格，还是坚持往小车里拽我。其实我并非客套，实际情况是，一坐进小车头便晕，浑身发虚汗，像是被绑架了似的。有一年出游五台山，单位领导要我坐他小车，他上大车与大家同甘共苦。这一下却苦了我，没走三十分钟路程，我便狼狈不堪，滚下车来。领导调侃：就凭这一点你也当不了什么大官。我立即点头，称是。继而，逃也似的登上大车，大大吸了一口爽气。

夏日，家有空调却很少开着，纯属摆设一个。夜里，宁可抱着冰瓶睡觉，也不愿去"现代化"一下。妻子说："您老，应该回到1885年工业革命以前那个年代，你是属于农业文明时期的古老动物，与工业文明，风马牛不相干。"我回话："谢您小同志，您说得太正确了，我的魂至今还泡在农业文明的露水里。呜呼噫嘻！可惜躯壳却回不去了。"

我的家乡属于山区，童年时每遇酷夏，也感到热。然而，一来人小，调节功能也强，再者，山区总有办法去纳凉。热，对我们施展不开威风。我家离小河很近，感到热时，就跳进河里去，来一番狗爬式的扑通。河西岸便是山，山里树木葱茂，野草长得可没马头。酷热难熬的时候，我们这些淘气鬼，便结帮到山里睡觉去。山里有蚊虫和野兽，没关系，我们在上风处，点燃一团艾绳，艾绳一圈一圈地燃绕，蚊虫无法靠近我们，绕着我们乱飞，艾香是它们的克星。卧岩石像一个大平台，足有半个足球场那般大。我们在当中，再燃一堆篝火，用石块围起来。任何野兽，在静夜里，都不敢接近火光。如斯，睡至天亮，安然无事。当然，防火意识是不可放松的。山区人的脑子里，总是刻有"防火"二字的。何况，家里大人又经常吓唬我们，失了山火，就会被警察拉出去枪崩。因此，对于火，我们是慎而又慎的。

山晚之美，真是不可言状。风，清清爽爽，且带有草木的香味，那个香味纯属自然，人造香味是无法与之比拟的。偶有矿物质的异味飘来，那是岩石被酷阳烤炙之后的产物。对此我们不但不感到怪异，反而觉得很好闻。当然，那般气味，也不是一直飘着不断，而是似断似续，或强或弱的。村里有威望的老人说，那种气味是天物，能给百姓怯病避邪。也不知是真是假，反正我们是信的。

睡至夜半，山风变得寒凉，就觉得有点冷，我们便拉起棉被之类备用物，继续大睡。整夜的梦境中，夜虫之鸣不断，偶有山鸦或鹧鸪什么的，咕咕嘎嘎叫两声，好像怕我们寂寞和胆怯似的。如斯，山野之梦便有了内容，也很充实。不知为什么？虫鸣之声一起，山晚反而显得更加安静起来，亦显得空。就有点像"人闲桂花落，夜静春山空"的那种氛围了。

假如山晚，遇有月明在天，那气氛就更为迷人了。远处山峦起伏于朦胧山气中，树木们黑黢黢站在高处和低处，花香在树林里，也高一阵低一阵地飘散着，连那些卧牛石都为之显出陶醉状，一动不动地傻呆着。假如没有山鸟偶尔的扑棱棱飞起，它是无法自己清醒起来的。这与"月出惊山鸟，时鸣春涧中"的诗意，也有点相似。

山晚的月色也因为清凉，且显得美若仙境。别说我们这些睡山的孩子们不想入睡，就连山里的盘羊们也全无睡意，一家老少在山石上打起滚来。一来磨砺弯弯的大角，二来解除角底奇痒，据说有一种小虫子在角根作祟。当然，还有游戏的成分在里边。那种粗犷的弯角，抵触岩石的空空之声，使静谧的山野顿然活跃起来。最先响应的是宿鸟们，咕咕地大叫，拍打起翅膀，甚至旋空，与之呼应起来。

动物之间，有无一种自然默契，我没有这方面的研究。反正还有萤火虫，从草丛间一闪而起，在夜空中画起纵横不定的弧线，也许还有某种暗示符号呢。让人联想，远海上明灭的灯语。

此时的山晚，就有点禅境的意味了。

果不其然，午夜钟声，真的从西南方向漾动而来，像夜空中的水流。那是阿拉坦山寺的夜半钟声，在为人间万物，轰然祈福。如斯祥和的山晚，连草木都会动情，何况我们？经验告诉我们，这样的山晚，是很少有杀戮的事件发生的。村里的猎户说，这样的山晚，心中的杀气便荡然无存，替之而来的是慈悲与善果。

这是一个生命与生命相契合的美好山晚，是人与天地相契合的美好山晚。因为这样的山晚，是属于佛偈上说的那种"心田不长无明草，性地常开智慧花"的山晚。

谁留《春晓》于石壁

有一年离家返校，舍弟送我到鲁北镇，从那里我要乘汽车，到通辽火车站，再向西。那年，弟弟才16岁。花轱辘车，山地上吱吱嘎嘎地在走，使我想到纤夫和船。老黄牛很卖力气，似乎懂人情。不，不是似乎，是真懂。你看它的眼神，慈祥得多像一位乡野老人。

那时没有公路，壹佰多里山路，从早到黑，要走一整天。好在故乡的山野，一点也不单调，有一种勾魂的魅力，在牵引着你往前走。以人文语言形容：一路的山魂水魄，让你目不暇接。舍弟又爱唱歌，故乡民歌，一首接一首地来。他声音高亢，极富诱惑力。有一股青春之火，正在他胸腔里燃烧。

突然他说："哥，我念一首自己的诗给你听，你别笑我。""哪能呢？"我说，"你尽管念来，哥听着。""好咧，"他开始提高嗓门，又压了下去，说，"念诗不比唱歌，要轻，吐词要清晰、温柔。"说着自己先笑了起来。蒙古文诗歌，一般头尾押韵，节奏感极强。他挺在行的，发挥也出色：

"躺在自家的高粱地里，听着秋天的轻咳声，觉得秋天它真的老了，就要告老回乡吗？我也咳了一声，竟咳出一把泥土，黑油油的泥土。从此我才明白，我也是一把泥土，回归泥土，是早晚的事。""好诗！"我伸出大拇指。"不过，"我说，"现在你谈回归泥土，太早了一点。"他也笑了，说"感慨而已。"

轮声，一路吱吱嘎嘎的，比纤夫的号子声还要古老一些。老黄牛有些喘气，但不埋怨，紧轭往前走。一抬眼，毕其格哈达到了。它是家乡的一处景点，与文化有关。乡里，上一辈老人都说，这里的石壁上有字，很神秘，所以被称为，有字的石壁。毕其格，蒙语，即书。哈达，蒙语即石壁。很小的时候，我就听说过，有关毕其格哈达的传说，但从未来过。乡人说，石洞壁上有字，不是蒙古文。谁也不认识写的是什么？风水先生慢悠悠说："那是天书，等待能人来解读它。"

弟说："哥，我们在这里休息，吃午饭。也让老黄牛歇息歇息，吃吃青草。上边就是有字的石壁，字在山洞里，我们上去看看吧。"我说："好！"就开始攀岩。洞，不太深，有四五米样子。人可立身，但得弯一点腰。石壁十分光滑，可写字留墨。果真有字，还算清晰。留墨人，书写功底不凡，笔触有力，一挥而就。无疑，定是出于儒生，或者游士之手。假若是云游僧侣作为，所留文字会是"心清水现月，意定天无云"

之类，佛家偈语。也少不了来一个，南无阿弥陀佛。

东壁有字，为唐人孟浩然五言绝句《春晓》："春眠不觉晓，处处闻啼鸟。夜来风雨声，花落知多少。"诗，属于白描。是诗人，对春晨景观的感慨。似乎是张口即来的即兴之作。因为是有感而发，颇具感染力。但可以断定，唐人孟浩然，不会在这里留有行脚。因为这里是属于遥远的北国草地。

洞西壁，也有字，只是模糊不清了，看得清的，只有"一带，山岗，潺潺，叶红"之类的字。显然这属于留墨者自己对景致的描写，也是五言律诗。然而，被漫漫风尘吹抹去了。

洞中有一石，可枕石南望。南望，正有一带山岗，斑斓如画，悬浮于天地之间。烟水渺渺，使满山满谷的枫叶，红得朦胧，红得出奇，红得不可思议。空中流有羊脂云，云下，鹰在独旋，雁阵在变幻着南行。气流中的诸峰，安静若诵经中的佛。

洞下有滩水，碧若莲池，十米见方。水草长势葳蕤，丈把高，野性十足，像一群戏水的仙子。隐处，见两只石蛙，在藏匿。若不定睛看，还以为是长了苔藓的石头在水里。它们大概在揣摩：是何方野人，竟擅自闯进我们的领地？这里的确静谧一片，无忧亦无虑，无争亦无夺，是一方净土。

正想着这些时，弟唤我吃饭。回头一看，他在一块方石上，已摆满了母亲为我们准备的各类农家食品，还有一瓶高梁白，酒香也已飘向山野。我们，与群峰对坐，也与它们对杯。弟说："哥，我们俩现在是嘀嘀二仙，就差一盘棋了。来，干一杯！"沉默片刻，他又说："这一走，回家还不知哪年哪月？妈说，你是一只孤雁，一片游云，南来北往，总无定期。"说得我泪水直涌，好在借着饮酒，没有使它夺眶而出。

我们必须接着赶路了，在弟去牵牛套车的那一阵儿，我抽出笔和纸，迅速把《春晓》一诗，译成蒙古文，并附上背景说明，带给母亲。大概，我是读懂这一处神秘文字的第一人吧，也算是知音。当时在家乡，授的是蒙古文课，别说文字，会说几句汉语的，也没几个人。家乡人，广泛接触真正的盛唐诗歌，是后来的事。一首《春晓》，竟使毕其格哈达，远近闻名，也使家乡人，揣摩了多年。

花轱辘车，吱吱嘎嘎地，又上路了。10月的故乡山野，静若梦境。我向毕其格哈达，悄悄地挥挥手，并无出声。是怕小弟伤感，也怕自己，情绪失控。

谁留《春晓》于石壁？已无从可考，也并不重要。重要的是，那段往事使人沉醉，也使人忘情。就在两个月前，舍弟悄然离世，使我哀伤深深。我知道这些文字，不是还魂剂，与弟阴阳相隔已成事实！

埙声吹绿阳关道

九月，是属于秋风的季节。秋风一荡，万物便由绿变黄。然而，黄非死亡之色，用不着为此黯然神伤。令人神伤的倒是这一片茫茫沙海里，一直游荡着的无数战死将士们的亡灵。

脚下就是古战场，曾经战旗蔽日干戈相击的古战场。现在，这一切都趋于平静，平静得让人心悸让人寂寞。那么，何处是古阳关？何处是曾经车水马龙人声鼎沸的阳关古道？何处又是汉武帝饮他白色龙驹的水泊呢？

将走进那个残存着的烽火台的时候，他的双脚沉重了起来，好像步步都是深思和远虑了。是的，他是沿着边塞大诗人岑参的车辙来到这里的。当然，现在还不是"一川碎石大如斗，随风满地石乱走"的疯狂季节，然而，风涛仍是激越的、沉郁的。猛然抬头，在长寥的天空中，有一种鱼鳞般的玉石色的东西在飞动。啊，那是大雁巨大的翅翼，在与阳光相撞击时所发出的奇异光芒，也是一个小小生命体所焕发出来的热能和张力。

爱，顺着风。恨，也顺着风。只有顺着风才能从远古飞越今日之阳关，才能阅读岁月之沧桑，人世之变数。九月的阳关，的确让人唏嘘。九月的阳关风，不能不让人寂寞。不信你放目，一望白草与远漠相接，使人联想，一本被岁月翻黄了的历书。不信你侧耳，你的心在抽搐，好似那一粒欲哭无泪的远古沙砾。在一个低洼处，有水草在生长，有昆虫在飞翔。他俯首问一个正在闭目养神的牧驼人，请问啊朋友，阳关，那个曾经辉煌、曾经独领风骚的古阳关，究竟在哪里呢？何处又是它的骨架和血脉？牧驼人睁开眼注视他，以远古厚重的目光。之后坐起来，从一个半旧不新的褡裢里，取出一样东西，说，这个东西不是鹅蛋，它叫作埙，是汉唐之尤物。你不要不信，假如谁吹出了一些悲声来，吹出了一些呜呜与咽咽，那么，他就找到了阳关。阳关，就藏在它的苍凉与低回里。他愕然，并在心里肯定，牧驼人一定是一位西部诗人，他在用"苍凉"二字概括着这里的一切。当然，现实与历史也在其中。

这一座烽火台，已是满目疮痍，毫无往日之威严可寻了。倒像是一耸无字碑，静静地站在那里，是让后来者来破译和解读的吧。读而无字，倒让人读出一些历史的碎章和遗篇来。

他登上那座烽火台，然后以全生命来吹奏那个叫作埙的陶乐。他竟然吹出了圆阔的、空茫而低回的第一声。继而，胸中有什么在轰鸣起来，轰鸣得如此悲切，如此苍远。有一滴咸咸的水滴，明明从他的眼窝里滚落了下来，滴入黄沙，滴入远古，滴入似乎不可阐释的历史久远的情节里去了。

就在此刻，祁连山远处的雪花映入他的眼帘，他终于清醒了，感觉到有什么东西在清清凉凉地进入他的肺腑，是什么呢？难道是雪乳吗？猛然有一位诗人说过的一句话，给了他一些启示："宁为春季一只蜂，不为历史一尊雕像。"细想起来，历史留给人们的清凉之物委实不多，如果说有一些，那么埙，算是一个吧？而烽燧呢？它不算。他只是属于一个朝代的塑像而已。在这个塑像之下，曾经产生过梦想与愚忠、流血与冲突。如今，这一切都已静谧成一堆废土，全然不是昨日之面目了。假如有泪，也不为这残存的烽燧和混迹于沙海里的箭镞而沸洒。它们只是残暴的象征。要洒，也要洒给那些回荡于时空里的长长的马嘶和被狼烟熏黑了的信鸽们。

他吹奏的埙声在继续，那种悲悯与呜咽之声，显然是对于战争和相残的诅咒和讨伐，对于那些战死于沙场的将士们的无限悲悯与同情。战争为何物？空寂的阳关不能回答他，静死的古战场不能回答他，因为这是秘而不宣的历史的也是现实的疑案。塬上的风在呜咽，阳关在埙声里若隐若现，那些寥寥可数的小黄花们贴着地面寂寞地盛开着，像是谁无意中遗留下来的悠远回忆。

这些小精灵们，曾经妖冶于古阳关高耸的城墙下，让那些边塞美人们爱不释目，左盼右想。如今，这一切都已属于昨日之时光，然而，在这空空落落的埙声里，仍然能感觉到她们的存在。物质之本色，永不消逝。

埙声越发地苍凉起来，随着埙声扩展的方向望过去，绵延千里的河西走廊，嘉峪关上猎猎飘动的旌旗，乌鞘岭头无边的小黄花以及那些安然啃青的黑色的和白色的牦牛们，都在他的一望之中了。大不过鹅蛋的小小的埙，为什么有如此神奇的力量呢？他有些茫然起来。他曾经走过陇南、陇中、陇北所有的地方，他惊奇地发现埙无处不在，西部人家烧制埙是非常普遍的一种生活内容。通过埙，他们向外界传递心中的悲与愁、喜与乐。从这个意义上讲，埙若在，强汉和盛唐也就在。埙在，陇天和陇地也在。埙是西部宣泄情致的尤物。埙又是陇地盛盛与衰衰的见证物。收藏一枚埙，就等于收藏到了整个陇地。

埙声里的阳关，朦朦胧胧地在浮现，又朦朦胧胧地在远逝，在这无限的荒沙茫茫里。

燕山铃蓝今安在

凡是美好事物，只一眼便令人难忘。继而成为你心灵一角最美的一道风景。当杂乱无序的心绪，侵袭你情感世界时，往往它会闪现出来调剂你的心境，使你从烦躁、忧郁、愤怒中解脱出来，转而变得平静豁达智性和开朗起来。

它优于一杯清新浓郁的明前茶，优于一壶令人酩酊的兰陵美酒（属于李白），倒像一碗母亲熬给你的驱寒的新鲜姜汤。

譬如，山峦间缭绕的一抹青岚；譬如，竹林间洒下的一摊月光；譬如，山野里流淌的一道山泉；譬如，暗夜里点亮的一寺灯火；譬如，迷路时突然出现的一曲小径；譬如，迷路时传来的远方犬吠；譬如，受挫时送来的一手紧握；譬如，疲惫时偶然展现在眼前的一片蓝蓝的山铃蓝。

现在，就来说说山铃蓝。这个名字，是我的杜撰。因为我非植物学家，对草木花卉的知识不甚了了。一见叫不出她的芳名，情急之下，就择情命名而已。我见过有一种叫铃兰的花，形状像吊在牛犊脖子上的那种铃铛。而我说的这个铃蓝（这里不用兰花的兰），则是长筒喇叭形的，色泽纯蓝，蓝得让人穷于形容。反正极纯极纯的那一种蓝。天之蓝、海之蓝、宝石之蓝，都没她那种令人一见钟情的魅力。这里，借用一下台湾诗人罗门的一句诗："蓝到蓝里去。"或许会更形象一些。

这般只一眼便让人心疼的蓝，以往我的确没有看到过。这是大自然，深情绝妙的一笔。画家的颜色匣里，有没有这种颜色？或高超的丹青手，能不能调出这种蓝？我说不好。孔雀蓝我见过，那是一种十分独特的蓝，但与山铃蓝的蓝相比较，还显逊色一些。

铃蓝，生长于燕山山脉的中高端，是山中的蓝色精灵。此地，山峦起伏而山头多有平阔处。极多卧牛石，这里那里卧成了一片，形状优美而极富个性。反正不是龇牙咧嘴的那一种，看了让人恐惧。

一株株矮小细微的山铃蓝，就拥拥挤挤地广布其间。她们或许是刚从西王母后花园，手挽手降落人间的一群儒雅仙子呢。

今天，横亘于燕赵大地上的燕山山脉，阳光温和，气流柔媚。散淡的云片，白如羊脂，飘若芦花，聚散有度。像是一首唐人王维笔下的，美若画幅的抒情诗篇。若不是持这番优雅姿态，好像对不起这一山的山铃蓝似的。

山铃篮，线条舒畅，尺把身段的样子。无风也微微地轻摇着，让人联想，雪芹笔下的那个聪慧而多愁善感的红楼女子——林黛玉。铃蓝花的铃铛，当然非金属，也非玉石。但是我在静谧中，的的确确聆听到了她所发出的，叮铃叮铃的极轻微的撞击声。轻柔的、曼妙的，如一件看不见摸不着的空灵物什。是什么呢？风摇头，蝶也不语。

我也算是名山大水之痴情追随者了，走过数不清的高山大川，欣赏过说不尽的奇花异木。但没有一个，像燕地山铃蓝这般，使我的灵魂，顷刻间能够安静下来。我的心，仿佛开始下沉，像一粒微风中飘落的松子，坦然回归慈悲的母土。又像一片依时而归的红叶，顺山溪漂流而去，肃穆若美丽的死。

这是80年代的孟秋七月的一天，在去避暑山庄休假的路上。我们的司机，路况不熟，迷茫中竟然开上了抗战时期的盘山公路。路可行车，然，常有障碍物横在车前。我们下车，七手八脚清理那些石头或者倒伏的枯木。累了，就坐在草地或卧牛石上，便休息、喝水，便去眺望千山万岭。凝目眼前的鹰嘴石和它上空缓缓盘旋的那只金雕。

山铃蓝，就在这样的时刻，跳入我眼帘，惊悚我魂魄，使我欲罢不能。太纯净的美，有时使人六神无主，变得呆痴。

时光若一匹飞奔中的神驹，穿云破雾，行程千万里。在嗣后的三十余年里，我曾写过很多关于燕地山铃蓝的诗作，但都流于有形无魂，失败而终，这使我十分沮丧，又很无奈。犹如一次失魂落魄的失恋以及未能草就的一帧情书。怎么？大美的事物，有时会使人的智慧，陷入这般绝境吗？

是一次无意中的迷路，使我们走过久已荒疏的燕山盘山公路。是一次意想之外的邂逅，使我与山铃蓝永结不解之情谊。

咏怀的诗篇是努力要写的，直到生命终结。假如不能完成，就把她珍藏于内心深处，使她的蓝色光辉伴我纯粹的寂寞与永久的怀想。

哦，燕山铃蓝今安在？

野鹭秋水两相宜

家乡有过湿地，且规模可观。远远看去，水汽氤氲而葳蕤一片。喻为水生植物的天然博物馆，也不算夸张。因而，水禽和昆虫们，把它当作自己的乐园，是理所当然。其中有一种水鸟，乡人叫作查干得格力。查干，即白色。得格力，即独腿站立者。其中，体积较小的那一种，在平日里，喜欢把一条腿曲缩于腹下，仅以一腿立于水中，有点作秀的意思。独腿站立，是它的绝活儿。就是一流芭蕾舞演员的平衡术，也无法与之抗衡。它，就是白鹭。乡人所说的查干得格力。

在湿地水面上，低飞着大小不等的白鹭，是常有的画面。据说它们，非同一家族成员。资料称，其中有大白鹭、中白鹭、小白鹭、雪鹭等种类。但它们有一点是相同的，那就是浑身的羽毛，均属乳白色。白得干净，白得优雅，白得无可挑剔。它们飞起来轻盈如棉，一旦遇风，便可逍遥于天。因而我们编着童谣唱："得格力，得格力，像一团絮棉，野风一起，就飞上了蓝天……"它们升空时的飞姿美妙若仙，让童年的我们好奇，也着迷。于是，就有很多形容词，生于脑海。然而，大多一闪而逝，失于无形。后来学到了汉语文，初次读到杜甫《绝句》"两个黄鹂鸣翠柳，一行白鹭上青天"句，就佩服人家诗句的简约和美感。平平常常的七个字，经过人家一剪辑，就把白鹭诗意升空的美姿，自自然然地呈现在读者面前。既生动又形象，既贴切又勾人心魂。相比之下，我们只以棉絮来形容，则显得笨拙了许多。

后来，离开家乡闯荡四方，才发现在数量和群飞的规模上，北方的鹭群，无法与南方的相比。这当然与气候条件和自然环境的优劣有关。记得有一年的仲夏，我在南昌郊野的水面上，第一次看到成千上万的野鹭在水面飞翔，这使我惊愕不已。它们群飞时的气势，使我想起起起伏伏推向天涯的无尽草浪。它们的飞姿那样地壮阔而优雅，仿佛与水天溶化在了一起。而它们落于枝头的画面又如斯安静，使我顿然生疑，或许，那不是鹭，而是正在含苞待放的千万朵白玉兰。

家乡的鹭群，活动范围显然没有南方的大。它们很少离开湿地和湖面，飞到草地或山林中去。偶见落于稻田里的，也不过寥寥几十只而已。毕竟，这里不是它们的长久生存之地。秋风一吹劲，就展翅南翔，一夜之间就消失得无影亦无踪了。啊，这里只是它们稍作休憩的驿站而已。

对季节格外敏感，是家乡鹭群的一大特点。秋色一现，它们便活跃起来。在微凉的秋水里嬉戏追逐，一改往日独立水中的静谧状态，好似服用了兴奋剂似的。腾空落水，落水腾空，呱呱地叫，也不知说一些什么？更不知那种表现是在传达喜悦还是离忧？我觉得因为依恋这片秋水，而心生惶惑的可能性，要大一些。依恋北方的辽阔与空旷，也一定是它们心中挥之不去的情结吧？

唐代李白有诗云："白鹭下秋水，孤飞如坠霜。心闲且未去，独立沙洲旁。"与之是否有相似之处？就不好推断了。反正，这一时节的白鹭，有些好动，也显得心神不宁。对此，家乡的大妈大婶们，就有议论，说，查干得格力少布，是思凡的一群仙女，她们熬不过天上的寂寞日月，偷偷下得凡间来，尽情地撒野撒个够，如今，不得不回到天上去了。大概，王母娘娘也思女心切，派得秋风前来，催促她们速速起程。这些，当然仅属于我们北方人的联想和推测而已。将它们的迁徙之旅，编织成神话来传讲，也是一件美事。那一句"一行白鹭上青天"所描摹的空静飘逸的画面的确让人联想，天女们在归途中的飘飘欲仙状。

一临八月之末，家乡的天气，便开始冷峻起来。白鹭们便成群结队地，有先有后地，飞离这方湿地，飞离依依不舍的北方大野，悄然南归。于是，家乡的湿地，就显得寂静无声。不见了鹭鸟们的身影，我们也感到寂然无趣，心中少去了不少的欢乐。因为少去了它们独腿而立的点点剪影，水面也显得凄凄然，空空然。这时的苇丛，给人的感觉，尤其冷清而单调。

我们的古人，将此禽称之为鹭？一定有他们的道理，而且路字在上，鸟字在下？是在说明，路在空中的意思吗？我没去查过有关资料，宁愿给自己留得一份遐想空间。何况它已经符合北方人的联想和空茫思维，就不需要费什么神去核实了。鹭，要飞很远的路，才能飞回我们所想象的天堂里去。为此，把鹭称之为赶路之鸟，也没什么不妥。这样一想，再去考究，就显得有些多余。何况，美好的联想，总使人的内心，变得丰富而有情。诗歌艺术的出现，大概与此有关。诗歌艺术的绵延，也与抒情和联想有关。

现在，在恬静的月光下，静静地闭目思忖，家乡的查干得格力少布（鸟），就是一首抒情诗。它在我们童年的心中究竟留有多少柔情和蜜意，就无法去估算了。无疑，它也净化了我们一生的思维方式和人生之旅。或许有人说，这说法也太炫了一点。非也。因为凡美好事物，往往都会化作圣露，点点滴滴，无声无息，来滋养我们凡尘中这一颗疲惫的心，有一个词汇叫作潜移默化。

叶落空山壮秋色

空山，并非空。空山，指的是幽深而人迹罕至的山林。古人初造山林二字时，心中必怀有禅意。空山宁静而苍茫，像一位沉思中的哲人。在我们的古典诗词和曲谱里，空山二字俯首可拾，这与古人的学识和审美情趣有关。

如："空山新雨后，天气晚来秋"王维《山居秋暝》和"空山不见人，但闻人语响"《鹿柴》。"落叶满空山，何处寻行迹"韦应物《寄全椒山中道士》。"古刹云光照，空山剑气深"李攀龙《仲春虎丘》。"空山已无歌哭之地，天涯不容漂泊之人"李大钊《警告全国父老书》。刘天华二胡独奏曲《空山鸟语》都是。

空山，亦空。空在，万物梦中没有浊气，云雾逍遥而吸纳天光。空山，亦空。空在，山门宁静而钟鼓喤喤，香火缭绕而点亮群峰。

空山乃避邪静神之圣地。走入空山，心灵就会纯净起来，浊气邪气随风而散。当然，这时需要一些道行和醒世智慧。走入空山，不是弃世也非逃避。只是一次修心养性，恢复人本性的短暂修炼而已。这是很多古圣贤的净魂之道。不像现在，有些阔绰之人，把豪华别墅起建在空山之中，目的无非是去享乐和挥霍，甚至纵欲放荡。有些部门，还想把宁静无邪的空山圣地，租给某些外域财团，辟为狩猎之地，换来几个昧心小钱。更有甚者，有些犯罪团伙藏进空山深处，种植罂粟，提炼毒品，毒害社会。这是人性的严重倒退行为，是反自然之规的。空山至此再也不能"空"了。空山，也净不了他们肮脏的灵魂和无底的欲念。

古人所以向往空山，是为了追求内心的静谧与纯净的。李白、杜甫、王维、白居易们，一生追求名山大川，留下几多流传千年的名篇佳作，成为空山之永世知音。而医圣李时珍走进空山，是求得些许救命之草药，为百姓解除病痛。伟大的地理学家、旅行家、探险家徐霞客，走遍了祖国的名山大川，空山静水，是为了探索大自然之奥秘，为大众造福，为科学探路。他们的行踪，生辉处处，步步莲花，活在阳光与月色里，为世人所感念。

古人所以造出空山二字，是别有一番用意的。空即灵魂之空灵和自在。山水空灵，则有魂。草木空灵，则有神。连飞禽走兽也显得空灵，是因为环境所熏陶的结果。也因为如此，到了深秋时节，纷纷飘飞的落叶，也都显得空灵有余。

我喜欢叶落空山，这个词语，一看到它，心中便产生神圣感。它是一个多么空净，多么诗意，多么幽深的写意啊？

有一年，我在云蒙山深处，凝视纷飞中的秋叶，仿佛听到了它们飘落时的空灵之声。似铃似磬，似近犹远，一下子把个山中秋色渲染得肃穆而庄严起来。

此刻，一阵山风荡过，我隐约觉得似有箫声和晚钟声，藏于红叶之间，假若用心聆听，便可闻之。这种感觉，真是美妙无比，只有在空山深处，才可以获得。

后来在登山途中无意中发现，有一节榆木拐杖躺在一块卧牛石下，被风雨剥蚀，年深日久没人再用过它了，寂寞如一棵野草。上边弯曲处，刻有四个字——云蒙野人。我猛地一惊，且喜又忧。觉得此物乃故人所留，在这里等我。由此，茫然举目，山野空静无人，只有一只鹧鸪在头顶叫了两声，旋即飞远了。云际处，淡去一个小小的黑点。

他，究竟是谁？置身于空山野莽之中，面对纷扬的秋叶，挂杖登临，放目群山，是为了释怀为之的吗？他许是被空山唤到此，与鹧鸪一起，接受自然之大礼——满山满谷的红叶与秋花，在放飞自身的神思妙想，与天地无言地沟通着，喜悦着。

知音，是可以偶遇的。知音，用不着千言万语，"云蒙野人"四个字，就足可传神。杖上字迹稍显粗糙，但很潇洒，虽斑驳且仍存野气。

几步之遥，在乱草丛中，躺着一盘石磨，磨盘已开裂，木架也已陈腐，足见岁月之久长。此处，离云蒙峰顶，大概还有千米之距。周边是无尽的白桦林和山榆林。再无任何人居痕迹，空静得让人寂寞。

他，许是常顾空山野莽的智者。这些白桦树上的万千树眼，一定也见过他，并且似乎在证明此人，刚正不阿与浊世不合的铿然心性。历来，自称野人者，心中大多装有另一番自在天地。

山中落叶，哲人般地逍遥着。有的旋于空中，有的躺于岩缝，并无丝毫的悲秋之态。秋色，依旧地庄严着，亦斑斓着。

莫言空山不可读。这些落叶，即是一些飘摇中的文字，状写着山魂与水魄。读懂它们，其实也不难，净眼即可，净魂犹为好。

秋阳偏西，树影渐渐拉长，空气里拂动着些许凉意。我起身，将这支榆木拐杖，轻轻然依石而置，抚摸几许，并以礼，说，老兄，后会有期。我保证，再来时，手里不会是空的了，一瓶陈年老酒，你可期待也！若违言，空山可罚我。

赞美野草也就是赞美上苍

毋庸置疑，野草一定是上苍派遣的使者，是来为世间万物造福的。它，无私而宽厚，具有舍身利他精神。如斯，赞美野草，也就是赞美了上苍。

在这一丸母性的地球上，生命力最为顽强的生物，是什么？野草。它是植物世界里的旺族，不是几世同堂，而是百世同堂，千世同堂，甚或更长。野草野花，乃地球之暖被，也是披衾。满目苍绿，这一词汇，给人的感觉，多么生动而温暖。野草之美，难以形容，也难以着色。这些野孩子，满山遍野地疯跑，它们的衣着，千姿百态，光怪陆离，无奇不有。然而它们不萎靡，不疯狂，不华丽，也从不哗众取宠。泥土是它们的出生地，也是家。野草之生命力顽强得出奇，难以用文字形容。说它千岁，说它万岁，都不够精准。它们的种子，可休眠于泥土或其他环境，恒久而无恙。一旦遇有适合生长的条件，就可萌发新绿。有报道说，在某国，考古学家在一方遗址里，发现一种植物种子，它在此处已休眠一千七百余年，而生命之质丝毫未损。经过植物学家们精心培育之后，它生了根，拓了叶，蓬蓬然，兴兴然地又一次面世了。这使植物学家们，惊喜不已，拊掌称奇。它的美名，叫作藜。这不能不使我们对这个不朽的生命，心生敬佩和高仰之欲望。由此看来，人在万千植物面前，没有丝毫自大自狂的理由。你看那些小小野草们，它们可以上得了高山，下得了深海，连被称之为死亡之地的浩瀚大漠里，也长得铿然有为，不屈不挠。譬如驼刺、芨芨草、紫荆以及沙漠之花。

然而，人这个智性动物，由于生而傲慢的缘故，在一般情况下，不会正面去看一眼，那些在石缝里或马路牙子上，拱土而生的小小野草和野花们的。除非它们生长于比较显眼的地理位置上。譬如太行石壁上的那些小野花。当你站在万丈悬崖下仰视，那些贴生于千丈之壁上的金色小生命，如斯让人惊愕。它就是太行悬崖菊。目视之余，忽然感到它们是一群金色小蝴蝶，在吸附峭壁而酣然入睡。这是一处，空阔山野里的奇异风光，世人难得一见。它们生于石壁，长于石壁，开花于石壁，连凋谢也还在石壁。无疑，石壁即是它们的生存之居。乍看，不仅让人倒吸一口凉气，也不能不为它们的生存之境，心生忧虑。它们的根，究竟扎在了哪里？又凭何为生？它们这种超越极限的生存技能，是大自然赋予的，还是因为在漫长岁月里，自我修炼的结果？植物学界，对此现象的解释，恐怕只是限于表象，而非内质。

假使，我说的是假使。假使它们生长于平原地带，我们会不会像现在这般，惊奇地细细地去观赏它们？也许，只会当作一种极普通的开花生物，瞄它一眼，便匆匆而过吧？假使它们的种子，在飘游中落于农田，并发芽拓枝，农人们一定会毫不足惜地锄掉它，并扔于田垅之外，不会有一丝一毫的怜悯之心。以人类自私的习性而言，是因为它们长错了地方，有入侵之嫌。如斯，它生得再美再飘逸，也还是不可活的。理由是，它们不在自己所经营的利益范畴里，并谓之杂草、杂花。一个"杂"字，就决定了它们生与死的命运。至此，我想起了杂音这个词汇。这与人类社会，很多现象相似。那就是唯位高者，音正而腔圆，其余皆属杂音。杂，这个字眼，历来是属于弱势群体的。然而，被蔑视为杂草杂花的那些野草野花们，生命力却极其顽强。锄了再活，铲了又生。为何如斯？这恐怕与大自然之生存公理有关。即：生者，皆有存在的权力。因为"道"出于自然，一切亦然。

更何况，现今人类果腹为生的一切农作物，如高粱玉米、稻谷以及杂粮，哪个不是从野草那里演化而来？从这个意义上讲，野生和家生，本是同根同族，没有什么本质上的区别。人，以利而取，也非都错。为生存计，去掉一些，保留一些的作法，也有它的合理性。只是，不分环境，不计利弊，一律当作入侵者灭之，是有违自然之律的。有一位叫作爱默生的美国哲学家，对杂草有一个仁厚的定义：即"还没有被发现优点的植物"。然而，这还是以利益为基础的。所谓优点，绝对是有排他性的前提。就是：为我而用则为优。于我无用则为劣。其实，从道法自然的大宇宙论而言，一切生物的存在，都是天然合理的。人对草木的评判，却都带有片面性。野草生于地球，是先于人类的，应谓之先民。由此来看，优劣之说，岂不荒唐？野草，分布甚广，是自然而然形成的。譬如，水生植物，沙漠植物，草原植物，高原植物等等。它们在那个位置上，自由地生长，是美的，旺盛的，强大的。换个位置，就会有灭顶之灾。就庄稼而言，水稻，必须在水围里，而谷子则不然。

再者，人们说，有些植物有毒性，是有害于人与其他动物的。可那是人家所采取的自我保护手段，是有警示在先的。关你什么事，与你何干？譬如，罂粟。是我们人类，硬是从人家身上提炼出什么物质来，绝非人家所愿。而你把人家，划为毒性植物，大加杀伐不可活，是有违公道的。人家本来就是一种美丽花卉，为审美情趣而存在着。何罪之有？

假使没有了这些野草野花们的呵护和装点，我们这个地球村，将会是何等的萧条和死寂？一切动物，又凭何生存？有一年秋天，我进入腾格里沙漠腹地，一眼望去，赤地千里连绵不断，没有一点生命迹象。在这里，连沙地植物，也不见一个。

如斯，我的灵魂也顿时赤裸成一粒荒沙，躺在了那里。那种寂寥与空茫之感，不能不使我心生恐惧。在那个时辰，多么渴望哪怕是一棵野草，或者一枝野花，能够映入我的视野里来？然而，却连一只沙虎都不见踪影。这使我猛然彻悟：在这个世界上，一棵小小野草或者野花，远比一粒价值连城的宝石或者珍珠来得可贵。因为它们是纯生命的象征。也因为如斯，我在这浩瀚的沙地上，以竹杖感恩地挥写：向你们致敬——不朽的野草们！

最远的距离

日前，被邀去德州，参加一个全国性诗会颁奖仪式。饭后，到住地前的林子里去散步。林子，种植无甚章法，属于原生态，随随便便的那一种。如斯甚好，将一片野气，展示给我们享受。草，都是野孩子。东跑西颠，拥着花儿玩儿。花儿不少，也都是野生野气的，见了人傻傻地笑。而鸢尾，却一身海蓝色盛装，优优雅雅地站在那里，仿佛在等待，风的抚慰，云的点赞。是一群见过世面的妮子，举手投足，都像城里人模样。林中空气甚佳，那是草木带给我们的最佳礼物。湿气，带着一些草木香味，直扑我们的肺叶里来。我听见，我的肺叶，仿佛在轻呼爽。于是我们的心情，轻快起来，手机也开始兴奋，拍摄林中小路的曲曲弯弯，葳葳蕤蕤，野趣野调。拍摄花儿们，与草木捉迷藏的天真样子。这，才是自然界的本真面目。人工过分，会使美与野气减色，也会抹杀个性。现在的人，生于自然，又都远离自然，丢掉了属于自然的本真与元气，像个玻璃行体，透明、精致，却无甚内容。

这是我们都市人的悲哀。也是可喟叹的距离，是我们自己拉开的。

突然，手机收到微信的信号。打开一看，是我和妻子，刚刚面对面站在林中小路上，各自在看手机的照片。题款——最近的距离。补一题款——不，错了——最远的距离。我蒙了一下，什么？我与妻，只有半米之距，怎么是最远的距离？我的脑子，不大会弯弯绕，僵住了。下面见有妻子跟帖——世界上最遥远的距离，就是咱们人在一起，却各看各的手机。我这才明白过来。好一个思维犀利之人，在这样一个可以忘我的环境里，也不忘捕捉生活中所发生的异样画面。她在从微小细节里去剥离生活中的真谛。她，先是埋了伏笔，说：最近的距离。而后用否定句：不，最远的距离。来提醒我们，现正在发生的是什么。不愧是著名文学评论家，她对人生和世界，时刻保持着审视之态。她姓牛，见识更牛。而另一位著名的人物特写高手、作家，姓胡。却一脸深刻地笑着，她用一贯的锐利尖刻的目光，在注视着我们。仿佛在说：怎么样啊？分析得够透彻吧？服与不服？于是，我与妻相视而笑。仿佛，悟到了一些什么？这就是，与智慧之人，同行的妙处。学会观察、分析，再做出精准的结论，这该是思想者与酒囊饭袋应有的区别吧。当然，我是属于后者。

原始的农耕文明时代，是让人亲近，让人相互依赖、相互接济、抱成一团，互为取暖的。而如今，人类进化了，进入工业科技文明时代，人与人的距离却逐渐地疏远了，隔膜与疏离，却越来越加深。不是鸡犬相闻，老死不相往来，而是门对门，不知芳邻姓啥名谁？甚至，一个点头、一个问候都没有了。这说明，生活条件，优越了，进步了，人性与文明，却退步了。尤其近几年，手机微信的普及化，出现了与人疏远，与手机亲近的生活怪象，且十分普遍。当然，手机微信，一下子把世界浓缩了，分秒之间，可以与世界任何一个角落的亲朋好友，有声、有色、有图像地相互交流。这是它的功劳，也是优势，应该点赞。因为它，拉近了人与人之间，最遥远的地理距离。而问题的另一面则是，近在咫尺的人，却拉开了距离，同在一个屋檐下，顾不得相互寒暄、甚至顾不得看上一眼，似是陌路。人，被手机俘虏了，被奴役了。远与近，都因为它的存在，而变化着。刚才，这位评论家，从我和内子的现实状态上，便捕捉到了这一社会实况，以娱乐的形式，传递给我们。

之后，从德州返京的高铁列车上，我开始认真观察。发现，无论男女，抑或老少，都在神情专注地，在看手机。很安静、很陌生、很遥远。甚至情侣之间，也顾不得说话，虽然身体在相互依偎，心却在陌路上奔跑。呜呼，人，创造了智能手机，智能手机却改造着人。如斯看来，有一天，机器人掌控这个世界，并非没有可能。想到此，我出了一身冷汗。

　　而我，从古典诗词歌赋中发现很多，心理距离可以超越空间距离的例证。那时，没有现代化的通信设备，尤其没有手机微信。有时，一封家信，走几十天，几个月，几年的都不稀罕。家书抵万金，并非夸张。唯一能够缩短距离的方式，就是思念。譬如北宋诗人苏轼，对亡妻的思念，更使人感到近距离的痛："十年生死两茫茫，不思量，自难忘。"这里，生者与死者，虽然阴阳相隔，感情的纽带却结而不解，始终在一起。在刻骨铭心的相思面前，有距即是无距了。也有体现亲情与距离关系的。譬如杜甫的："今夜鄜州月，闺中只独看。遥怜小女儿，未解忆长安。香雾云鬟湿，清辉玉臂寒。何时倚虚幌，双照泪痕干。"虽然相隔千万里，却能清晰地看见家中的情形。思念，使目光具有了神奇的时空穿透力。这种思念，往往会深入骨髓，并且留于心中的时间，也颇为绵长。不像现在，一开微信，亲朋就在眼前，很具体、很完整。而思念却浅淡了许多，因为没有了想象的余地。在相互地嘻嘻哈哈中，思念与交流，淡去了甘味。这便是便捷带来的代价，是事物的另一面。我突然想起，有一句话叫作"人是会思想的芦苇"，源自法国17世纪科学家、思想家布莱兹·帕斯卡尔的散文集《思想录》，他在文中写道："人只不过是一根芦苇，是自然界最脆弱的东西。"它的含义，恐怕一句两句是说不清的。对于人类而言，未来的路，还很漫长、还很邈远。懂得自我认知，并看清自己，做自己的主宰，时刻等待自己的灵魂，能够跟上来，显得尤为重要。

第 3 辑 · 有情山水

陈巴尔虎散记

腾格尔有一句歌词"我的家，我的天堂"，他那撕心裂肺的低沉的歌声里，似乎饱含着泪水。天堂，究竟有没有呢？答案是，肯定的。每一个人都有他心中的天堂，那就是养育他的那一片土地。人，无论穷与富，贵与贱，从小到大都是把自己的故土当作天堂的。

对于马背上长大的蒙古人来说，草原就是他们的天堂。现在我要去的，就是被誉为天堂草原的陈巴尔虎。

入春以来，呼伦贝尔大地遭遇到很长一段时间的干旱，从飞机的舷窗往下看，草原和丘陵地带都显出一片鹅黄色，而不是往日仲夏季节里那一种动人的碧玉连绵。上苍稍显冷峻，旱魃就乘隙而入，草木奈何，人又奈何呢？

一走出机场，仿佛嗅到了海拉尔这个草原城市特有的气息、乳香和酒香。海拉尔是一座既古老又新颖的现代化城市，在呼伦贝尔大地的中心地带，像一颗璀璨的明珠，闪耀着夺目的光芒。除了那条穿过城区的伊敏河，仍在安详地流淌之外，其余一切仿佛都有了新的高度，新的色彩。她的远郊里，就有我们的目的地，陈巴尔虎草原，这是一片极富生命意韵的土地。而巴彦库仁镇，简直就是一篇童话，她落生之后的第一声啼哭竟是一声长长的马嘶和各种机械的混合交响。这里正在夜以继日地大兴土木，其中最引人注目的是她的博物馆，旗委常委、宣传部长何天峰，谈起它来两眼放光，兴奋不已，他是一位精明的实干家。这一座建筑，外表壮观而犹见质朴，具有独特的人文个性，内涵极为丰富。

它不是形象工程，也非劳民伤财的那一种贴金建筑，陈旗人民几乎把所有的希望和爱，历史和现实都注入于此，而后信誓旦旦地展现给世人看。

它是一种无言的倾诉。

这里有一座很是体面的中心小学，全部用蒙古语授课，据说是几位热心的海外华人援建的基础教育之地。当我们踏入课堂时，孩子们正当课余时间里，他们成双成对聚精会神地在下蒙古围棋，那种全身心投入的神态，令我们忍俊不禁，也惹人疼爱。我也看了他们的作文展示，一律用诗的形式来书写，字体端正而韵律优美，水平上乘而不乏光彩，所描述的当然是他们所熟悉的草原生活。我为孩子们的聪明才智，感奋不已。

他们的手工工艺品，譬如，勒勒车、牛马驼羊、汽车、拖拉机、火车、蒙古靴、蒙古长袍等也都形象逼真，极富创意，其中一些构思紧紧与科学幻想联系在一起，这说明如今的他们不仅仅是游牧民族的热血后裔，更是与现代世界有机相连的朝气蓬勃的年轻一代。他们不但会飞马扬鞭于大草原，也将会驾机遨游于蔚蓝的长空，他们是未来世界的主人，也是辽阔草原的希望与寄托。

前边我说过，故土乃天堂。故土，是何物？就是母亲的大自然。大自然，才是人类真正的天堂。令人忧心的是，天堂草原陈巴尔虎，近十几年以来也出现了一些令人忧心的困惑，经济发展了，高楼大厦耸立起来了，电灯、电话也都具备了，大小汽车满草原飞驰，牛马驼羊超负荷增长，旅游点四方八面地出现，看似很热闹，很发达，然而问题的另一面却凸显了出来，雨水连年减少，草原开始退化，草不长了，土地裸露了，沙漠频频来入侵，这已是人们心中难以治愈的痂。然而，使人兴奋的是，决策者和普通百姓们都行动了起来，在赤裸的沙地上铺展开草方格，种植起希望的草木，从沙魔手中一寸一寸地重新夺回自己的生命之地，并且初见成效，战绩非凡。一片又一片的绿草地，重新出现在天堂草原的腹地和边缘地带。这一觉醒是金不换的觉醒，就算亡羊补牢为时也不晚吧？

在重生的绿草地边上，见有一棵碗口粗的山榆，孤零零地独守在这里，有蜂蝶和小昆虫们围绕着它嗡嗡飞翔，见此不能不令人感到凄楚。好在它的周围已有小树苗们在卓然成长，草原的明天，定然会枝繁叶茂，我对她美好的明天深信不疑。

当我们的车队缓缓进入鄂温克民族苏木境界时，一片连天的碧野，展现在我们眼前，使我猛然想起"接天莲叶无穷碧"这一句古诗来。我们一口气爬上高处，迎着带有草香花香的一股股野风，昂然站定，眼下是一条清凉之河，它从遥远的天际朝这边蜿蜒而来，不知是哪一位仙子不慎把自己心爱的银项链，遗弃在这个碧玉的巨型盘子里？成了这里一道梦境般的风光。这就是著名作家老舍先生赞誉为天下第一曲水的莫尔格勒河。

她的两岸，蒙古包好似绿缎子袍衣上的银质纽扣，有序也无序地排列着，牛羊和骆驼在安详地啃着青草，马儿们头顶头站在清洌的河水里，在纳凉，在休闲。我和天上飘动的白云，无不羡慕它们的悠然和自得。

当我举起相机时，恰好有一只白天鹅从云层飞落下来，闯入我的镜头，它缓缓地合翅，优雅地立地，并伸长长长的脖子在呼唤着什么？这使我猛然想起，唐诗人孙逖的一首五律《观永乐公主入蕃》来。诗曰："边地莺花少，年来未觉新。美人天上落，龙塞始应春。"这里倒是不缺少莺花，也不缺少鸟歌，不同的是唐永乐公主远嫁到了契丹，成日价在思乡的凄苦中举首东望。而这一只圣洁而高贵的白天鹅，却嫁到了也属边塞的陈巴尔虎草原，却显得兴高采烈不带一丝儿愁绪，这不也是"美人天上落"吗？陈巴尔虎，的确是北国一处天堂，不信你来看看啊，有一句话不是说百闻不如一见吗？

诚为山水点燃一炷心香

莫言警告："人类的好日子已经不多了。"这并非危言耸听。在诸多因素中，人类对自然环境的破坏是最严重的一环。假如有一天，我们人类完全失去了青山绿水，禾草田园，所谓生存就成为空谈，那将是人类真正的末日。

在农耕文明时代，人们对青山绿水，是崇敬的维护的。因为那时的人，依山傍水，才得以生存。敬畏山水，依赖山水，是自然而然的事。而进入工业文明之后，对于大自然而言，是灾难性的。山山水水满目疮痍，树木花草，飞禽走兽，日渐消失。为此，联合国将每年的6月5日定为世界环境日，向世人敲响了警钟。

而在古代中国，山水诗盛行，是人所皆知的文化现象。说明我们的古人，对于自然环境的珍爱与重视程度，有多么厚重。而今，则正好与之相反。有一年，我去登岳阳楼，见眼前的洞庭之水，浩渺之势大为减色，甚至有些萎靡，令我不由发出一声浩叹。曾经有过一副古联："八百里洞庭凭岳阳壮阔，两千年赤壁览黄鹤风流。"在古人笔下，山与水，是何等浩阔壮丽？而如今，人们对湖水的侵害和过度利用显而易见，不能不引起我们的警觉。"洞庭天下水，岳阳天下楼"，已非往日盛况，是实事。至此猛然想起，唐人刘禹锡的《望洞庭》一诗来："湖光秋月两相和，潭面无风镜未磨。遥望洞庭山水翠，白银盘里一青螺。"那时的洞庭，月光水色互为交融，湖面浪静风平，如同未磨拭的铜镜一般。远远望去，山水苍翠如墨，好似洁白银盘里托着一只青青的螺。青螺，指湖中的君山岛。而今，别说水势之微弱混浊，连水鸟都哀鸣有加，待在远岸，不肯靠近。在它们眼里，人已是异类。

想要改变自己这种孤家寡人的处境，人类需要与万物和谐共处，去行善德、仁德。要去学习存世之道。师者，德之大也。那么，师到哪里去拜呢？师，又是谁呢？说来也简单，在人的一生中，有很多选择的机会。人，可以是师。物，也可以是师。山与水，更是。

子曰："智者乐水，仁者乐山。"意思是说："智慧的人乐于像流水一样，阅尽世间万物、悠然、淡泊。仁义的人乐于山一样，岿然矗立，崇高、安宁。"孔子认为，人和自然是一体的。山和水的特质，也反映到人的素质中来，此言极是。一方山水，培育一方人的例子，从不鲜见。孔子，不愧为圣者，在两千五百多年以前，就道出人与自然的辩证关系。从传统意义上讲，我们的古人都是敬畏山水的。不像现代人，动不动口出狂言——山高人为峰。不错，现代人类的确掌握了一些科学技术，掌握了某些支配自然的能力。为此，就把自己置于自然之上，显得既浅薄又幼稚。

其实，在自然万物中，人是最羸弱的一种。就生存能力而言，连蚂蚁都胜于人类。人类凭的是可以动动脑筋，凭借外力，来弥补自己不足。机械，就是其中的一项。我常在蚁群出没的洞口，观察它们为生存奔走的忙碌身影。为它们可以拖走，比自身大几倍的物体，而感慨不已。不仅动物，连植物的生存能力也明显优于人类。举例有二：一是，30多年前，我第一次去登黄山，看见那些劈石而生的悬崖巨松，昂然向天，久经风雨而不倒时，灵魂受到了极大的震撼。显然，那些松子，是被风吹到了绝处，而后艰难地去发芽、扎根，终于寻出了一线生机，并蓬勃存世。二是，今晨我在河边散步，见满天柳絮在空中，飘飘又摇摇地飞行，在寻找落生之地。不知为什么，一股悲怜之情，油然生于心。它们生而离母，是为寻找未来的生存之地，不仅顺乎常理，更让人动容。别看它们生得懦弱，骨子里却是铿然有声的。它们以弱胜强，最终成为参天大树，那是怎样的一种历练过程？

值得心生敬畏和学习的，更有山与水。有人认为，山与水只是自然之物，没什么可考究和效仿的。此言差矣。首先说

山。人类科学说，它只是地壳运动中所隆起的一些些高地。此
说，从浅层意义来讲，当然是对的。然而，地壳又因何而隆
起？地球板块儿，又是由谁来裁定的？为何漂移？为何相挤？
我们的研究，还没有深入到令人信服的程度。我们所看到的或
许只是表层，而非实质。我的故乡，是在群山环绕中的一处盆
地。睁眼是山，闭眼也是山。因为有山，我们从小就不缺乏安
全感。我在童年时就感到故乡的山，不是一个死寂物，而是有
灵有魂的生命个体。故乡人那种，不怕艰难困苦的坚毅性格，
一定是由山的神教，潜移默化而来的。山的屹立，就是表率。
山的苍茫，就是胸怀。甚至，山的孤傲，也感染着我们的一言
一行。它像是智慧长老，也像是勤勉祖辈。"靠山"一词的出
现绝非偶然。山，无言地教会我们站立，并挺起腰杆，甚至教
会我们，去享受孤独。山，是不会去相互撕斗、碰撞、相互欺
凌和掠夺的。所坚持的，只是扼守岗位，坚贞不渝。山，更不
会以大欺小。珠穆朗玛为众山之首，然，从未头戴银冠，斥责
众小，这便是山的品格。窃以为，这是对一切生存哲学的最高
诠释。

而水，又何尝不是？它是生命之液，可拯救一切生灵的，
唯有它。有关水，我们的古代哲圣——老子、孔子，都有过深
邃的解读，"上善若水"之说，就是一例。中华大地上的大江
大河，我见过无数。它们是母亲大地的动脉，流到哪里，哪里

就有生命的奇迹出现。而我，对水的认知，是从故乡的一条小河开始的。它是一条弱水，却可以锯石而千里流动。看似单薄的水流，居然可以把石头磨成圆形，让其随流而滚。这，使我惊叹不已。水与山同，也从不相互排斥、抵挡、推搡。合流奔腾，是它一贯的风格。在我们故乡人的性格里，都含有那条小河，随和柔情的基因。水，可以包容一切，也滋养一切。水，最具佛性，也最具母性。

至此，我终于明白，人为什么总是心怀乡愁，并叶落归根的。因为故乡拥有这般值得推崇和效仿的山与水。更何况，它们教会我们的，何止是坚毅和利他，更有扼守和仁爱。这一切，都是在潜移默化中流入我们血液里的。它，也使我们的魂魄趋于安静和纯粹。对此，我们没有理由不去感恩山与水。没有理由，不去点燃一炷心香，并以虔诚之心，道声："万谢！"假如我们心中，还有良知的话。

初读梦笔生花

笔，为梦幻之笔。至于生出什么样的奇葩，全凭品读者自己所展开的瑰丽想象了。黄山，无疑是想象之地。梦笔生花更是。

凡山水，都有自己别样诗意的称谓，这与我们古老的传统文化有关，尤其与诗词歌赋有关。诗，乃抒情之物。心中有情，需要抒发，便就诞生了诗歌。硬要砍掉诗歌的抒情性，等于掏掉了诗歌之心。假如把中国的山水，用以叙事称谓，无疑，那是白水一杯，无味也无色了。诗歌的抒情性和形象思维之功是断不可抹杀的。

诗与山水，血脉相连；诗与山水，相扶相依。假若说，传统诗歌具有浩然之气，苍茫之概，那是全凭山水之渲染和撑持的结果。就黄山的主要景区：温泉景区——玉屏景区——北海景区——白云景区——松谷景区而言，各有不俗的响亮称谓，一听让人遐思浮生，心血沸扬。那一株举世闻名的迎客松就与古老的礼教有关。只这"迎客"二字，足把人的一颗心，熏得温暖如春。你想啊，一株高松，悬于万丈石崖，蓬蓬勃勃地来迎接你，你能不动心？能不感到宾至如归吗？作为黄山主峰的——莲花峰，海拔高达1864.8米。你抬头望去，它在早霞的映照下像一朵圣莲，梦幻般地盛开在那里。这使我猛然想起晋代乐府《青阳渡》所描写的"青荷盖绿水，芙蓉披红鲜。下有并根藕，上有并头莲"来。斯时，因为想象的缘故，一座触天高峰，竟然幻为一株莲花，出现在空蒙之中，似闻有它的幽幽清香。天都峰，我是爬过的。它的巍然气势，并不次于莲花峰。你个两脚行路的凡夫俗子，竟然逛到了天上的都市，一股悠然之气，顿时汹涌于胸。诗人郭沫若，极尽想象和向往，写出《天上的街市》一诗，不知他当时，是否曾登临天都峰？假如曾经登临，那一首写于1921年的诗作，抑或会吟成另一种样子吧？还有光明顶，嵯峨之中极见瑰丽。世上之人，没有一位不喜爱光明的。而你，竟然登上了光明之绝顶，此时的你，还是个芸芸众生中的一员吗？

黄山，群峰林立飞瀑惊天。大小七十二峰，各占一半。我相信，踏遍七十二峰者，这世上定然没有几位。我是登过莲花、天都、光明三峰以及极难攀登的鲫鱼背的，当时大汗淋漓，腿脚发抖，的确雄险。其余狮子峰、骆驼峰、书箱峰、宝塔峰、丹霞峰、松林峰、芙蓉峰、双笋峰等诸峰，有的，只能远远送去注目礼。有的，连影儿都没有见到。史载，唐诗人李白曾登临黄山，不知登过诸峰几座？他是山水圣徒，逛过天下无数名山。只是关于黄山，未曾留得佳作几首，不知是何缘故？有幸我在玉屏景区的爬行中，亲眼读到了黄山珍禽——白鹇鸟的翩翩倩影。挑夫说，是只雄鸟。它头上羽冠及下体蓝黑色；脸裸露，呈赤红色。上体和两翅白色，自后颈或上背起密布近似V字形的黑纹，尾呈白色。它飞翔的时候，整个山空被渲染得梦境一般。那一种纯净之美，使所有的形容词自愧乏力。怨不得，李白这等豪放之人，竟然哀求胡公，想以双璧，换得一对白鹇来。有诗为证："请以双白璧，买君双白鹇。白鹇白如锦，白雪耻容颜。照影玉潭里，刷毛琪树间。夜栖寒月静，朝步落花闲。我愿得此鸟，玩之坐碧山。胡公能辍赠，笼寄野人还。"（《赠黄山胡公求白鹇》）。此诗属于白描，然清爽宜人，字字叩心。在这里，他把白鹇的美姿与飘逸之态描摹如九天仙子。圣洁如斯，唯仙界才可得。也唯有此山、此禽、此诗的珠联璧合，才会出现这般梦幻之境。当然，胡公没要他的双璧，只求诗仙，赐诗一首，就可换得一双白鹇。如斯，留得一段佳话，予后人。李白此人，爱山如命。然到了黄山，竟不留几首可传诵之作，有点蹊跷。我疑心，是不是被白鹇之美迷住了双眼，忽略了这等盛景？假如是，恐怕与他性格中的另一面——细密婉约，有关。

凡在中国古典诗词里流传千年，众口相诵的名篇，大多与山水有关。抒山水之情，是我们古代诗人的主要命题。明山秀水，给人的第一感觉，总是触景而生情。而抒发感情的唯一捷径，又是吟诗与作赋。我首次登临黄山，年届四十，骨骼还算硬朗。有一位中年挑夫告诉我，从山脚到北海景区，要登36000级石阶。听罢此言，我有些胆怯，登还是不登？在我犹豫的当儿，挑夫鼓励说，趁年轻还是去登了的好。不是说五岳归来不看山，黄山归来不看岳吗？我天天挑担爬黄山，总还看不够呢。假如你不去登，会悔恨终生的。我说，好！听兄弟的，登！

那一天，我整整爬了八个小时。从早晨爬到时近黄昏。一路的风光，不必说；给心灵的震撼，也不必说。当登到迎客松处，浑身的骨骼几乎要散架了。然而，当我看到高悬在峭壁上的那一株苍然之松，心里猛然汹涌起一股暖流，有点回归的感觉。何况，古典的中国是礼仪之邦，迎客松的来由，恐与礼教有关。如斯温暖人心的称谓，也必缘于诗的情牵。

当爬到北海宾馆，时近黄昏。山色空茫而晚霞若金。匆匆洗把脸，喝一口茶，就挪动沉重的脚步，去拜谒梦笔生花。它坐落于黄山景区的散花坞内，海拔1600余米。是一座孤独之峰，兀立于暮色之中，像一位独行侠，有点擎天而立的豪气在。猛然，心中跳进孤胆英雄这个词汇。看周遭，峰峰触天，都比它显得昂扬而高耸，然他并无丝毫的畏琐与卑微之态。仿佛在说："孤我立此，与俗世何干？"想到此，双目不由潮湿起来，有什么东西刺痛了我内心之痂。

峰头，立一孤松。根，紧抓岩缝，凭空而生。孤峰与孤松，昂首刺天，好一幅双雄立世图。峰，像笔杆；松，若笔头。赐名它为"梦笔生花"者，也一定是缘于诗情激发所致。假如以叙事称谓，可叫作笔石，或者笔峰，就没什么味道了。当我初读它时，心里猛然一惊，遂为传统诗美的壮丽与深邃，而深深感动。整座黄山壮美无瑕，是公认的。然而，最使我震撼和钦佩的是梦笔生花那一副孤傲之态和存世气概。显然，一个"孤"字，在这里得到了最佳的诠释和呈阅。

澜沧江月静若玉

有一年的晚秋季节，在澜沧江畔的虎跳峡一侧，我曾一动不动地凝视一轮江月，至夜半。那一刻，我仿佛进入了时空隧道，时间凝固，生命也凝固。心中的雾霾与阴影，也都随江流远去。人声、轮声、伐木声，顷刻间也消音不再。天静地亦静，仿佛静即是一切了。

山野里，风些许寒，星些许远，江浪安详地睡着。树木的呼吸声时近时远，细微如飘动的发丝。偶有山鸟的梦呓传来，仿佛在提醒：夜已深，此处不宜久留。可是，此时的我好似置身于红尘之外，身心轻盈若翼，杂念全无，像是没有思维的一棵树。

江月浮动，若有若无。映入江中的那些星子，斑斑驳驳地闪烁着，像是一位丹青手，散淡地描摹几笔，又描摹几笔。明月在江心，像一块沉湎的玉，与水相依，发着一身冷冽的青光，仿佛在等待她粗心的主人。看得出她是寂寥的，因而陷入了沉思状。对，江月在沉思，沉思得如此忘我，又如此地心无旁顾。

面对此情此景，不知为什么？我猛然想起一些古代诗人的名字来，如李白、王安石、苏轼、王维和王昌龄们。并揣想他们，面对一轮古时明月时所发出的倾诉或者慨叹之状。有关他们对古时明月的文字，我是读到过一些的，有的在记，有的则淡忘了。但有一点牢记不忘，那就是千秋明月，对红尘中人的眷顾和抚慰，岁岁年年，从未间断过。

譬如，当你身处逆境之时，她就会来陪伴你，以她柔和的光，照耀你的心灵。她会来装饰你寂寞的窗棂，也会来聚拢你散淡无序的梦境。而在不同的季节、不同的环境、不同的心境下，她给人的感悟和遐思，又是启蒙式的，千姿百态的。以下诗句就是证明——

王昌龄写："秦时明月汉时关，万里长征人未还。"

王安石写："春风又绿江南岸，明月何时照我还？"

苏轼写："明月何时有，把酒问青天。"

李白写："我寄愁心与明月，随风直到夜郎西。"

王维写："明月松间照，清泉石上流。"

以上这些名句，传诵千年，代代相传，因了都与明月有关。他们借用明月抒发自己的人生感谓和衷肠时的表述方式，虽各有不同，但都明白如话，一读即懂。其中的意境之高远和苍阔，总让人回味不尽，难以释怀。

"澜沧江月静若玉,不须风儿掀漪澜。"此时此刻,我真有些担心,江面会起风。假若此刻起风,会使水中明月被折叠甚或被搅得零乱无形,这不能不让人起忧。因为这般幽然之境,在人的一生中不可多得。

何况这般明月夜,这般原生态的一江碧水,会使我们的灵魂,变得清澈,变得空旷起来。也因为这样的时候,现实中的那一些醉生梦死的生活场景,就会从我们杂乱无序的心幕上悄然退去;那些娱乐至死的生活追求,也会变得滑稽可笑而一文不值。这样的时候,江声和晚钟声,会荡涤我们浮夸零乱的心灵迷境。这样的时候,马嘶和犬吠,会让我们感到生活的真实,会使我们回到人生的原点。这样的时候,千秋明月,就会像一丸发光的安神丸,让我们的灵魂澄明起来。

人,为什么喜欢玉呢?因为它圣洁无瑕,因为它优雅可人。此夜的澜沧江月,使我联想到一块无瑕之玉,或许就是这种心理暗示的结果吧?

四野静谧而万籁俱寂,夜渐渐深了。而这澜沧江月,又不时地激起我心灵的涟漪,一圈又一圈地扩展开来。遽然,有一声柔柔的马嘶,从背后传来。回头,见是一位藏族少女,牵着一匹白色龙驹,正朝江边走。那龙驹也洁白如玉,披一身玲珑的月光,像一则童话。面对江月,少女的心或许有所动?她用藏语轻声唱起《青藏高原》来。她的歌声,没有李娜那般高亢昂扬，却显得些许沉郁，但不缺乏激情和高度：

"是谁带来远古的呼唤，是谁留下千年的祈盼"这两句极具天问意味的歌词，用藏语唱起来，不知为什么，给我的感觉，像是在诵经，也像是在祈祷。不过，这般歌声，并没有打破这一山的宁静，反而使它显得更加肃穆庄严起来。

月光下，那匹白色龙驹在低首饮江，像是啜饮着母乳。那般地深情脉脉，让人不能不动容。它的影子，与江月形成一个美妙的蒙太奇画面：那就是玉对玉，遥相辉映的一幅极具诗意的剪影。美妙如斯，让形容词蒙羞。而那位少女水中的倒影，则与斑斓山木融合在一起，虽有些朦胧，但轮廓却清晰可辨。我疑心她，不就是那一位遗失玉佩的仙子吗？现在正牵着她的白色龙驹，趁夜深人静，寻找她的宝贝来了。

提耳犹闻，山野的絮叨声，啊，是起风了。江水开始波动起来，细微的浪花一朵又一朵，从上游簇拥而下。那江月，也因此由圆变得细长，飘逸如上升中的一件玉披。看来，这一轮多情江月，不得不就此飘逸升空了。天命，不可违。

其实，这一轮明月，一直都是普照着整个山野的，不仅仅限于这一条江水。只是我在凝视中，忽略了这一存在。眼前，玉石般的江月，正被浪花簇拥着远去。耳边仿佛有谁在低语："老兄，凝视得太久，人会变得迟钝，甚或变得呆傻，你该起身了。"是啦，过度地聚精会神，本来就是一种痴迷状态。

而我，就是在这样的心境下，陪伴澜沧江月，静坐了大半个夜晚。魂，似乎离我而去，像一片银杏叶，漂泊不知何往？然而，即便如此我也心甘，因为这不是在欲壑中的自我迷失。

灵山听雨

听雨，亦如听洞箫，是一种高雅的听觉艺术之享受，虽然会给你带来几丝淡淡的忧伤。更何况这般听雨又是在一处独具灵气的苍茫山野里。

这是一个仲夏夜，山野里虫鸣起伏而松风阵阵，更有漫山漫谷的花香草香随风而来，似有不来浸透你骨髓甚或灵魂，就绝不善罢甘休的样子。

远近山林里，时闻山泉之叮咚宿鸟之梦呓。而夜雨又潇潇不止，犹如一群惊起的小蜂鸟，咻咻而来又咻咻而去，雨势就这般的强一阵弱一阵。

妻和我申请钻入一顶白色的帐篷里，来聆听只有这等山野才独有的风和雨、泉和松的混合交响。

而此刻，我们的心既虔诚又有些虚无。为何如此，又料理不出所以然来。反正觉得果真有上帝存在的话，那么现在离他已经很近，似乎可以和他坦然地对话了。

在半小时之前，大家还围着几堆熊熊篝火且歌且舞，也特邀灵山诸峰前来加入我们的舞列。而作家黄宗英名篇《小木屋》的主人翁徐凤翔教授，又是今晚晚会的主持人。当然，那顶小木屋就在近侧，在静静地注视着我们。

灵山一弯新月宛若一把木梳，高高悬在小木屋上空，餐风宿露的徐凤翔教授随时可以用它来梳理她风雨中的白发。

她新近才从西藏班师来到京郊灵山安营扎寨。灵山被誉为北京的珠穆朗玛，是因为它的地理面貌和生态环境，与西藏高原有惊人的相似之。

自从徐教授来到这里，竖起"北京灵山生态研究所"的牌子之后，就有西藏不少种类的动植物纷纷来此落户。并且，都没有身在异乡的落寞感。这是因为身为生态学家的徐凤翔教授，就是它们的慈母和监护人。

此次成行，我们不能不感激国家环保总局和它下属的环境文学研究会。它的召集人高桦女士是一位热心躬耕于这片环境文学灵地的先行者。假若没有她的辛劳奔走，我们是没有机会来此拜访小木屋和它的主人的。

当晚会进行至尾声时，恰有山雨越岭而来。这遽然而至的山雨，也给我们带来了另一样惊喜，那就是这次百年不遇的灵山听雨。

有拙诗为证："夜雨是上苍/安魂的木鱼/滴滴敲在如今人类/有形无魂的/空壳上//灵山肃穆着苍茫下去/是横卧的哲人/不

再说教//帐顶雨声/渐远渐近/雨中的山鸟/衔走我潮湿的激情//花香多情随山雨而来 而雾下/云松 似聆又睡/跳跃的小松鼠/挑逗我久闭的/诗情//哎 是谁的慨叹/犹女裂帛/惊破这一山的寂静/幸福时难道还有如此/灼肤的凄楚吗 这/半雨半霰的/灵山中//。"

有幸在微雨霏霏中肃然听雨，而且又是在灵山这等佳境之中，这不能不说是一次人生的造化。在这里，不但你的灵魂得到了净化和慰藉，而且更有深层的哲理启迪你的人生之门。这犹如一块瑕疵之玉石经过了花露的打湿而大增其光泽一样，令人清明而舒坦。

所谓上帝，其实就是博大的大自然吧。我们的祖先，无论他们是从森林中走出来的，还是从海水中爬出来的，反正这大自然是我们唯一的母胎，这一丸地球是我们唯一的摇篮。

我们人类，唯在她温暖的怀抱里安分而辛劳地生活才是幸福的、静谧的、夜无梦魇的。除此，别无选择。顺之者昌，逆之者亡。

正因为如此，我们才对那些顺此规律奋然起来卫护大自然，献身环保的伟大事业，献身生态研究的斗士徐凤翔、黄宗英、高桦们生有敬仰之情。

我也相信，在今晚的雨韵中不眠的不啻是我们，一定还有徐凤翔教授。雨水绵绵，在浸润花木之心，更浸润她那一颗慈母之心。她一定听到了屋外试验田里植物的幼子们向她发出的喃喃和哆哆，她当然既高兴又慈祥。

今晚，雨中的蝙蝠们也十分活跃，它们有意无意地来撞击我们的帐身，是在表达怎样的身体语言，不得而知。起码说明，今晚醒着的也不啻是徐教授和我们这些人。

天微明，烟起云散。走出帐篷外，只见小松鼠们在枝叶间窜来窜去，它们在偷吃所剩不多的松子。我们不由得笑了起来。它们蹲在枝上掰开松子贪吃的动作，是十分可爱又十分诗意的。是属于那一种极微妙的舞蹈动作。这些可爱的小精灵。

月已向西，峰头之雾柔柔亦慢慢地在波动，溢满雨气和草木香的山野，静谧犹如仙境。

举目望山，苍硕的灵山玉洁的小木屋以及有一株披一身雨露的岩之松，正好在一条视线上映入我的视野。假如有丹青手在此，此情此景一定被录入画面，可惜我不是。

现在，雨是停了，但细碎如落珠的那般雨滴声，仍在心灵的底片上轻扬不去。

不能不告诉你的是，今夜在灵山，在雨中，我实实在在地听到了上帝对我们人类的嘱托以及祝福。

我愿将此留赠给独立的小木屋和醒着的徐凤翔教授。但愿灵山之灵，永远地保佑她。

墨云染向兴安岭

一

若问大兴安岭给你的第一个印象是什么？我立刻回答："绿，松石绿。"无边无际的绿，不可思议的绿。绿是眉眸，绿是胸臆，甚至绿是骨骼抑或灵魂了。

有歌唱："高高的兴安岭一片大森林，森林里住着勇敢的鄂伦春……"说高，大兴安岭其实并不算高，而现在的森林里，也不仅仅居住着鄂伦春一族。它像是一只绿色摇篮，摇了千年，摇了万载，摇育出各族儿女，各色动物和植物的群落。要说，秋色已染大兴安岭，是指秋风而言的。八月，林风萧萧，像一杆彩色的笔，一挥而就。然而，眼下的大兴安岭，除了一些草棵早早地白了少年头之外，再无衰败的景象。达子香（兴安杜鹃），倒是谢幕去了。 可是她的体香仍然回绕于落叶松、樟子松、白桦、柞木以及水柳们的梦境里。想起达子香，就想起兴安岭。想起兴安岭，就迢迢千里，来寻觅那些遗韵和沉香了。

二

阿尔山，就是遗韵与沉香的藏身之处。阿尔山，蒙古语，即圣露之意。往日这里一片萧疏，并不繁华。只有温泉是天造地设的灵物，月月年年喷溅不息。有传说，鹿也好，人也罢，一旦有了伤情和疾患，便来这里洗浴。一经洗浴，便康复如初。民间有一传说，说孩儿的伤残处，慈母泪一旦滴入，仅仅一滴，也能使病患痊愈。如此推测，这阿尔山温泉，也一定是我远祖母之热泪一滴了。

阿尔山，盈目尽是嫩绿和娇青。也不知为什么，它仿佛与我有着千丝万缕的牵挂和惦念。今宵的她，盛装迎我。红顶和蓝顶白楼，与异花奇草一起，亮丽于街道，相映而成趣。而我早已注意到，连这一弯如梳山月，也来悬于头顶，是来梳理我们的杂念和倦意的吗？主人盛意且心细，掌灯时分，就引我们去温泉洗浴。从环境和卫生条件，到各样相关设备，均属上乘。浴室，明亮宽大而水汽氤氲，池水里的自动按摩床不断冒着一串又一串迷人的水泡，像是鱼鳃在一张一合。无论憨厚贤达的老大哥扎啦嘎胡，智慧耿直的兄长从维熙，满腹经纶的诗兄邵燕祥，还是憨厚而极具西部大气的陈忠实老弟，都露出了他们的"原形"，原来他们这些著名的作家也都是肉眼凡胎，并无特别之处。水，最为真实。我们来裸浴，我们也来朝觐。对于我们，体屑和污垢还在其次，最令人窒息的是那一层又一层的伪装。裸浴，是独白，也是一种醒魂的过程。

三

石塘林，在大兴安岭，多处可见。他们咧嘴龇牙，面目狰狞，且毫无生机。可是有一种植物，叫作平珠藓的，偏偏来贴石而生，且心甘情愿。还有达子香，也爱在石塘林里开花，妩媚而情深，从不嫌弃火山石之丑陋与可怖。如此大的丑与美的反差，使我遽然想起《巴黎圣母院》里的那个面容扭曲，但心地善良的敲钟人卡西莫多和极具野性美的吉卜赛女郎艾丝米拉达。这里，还有一种小动物，声音像鸟叫。起初，我还以为鸟们在高枝上谈情说爱呢。可是，这物件，模样像鼠又像兔，俗称鼠兔，而非鸟类。听着听着，我突然有些心酸起来。鼠兔们在这样一片衰败的环境里累月积年地坚持，实属不易。它们渴望绿柳清波、白云蓝天，是情理之中的事。它们，是殉道者。死亡世界，当然是可怖的。地母一怒，顷刻间一切变成了废墟，连微生物也难逃此劫。而问题是，地母为何怒，是谁激怒了她？地震、火山爆发，仅仅是一种物理现象吗？是不是还有其他主观因素？譬如，谁触犯了天规。天规者，天理、公理，百姓意愿，是也。

离开石塘林再上路，长空澄碧如洗，大野豪气四溢。性能极佳的越野车在天然的林间路上行速如羚，跳跃而行。颠簸是难免的，燕祥兄且哲人般地说：其实，颠簸是一种极佳的按摩过程，何况，它还能激活你的灵感。此言极是。右下方，有一条蜿蜒之水流向远方。那就是我们这个古老民族的发祥之水——哈拉哈河。她源自达尔滨湖，阅尽天地之盛衰，是历史的见证者。她一路紧随着我们，忽左忽右，弯弯绕绕，不肯离去。朦胧睡意中我感到那水流，正流入我的肺腑、大脑以及灵魂。而后，它往北一拐，便流向蒙古国，又急速回头，就这样绕了一圈又一圈，像一位寻梦的老妇人。最后，她缓缓流入碧波万顷的贝尔湖，吟出一阕绝句。我摘一些蓝色小野花，轻轻投入于她的波心。虔诚所致，该有些感应吧。哦，我的哈拉哈河。

四

日近午而风习习，山野空寂。胯下之骑一停蹄，便到了达尔滨湖罗国家森林公园。罗，为鄂温克语，即湖水。蓝色锦缎般的湖水，即刻在眼下舒展开来。冥想之中，仿佛有一位长髯老者，在以木火温酒，红泥小炉滋滋有声，有一份禅意在里边。诗人燕祥立于水边，像一株红柳，似在谛听天籁。他稀疏的额发，随风而扬，颇有几分意蕴。不远处，忠实愕然大叫："想不到啊，兴安岭这地方原来还藏有这等美妙的一方湖水。"然后叉开双腿，两手抱胸，任思绪自由飞翔。若说从他的《白鹿原》到达尔滨湖罗，是一个情思跌宕的漫长里程的话，也只有他那一支智慧之笔才能缩短这一距离吧。

湖的北边，就是神指峡。既然为峡，就必有如刀切的两岸峭壁。不同的是，峡间则荡有一条急湍的水流——毕拉河。这里人迹罕至，除了神仙别无他踪。这是一处火山运动造就的独特的地质景观。深深峡谷被密密落叶松、白桦、柞树、水柳林所遮盖。深闺在此，俗人是不得入的。

林工集团刘部长，回过头来对我们说，毕拉河流速急切，水深莫测，然而九十余斤重的哲罗鱼，偏偏又藏于其间，自得其乐。这里的细鳞鱼，又是稀有品种，身价惊人。而那狗鱼，则常常混杂其中，干一些偷鸡摸狗的事，也让人发笑。举目，毕拉河从高空飞斜而下，一泻千里。有诗云"黄河远上白云间"，而眼前的毕拉河，也是不是源于那一片，岭上白云的呢？从远水，有一只白鸥翩然而来，鸣声清丽而苍远，为谁而歌呢？为什么而歌呢？上帝在谛听吗？地母在谛听吗？窃以为人只有在大自然温暖的怀抱里，才算作是人。刚才的游船上，我们每一个人，都有些陶醉，同着湖草一起摇摆，兴致甚好。假如在这样美妙的明山秀水之中，变成一株水草，是不是也很惬意，很自我呢？

五

这里，是一片幸存下来的原始森林，它属于乌尔其罕林管局管辖。车窗外细雨濛濛，森林如梦似幻。入云的高松，松龄都在120岁上下，腰板笔挺地在傲视穹苍。树上端都是雾，似一群狸猫，在蹑脚而行。说，树的上端是天堂，下端是凡间，也无不可，给人的视觉就是如此，说它是一篇童话也非夸张。老林中的树木，有生也有死。生与死的演示，在这里，一目了然。小树，昂扬出世，兴致勃发。老树，颓然倒地，然不离其群。枕着香草，在做永恒之梦。几十层楼房高的树身被死亡吞食了，然而我读出了它们生前的誓言，是为这丸地球去生、去死。还有杜香，是一种很特别的草，法国人买了去制造香韵之霸（香水），而我们自己则有些对不住杜香了。你看，它在脚下蠕蠕爬动，如一片绿雾，许是它的离情别绪呢。

诗人徐刚，有一篇《伐木者醒来》的文字，如今的大兴安岭，如他所言，伐木者变成了造林人，绿树正向每一个裸露之地行进。目前，林业工人的生活是有些困难的，但从发展的眼光来看，也还值得。只要决策者们运筹帷幄，拿出好的政策，困难是可以得到解决的。大兴安岭，无疑是一块风水宝地。它是一个古老山脉，六亿年前的兴安大地槽区，受第三纪时期喜马拉雅山脉褶皱运动影响，蒙古高原逐渐上升、松嫩平原相对下降，就形成了目前西高东低的梯状山地。总面积为1064万公顷，也就是10.64万平方公里。森林，乃地球之肺。大兴安岭，当然也是。维熙、燕祥、忠实、扎啦嘎胡诸兄都是社会贤达，人间良知，对此当然早有极深极透的悟性。一路之上，他们有求必应，墨染兴安大地，规劝同胞，爱护生态，其情可感可叹。

大兴安岭，浩大无边，绿意无限。在几天的行色匆匆之后，我们仅仅留下了几行淡淡的脚印。而呼伦贝尔大草原，在远方召唤着我们。大兴安岭，该说再见了！但我记住了你的金雕和小飞鼠，达子香和飞龙。留诗云："岭上月牙/孤悬在天涯/何其难舍的泪洒/也许还会再来吧/游魂或者躯体/也许还会再来吧/来模仿达子香芬芳的潇洒！/再见 远族的哈拉哈/我记住了你亘古的浪花。"

那就是青藏高原

要想书写青藏高原，需点燃一炷纯粹意义上的藏香于案头，需洗脸洗手。尤其对灵魂，务必来一番清洗。因为这片高原是生命之地，圣洁而又崇高，不可玷污。

书写她时，有一轮皎皎明月在窗外，最好；有一股松香清风，微微吹拂你的稿纸或者电脑屏幕，尤甚。

大概没人不知道，有一首名曲，叫作《青藏高原》。那是作曲家张千一，最为英气，也最为实感的得意之作。由著名歌唱家，后为出家人的李娜，以她的纯生命把它演唱了出来。使之成为不朽之作，成为音律之巅。如斯，我以为李娜的一生，值了。她以清纯高扬的歌声，使连绵起伏嵯峨入天的雪域高原，在世人的心灵里耸立起来，也使我们的灵魂随之而崇高。

青藏高原乃中国最大，世界海拔最高的雪域高原。大部分在青海和西藏境内。其余分布在四川、云南、新疆、甘肃等地。域外的部分在不丹、尼泊尔、印度、巴基斯坦、阿富汗、塔吉克斯坦和吉尔吉斯斯坦等国。总面积为250万平方公里，其中240万平方公里在我国境内。上苍，何等偏袒于我们？

它的最高高度为海拔8000米以上，被称为"世界屋脊"。就如蒙古族已故著名诗人纳·赛音朝克图以蒙古文描摹的那样，是"四脚蹄的兽类未能攀登过的高峰/鸣声入天的禽类从未飞越过的高峰//"。它是这丸地球，唯一能俯瞰全境的瞭望塔。它又是亚洲，诸多大江大河的发源地。因为地块相互推挤的缘故，这个冰峰刺天的高原还在继续上升，每年约上升一厘米左右。可见它的浩大生命力，何等顽强？

这片高原，被众多大山紧紧地环绕着。南有喜马拉雅山；北有昆仑山和祁连山；西有喀喇昆仑山；东有横断山脉。高原内境则有唐古拉山、冈底斯山、念青唐古拉山等。刚才，当我书写这些大山名字时，案头的藏香猛然一明一灭起来，烟雾一圈一又圈地环绕上升，耳边似有悠扬的钟声隐约传来。于是，我放下电脑笔，双手合十，虔诚祈祷，为这片生命高地。

然后，当我微闭起双眼时，居然有大熊猫、金丝猴、藏羚羊、野牦牛、藏野驴、盘羊、雪豹、白唇鹿、梅花鹿以及秃鹫、金雕、杜鹃们的遥远而美丽的倩影跳动在我心灵的屏幕之上。在万年冰雪的护佑下，它们显得那样地从容和福气。

我居然读到了桫椤、巨柏、喜马拉雅长叶松、喜马拉雅红豆杉、长叶云杉、千果榄仁、红杜鹃们的心灵独白和禅意地招摇。

　　我居然又一次被青海湖、纳木湖以及长江、黄河、澜沧江、怒江、森格藏布河、雅鲁藏布江、塔里木河的连天清波和雪浪花所沐浴。这些生命之水，无时不在我些许干涸的心田里静静地流淌。我怎敢在这样一座生命高原面前，自诩为万物之尊，而专横跋扈，目空一切，自以为大？

　　假如没有母亲大自然宽厚无私的呵护，我早已是一粒飘浮无定的尘埃。其实，我们人类的生存能力，不一定优于一群蚂蚁。每当我站在她的脚下，我一次又一次地感觉到自己的渺小和无知。充其量，在无限的大宇宙里，我们人类不过是一个牙牙学语的孩童罢了，有一点儿小智慧、小发明创造，只不过是一次次的小小爬行记录就是了，用不着夸大其词自鸣得意。不信你试试，你任意改变得了一阵山野之风的吹动方向吗？你阻挡得了一次特大洪峰的冲击力吗？你即便有能力动用核武器，摧毁了这丸地球，消失的只是生命，而非宇宙和大自然。经过了千万年之后，又一个地球得以形成，小小生灵又重新复活。要知道，在伟大的宇宙和大自然面前，我们仍是一个无知者，仍是一粒有了生命的小小尘埃。我们的智能，远没有走出一个小小牛犊吃草的草场范围。

　　于是我反省，当前我们人类所需要的，不是狂妄和自恃，而是谦恭和与自然万物和谐共处的平和心态。君不见，那些历史上不可一世的皇族和达官贵人，在漫漫岁月的更替中，哪一个不是变为一摊白骨，默默静躺在荒草野地里。他们的权势和富可敌国的万贯财富，没能使他们长生不老，永远地作威作福下去。凡醉心于逐名争利者，都具备一些小聪明和野心，然而，他们的结局，远不如一个善良的"糊涂人"来得平静和安适。往往，失多于得。这样的事例，在历史的荒原上俯拾即是。

那一年，在玉龙雪山脚下的云杉坪上，我读到了一个有趣的自然景观。那就是高耸入云的云杉和矮矮小小的马蹄花，不分高低同生同长的美好情景。当地导游小卓玛对我说，没有云杉的地方，就不生长马蹄花。我问为什么？她抿嘴笑着答，许是有恋情呗。

这一定是大自然，不，具体地说是青藏高原，给予我们的一个充满哲思的提示，这就是高与低，只是视觉上的差距，而非生存意义上的差距，这样一个生命真谛。

当时，我站在云杉坪上，不由自主地给玉龙雪山唱起《青藏高原》来，奇怪的是，那一天我的嗓音格外地清新高亢，竟然把最后的高音区唱了出来。卓玛说，老师你快看，玉龙雪山为你的歌声而感动，终于露出了她的真实容颜，这是少有的福分啊。前年，来了一位大领导，站在云杉坪上，苦苦等了一个上午，也未能使皑皑雪峰撩起她的云巾一点点，玉龙雪山是有灵气的，她压低声音，神秘地对我说。

　　我常常独自唱起《青藏高原》，是因为心中有信仰，对于圣洁与崇高的虔诚信仰。那一年，我随大陆诗人代表团，访问台湾时，在高海拔的东横公路上，伴着飘进车窗的缕缕水雾和东太平洋的粼粼波光，为台湾朋友唱起《青藏高原》，诗友们无不为之感动，并封我为大陆诗人代表团一号歌手。使我牛气了好久。

　　再后来，在第一届青海湖国际诗歌节上，来自台湾的著名老诗人，《葡萄园》诗刊创始人兼主编，文晓村兄，握着我的手说，老朋友，是你演唱的《青藏高原》把我引到这里来的。我是从医院偷偷跑出来，暗暗发誓，宁可死在雪域高原，也不能放过这次朝圣的好机会。一睹果然啊，这里的确是一片圣地，假如不来，那将是一生的憾事。即便缺氧倒地，我也心甘。

　　第二天，我们同车去走访，天下黄河贵德清的贵德，当导游小姐宣布，各位老师，我们已安全翻越海拔四千余米高的拉鸡山脉，没有一位因缺氧而不适的时候，他笑了，眼里布满泪水。说，雪域高原，不弃老夫也。遂打开手机，给远在海峡那边的友人大声地报告："我已经身在雪域高原上了，她的神奇令我折服，回去慢慢给你唠叨吧老伙计。啊啊，是的，就是大陆诗人查干兄给我们唱的，'那就是青藏高原'的那个地方啦！……"他的兴奋之情，也深深地感染了我们每一个人。

　　令人遗憾的是，晓村兄回台后不久，就病逝于台北一家医院。但他终于读到了那片高原的神圣与崇高。所带回的，是满腔满腑的冰清玉洁之情。

　　我为他高兴。

苇荷静处独听蛙

一

京城今天高温，达38度。酷阳烤灼之后的城市，散发着难以形容的混杂气味。是肺叶的苦难日。

室内闷热，人被清蒸。无奈之下，只好求助空调，门窗紧闭，密不透风，与自然隔绝起来。这样的人造环境，其实，极不适宜人类生存。然而，不得不如此，是我们自找的，怨不得天，也怨不得地。

情急之下，只好找出一些前些年录的鸟声、水声、蛙声播放。果然，心中似有一股清凉的自然之风吹来，感觉爽快了不少。朋友电话问我，在干什么？我说，在开着空调听蛙歌。朋友问，什么意思？家里养青蛙，还叫？我说，在听录制的自然之声，与酷热作生死抗争呢。噢，此法可借鉴，虽然有点自欺欺人。朋友笑着说。

二

人是自然之人，离不开大自然。大自然是一切生灵的摇篮。无论怎样神奇的人造宫殿或古朴的茅店草屋，无一不在大自然的呵护下才能存在下去，绝无独立存世的可能。在同样的高温条件下，城市人的受煎熬程度，远比山野之人要大得多。那是因为远离了大自然。

记得童年时，家乡的夏天也十分酷热。38℃高温，是常有的事。然而，我们没有觉得闷热得死去活来。也没有听说过村里的老年人，因为闷热而猝然倒地的。那是因为空气的绝对新鲜度和空气中所伴有的万千植物、水、岩石所产生的负氧离子，也就是空气维生素，给万千生灵带来的生物活性。它易于透过人体血脑屏障，进入人体发挥其生物效应。就是说，环境健康，离不开负氧离子。

人，到了山清水秀之地，为什么顿然觉得浑身畅快、精神顿消疲惫之态？是因为负氧离子给生命带来的福分。这一福分，城市人极少能享用，而山野田庄则受惠有加。可是，如今人类，则正在急速走向城市化，这不能不使我心存疑虑。福兮？祸兮？

刚刚写上《苇荷静处独听蛙》这一文题，是因为怀念，怀念家乡曾经有过的原生态环境。怀念，顾名思义，是指已逝去的美好事物。譬如，家乡那片原生态的山野、村舍、河流、湿地。童年时，家乡的河流水深而清凉，红柳封锁水面，河坎里藏有各种鱼类，水生植物，各显其色，美不胜收。我们在裸泳时，常见一种鲜绿色的小型蛇，在水面上昂首滑行，不，应该说是在舞蹈，舞姿之美，令人称奇。回想起来，心有怀恋也有悲情。那是一种蒙太奇似的特写镜头，是对自然生物和自然界，血肉相连的倾情颂歌。

每当夏日夜晚，天高星阔之时，野风吹来被烈阳烤炙之后所散发的矿物之辛辣味和草木清香，把我们推入童话般的梦境。而蛙歌总是此起彼伏，有独吟也有合声，一直伴随你甜甜地憨睡。蛙歌，其实就是大自然的催眠曲和湿湿的一串童谣。村里，从来没有一个人，嫌它们嘈闹和无休止的歌唱。反而觉得没有蛙歌的夏夜是不可思议的，也是不正常的。

还有各类昆虫们的唧唧与嗲嗲。没有它们的夜晚，是寂寞的，甚至是孤独的，犹如死亡世界。

无疑，凡是有苇丛和荷泽之地，就一定有蛙歌和昆虫们不夜的鸣叫。因为生命的负氧离子，赐予它们永不枯竭的生命之力。

真是幸运，童年的时候，曾经与它们共同享用过大自然之恩惠，光着腚游泳，赤着脚奔跑，破着嗓子撒野。因为我们，同是地球村的村民和近邻。那个时光多么美好，多么令人怀恋。如今，那些视物欲权欲为生命之本的人群，是没有这分福气可享的。智慧之自然慧光，照不到他们暗淡的心壁。

近几年，京城的自然环境，大有改善。新添几十处的湿地和森林公园，其规模也可观。离我住处最近的奥林匹克森林公园，就是其中之一。它既有人造美境，更有原生态之自然景致。这是个大思维，值得首肯。但是，花丛间飞舞的蝴蝶，体积还是很小，色彩也很单一，瘦瘦弱弱的，看着心疼。蜜蜂少而又少，几乎闻不到蛙鸣，鸟类也极少来光顾。是什么原因？我觉得，是过分使用杀虫剂的缘故。昆虫不活，当然影响生物链。但愿这种情况，很快有所改变。这方面的悟性来得晚了一些，然而，毕竟有了后顾，因而定有前瞻。

三

哪里有蛙歌，说明哪里的自然环境上乘。草木的多样性，也起着不可估量的作用。人造美再加自然美，是我们注重努力的方向。

颐和园，乃京都最大的皇家园林，我常到那里，左转一大圈。原来，昆明湖南岸和西南岸，多有芦苇和荷花种植。近些年则少了许多，自然之趣日渐减色，人工雕饰得宠有加。每到那里心便生忧，也感到空空然。

而我们的古人，则懂得虔诚地心贴自然，与之和谐共处，所以显得富有和诗意。宋朝大诗人辛弃疾在一首《西江月·夜行黄沙道中》就有声有色地描摹这一情景：

明月别枝惊鹊，清风半夜鸣蝉。

稻花香里说丰年，听取蛙声一片。

七八颗星天外，两三点雨山前。

旧时茅店社林边，路转溪桥忽见。

这是一个多么安静悠闲的夜晚啊？鸟鹊被月光惊起，清风引发蝉之鸣叫。稻花香成一地，蛙声又是一片，似在诉说好年成的喜悦之情。忽而，月光被彩云遮住，方显远天的七八颗星星和山前飘落的两三个雨点。些许荒乱之后，就又发现了那座可前往避雨的往日茅店。抒情中见叙事，把个原生态的人居环境，活灵活显地勾画了出来。

而宋人司马光的《有约》更是显得宁静中富有闲趣。这里，雨和蛙，被用来环境和心境的点缀，似闹却静：

黄梅时节家家雨，青草池塘处处蛙。

有约不来过夜半，闲敲棋子落灯花。

　　这简直就是半人半仙的悠闲生活场面。耳边闻有雨声滴嗒，蛙声咕咕。在静谧中，等待博弈之人到来。但对方爽约了，只好闲闲地敲着棋子儿，有些幽然地看着灯花熄落。

　　在以上生动的写意里，都出现了蛙鸣。蛙鸣即是天籁。唯我们的古圣贤，才会听得懂它们的独白和倾诉。显然，他们所追求的，就是"天人合一"这个美好理想。

在九曲黄河第一湾

眼前的青海大地，色泽清幽而空阔绵长，它的典雅庄重足使红尘中的人们灵魂安静。

我们沿着黄河大峡谷一直北上再北上。在一处高地，我们的越野车缓缓停下，陪同我们的朋友说，各位请下车，脚下就是号称九曲黄河第一湾的最佳观赏处。

此地位于青海省河南蒙古族自治县的宁木特乡境内。举目，夕阳温暖波系金光，黄水与夕阳，就要在此依依惜别了。水之岸青石壁立，雕工极为逼真。水流缓缓，似一条金蛇逶迤而动。大野出奇地安详，山风喧嚣不再，独自盘旋的那只山鹰，好似镶嵌在寥廓的蓝天里，优美翔姿一目了然。黄水源处，原是如此鬼斧神工而不可描摹。

不可描摹的，更有一个"曲"字。一个"曲"字，在这里竟然把山与水营造得如此瑰丽多姿，取人魂魄。曲与直，本是相对立而存在的。尤其对人而言，我历来欣赏后者，而不喜欢心理阴暗曲折的人。虽然在我们的传统文化里，曲者往往被美化为有修养有智慧的人，而耿直者却总被同类排斥、打击被贬为简单粗暴。这的确是一个值得反思的文化现象，是我们五千年古老文明应该剔除的瑕疵。

然而在这里，在青藏腹地，对于曲字，我一改往日的逆反心理，蓦然产生了别样好感。这是因为九曲黄河，在曲曲折折中给我们开凿出天下大美，这种大美的表述，是属于哲思的。原来，人与自然，对于曲与直的取舍和运用如此不同，这的确使我始料不及。譬如，曲径通幽，这个字眼，对于自然景致而言，美不胜收极富内涵，而对于人的心境而言，却是阴暗的病态的。

不能不感叹，这一脉黄水的确壮美，美就美在虽然弯曲却无伪装。有时候，自然山水的伪装，使万千生灵在懵懂之中误入歧途，譬如海市蜃楼，譬如漫天水雾。

愚以为无论人或者山水，最大的不幸就是伪装。伪装，使人变得面目狰狞而灵魂龌龊。伪装使某些人或许有所得，但最终会因骨血不净而随风散尽。伪装也使山水失真而丢魂，会使千山鸟飞绝，万径人踪灭。

现在的黄水两岸，雪峰并立直插云天，犹如银色盔甲闪着威武的光芒。不愧是生命之地，长江黄河澜沧江就发源于此。"神圣"二字，用于此处，再恰当不过。

不知为何？此刻在我心里，曲与直，一样地光鲜而分量同等起来，是因为大环境的缘故？还是别的什么原因？我没有找到答案，这使我大为疑惑。想着这些杂乱无序的事，脚步无意中放慢了，竟被同伴们甩得很远，猛然一抬头，见夕阳下沉，所剩已无多，余晖显得黯淡了不少。曲曲弯弯的黄水，越发地静若梦境，让人如痴如醉，假如此刻有一只羊皮筏顺流而下，就能把我拉回到现时世界，然而没有，连一条跳跃浪花的鲤鱼都不见。在右岸开阔处，不知何时出现了一片羊群？在牧羊人身后，有一卫士紧紧地跟随着，那是一只虎头虎脑的藏獒。它高大勇猛威风凛凛，显得一点儿都不矫情，也无讨好主人的举动，但那种甘于殉职的憨态，使人联想古代猛士。羊群在它的派遣下竟井然有序一字排开，形成一帧夕阳归牧图。

羊群的下方，有一白一黑的两头大牦牛在安然地啃着青草，在暮色朦胧里，犹如一幅半透明的剪影，悬在波光山影之间，无意中在你联想的湖水里，掀起一些说不清道不明的微澜。

的确，物由环境而生，有什么样的环境就有什么样的物种，这是定律。因而，只有在西域高原这样博大宽厚之所，才配有牦牛这样禅味通身的生灵是预料之中的事吧。

不知为什么？我猛然把牦牛、藏獒、苍茫的黄水联系在一起苦苦思考，想找出其中的起因和共同点来。然而恰在此刻，远方一片金波浩渺的油菜花，闯入我的视线里，暖暖的、静静的，这使眼前的暮色，也为之灿亮起来。

在这既遥远，又不遥远的青藏高原，在这圣洁而壮阔的九曲黄河第一湾，木然地站着，此刻的我，似乎已无任何的思维活动，空白占领了心中的一切。

究竟，我站成了什么？是高原上的一棵小草？抑或一朵普普通通的格桑花？就不得而知了，但愿我配！

在腾格里腹地

　　走进腾格里腹地，你看到了什么？是没有云，没有鸟影，没有内容的长廖的天。有的，只有无边的寂静，寂静得让人想哭。假如说还有内容的话，那就是风，拧不出一滴水的沙漠风。无疑，沙漠是这里的主宰。是这一片南北长240公里，东西宽160公里宽阔地带的主宰。它是中国沙漠中，排行老四。它在何处？在阿拉善高地。与胡杨和骆驼一起闻名于世的阿拉善高地。我曾经独闯阿拉善，并跋涉于它的浩瀚。也从甘肃的民勤与武威，从宁夏的中卫，眺望过它无边的赤裸与静默。年轻时心热，却少智性。曾经赞美："玉美人似的腾格里呀……"那是一首抒情诗作《腾格里日出》。并由一家电视台配乐朗诵，并播发。现在想来，有点冒傻气。那时把自然生态方面的严峻局面，没怎么放在心上，知之也甚少。不错，在风平浪静的凉秋八月，腾格里沙漠的确显得美。我幻觉它（她）是一位赤裸美人，横卧于天地间。线条清晰，轮廓明丽，让人挑不出丁点瑕疵。然它，一卧就是千百年，就那么裸露着。它似有弹性的皮肤，没有丝毫纹理，光滑如绸，那是风的佳作。只是它的霓裳，珮带与锦囊，都去了哪里？它的花篮，它的鸟语，它的琴瑟，都去了哪里？是的，腾格里，它的嘴唇苍白，不见丁点胭脂红。

腾格里，蒙古语为天。就是说，它是天样大的沙漠。公正地说，腾格里不算是一片死亡之地。除却沙地之外，它还有30%的湖盆、草滩、山地、残丘以及平原。共有湖盆422处，半数仍有积水。水，即生命。水，来自山地或者地底。它的过去定然是生动的、碧波荡漾的、草木葱茏的、鸟语花香的、人欢马嘶的，是一处塞上江南。是长久的干旱，强力的朔风，尤其人与畜的践踏，使这些生命之景，成了既美好，又痛苦的记忆。在这里，历代住民，为了眼前的小利益，毫不足惜地去滥伐森林，又过度利用草原去放牧，令土层表面失去了植物覆盖，使土壤变质，是沙化的主因。

勒马四顾，茫茫黄沙处，立有一耸石碑，稍加修理的那一种。底座，被黄沙掩埋了一半。碑石，呈深绿色，象征着曾经有过的生命底色。也是曾经活跃过的生态记忆。上边刻有三个朱红大字——腾格里。像是在吐血。周边，不见一棵草、一株树，也无麻蜥、沙蛇在爬行。就是说，在此处没有一点生命迹象。绿色，被沙粒紧紧裹住，镀去了一层金黄。于是，"金色沙漠"，成了阿拉善高地的无奈别称。

幸而，在沙地西南部，我看到了十分可观的植被。主要为麻黄、油蒿。而在中部南部和北部洼地里，植物生长较好，多为蒿类。还有白刺、沙蒿、沙竹、芦苇、沙拐枣、花棒、柽柳、驼刺、芨芨草等。长势都比巴丹吉林沙地要好。当然，也有古老的胡杨林和胡杨次生林。它们是绿色生命的活化石，坚守故地千百年，看上一眼，不由让人心生悲壮。然而，这也是沙漠复苏的希望，是不死的绿色精魂在召示。说明沙漠不但可治，更有救。总会有一天，有志者会找到根治沙漠的有效途径，以科学的手段使沙粒变为泥土，从而使万物复苏。我们已经开始行动了。

譬如990公里长的包兰铁路。它寂寞地穿越腾格里腹地，成为不是传说的传说。它的筑建和安然运行，都与治沙固沙的举措有关。铁路两旁，神话般的栽活了耐旱的树木和沙地植物。不但使它们存活下来，更使它们扩充了阵容。说明人的智慧汗水与勤勉，可以使腾格里，再度焕发青春活力。给这位美人，重新披上盛装。因为在沙坡头，人们发明了草方格，用草芥固定住流沙，使小小树苗安然生长，渐次成为固沙林，成为抵抗流沙的绿色军团，并有擒住所有流沙的浩然趋势。有一年，我们受邀前去宁夏，参加那里的《塞上诗会》，期间驱车前往沙坡头，见证草方格所创造出来的，那一片梦境般的绿色奇迹。这是"无中生有"的大道之举。又一次验证，"道法自然"之说的不朽与神力。诗人邵燕祥，不由感叹，这不也是诗的复活吗？而诗人昌耀则说，现在我把一首诗埋在这里，它定会长成一株桎柳，因为风水的缘故。这风水是智者创造的是奇迹。

于是我的心情，由忧而喜。因为拯救和保护自然生态之旦旦誓言，已经铭刻在人们心里，也大写在瀚海之上。君信否？腾格里的明天，将会是绿色的。

第 4 辑 · 煮茶品日月

杯中岂止是醉意

俗话说，杯中天地宽。宽到什么程度难以说准。自从夏朝人杜康，发明用粮食酿酒以来，酒文化就开始萌生并张扬起来。杜康，是酒之鼻祖。后作为美酒代称。曹操在他的《短歌行》里就唱："慨当以慷，忧思难忘。何以解忧，唯有杜康。"可见那时，杜康盛名怎是了得。

有了酒，就该有盛酒饮用的酒杯。于是，历朝历代的各种酒杯就随之而生。其叫法也多得数不胜数。譬如，青铜酒杯类就有：觚、觯、角、爵、杯、盘等。其他类型的还有觞、卮、樽、觥（一种大口酒杯）等，不一而足。

有了"酒"字，我们的古人就又造出了"醉"字。最早的"醉"字，恐怕是金文大篆的"醉"字吧？看上去，好像一位汉子，怀抱酒瓮东倒西歪地在走，很形象。那么，杯中只有醉意吗？不尽然。杯中天地宽阔无边，杯中内涵也随之而丰富起来。杯中有喜、有忧、有情、有怒、也有得意和淫、乱、狂。杯中的故事多如牛毛，所反映的也都是感情世界的方方面面。

举几个例子：

A

譬如李白，他一生好酒。所谓"李白斗酒诗百篇"，就是夸张地描述他的豪情酒力和诗才的。

李白在世61年，算是长寿之人。他字太白，号青莲居士，唐朝诗人，有"诗仙之称"，是伟大的浪漫主义诗人。浪漫，在于他的豪情和美酒。他有一首七言绝句，不光是人，连鬼神都会背诵的吧？"兰陵美酒郁金香，玉碗盛来琥珀光。但使主人能醉客，不知何处是他乡。"这首叫作《客中行》的诗作，是他客旅中所作的名篇。

兰陵（今山东省临沂市苍山县兰陵镇）这个地方，盛产美酒，酒中浸泡一种叫作郁金的草，它有很浓的清香味儿，并有金黄的色泽，就是李白形容的琥珀色。

李白旅次中到达此地，主人就以兰陵美酒来款待他。畅饮时不是以酒杯，而是以玉碗来盛酒。如斯，正合他意，就一饮再饮，酒兴大发，豪情万丈。主人也不含糊，尽心尽意地与他对杯，劝酒。

于是身在他乡的他，竟忘记了离井别乡的忧愁，把他乡也当作了故乡，只有一醉方休的份儿了。这时，杯里所装的不啻是醉意，更是友情了。所表现的，也绝不像现代人所白呼的那种"感情深，一口闷"的傻样和应酬。而是真情实意的，优雅的一种对饮，其中也有些悲壮意味在里面。如斯，微醉中的李白，就为主人提笔吐珠七绝一首《客中行》，以表谢忱并留念。

据说，兰陵镇现在有好几个酿酒厂，其中有一个叫《郁金香》的酒厂，好像还做着广告。我一直在向往，若有机会一定到那里，饮它几杯1300多年之后的兰陵美酒《郁金香》，与诗仙隔空对杯。在微醉中，再给他吟唱我所配曲的《客中行》一首，在诗仙面前露一手。当然，假如他乘云降下，再次来访兰陵镇，为我击剑狂歌，再美不过。果如斯，此生何憾？

B

还有魏晋时期沛国人刘伶，是竹林七贤之一。他一生嗜酒，作有《酒德颂》一文。他信服老庄思想，并尽力来宣扬它，而对传统"礼法"表示蔑视。

他与酒，可以说是生死之交。有了酒，世界仿佛不在他的眼里。他，我行我素，以纵酒放诞为情趣。在《酒德颂》里他言：自己行无踪，居无室，幕天席地，纵意所如，行走或不走，酒杯总是不离口，唯酒是务，焉知其余。别人怎么说他不在意，越是说他越要喝。喝醉了就睡，睡醒了也是恍恍惚惚的。有惊雷，他也听不见。面对泰山也视而不见。不知天气冷暖，也不知人世间的利欲和情怀。

传说，为寻美酒杜康，当他走到洛阳龙门杜康仙庄，见一酒肆门口，有一对联："猛虎一杯山中醉，蛟龙两盏海底眠。"他不服气酒力如斯，即前往。主人劝他：饮此酒，最多不宜过三杯。他不服气，硬是痛饮一坛，而后大醉不醒。

这些反映了当时文人的一种心态。因为那时社会动荡不安，国处分裂状态，统治者对文人不屑一顾，甚至迫害。嗜酒，其实是在借酒浇愁，以酒避祸罢了。此时的酒杯里所装的就是忧愁、压抑和愤怒了。

C

曲水流觞，是永和九年（353年）三月初三上巳日，晋代大书法家，会稽内史王羲之偕亲朋谢安、孙绰等42人，在兰亭举行的修禊活动。这一儒风雅俗，一直流传至今。

在《兰亭集序》里，王羲之有这样的记载："又有清流激荡，映带左右，引以为流觞曲水。列坐其次，虽无丝竹管弦之盛，一觞一咏，亦足以畅述幽情。"

我曾三次到过兰亭。它位于会稽山下，是一个幽静之处。

兰亭周围，荷花开得很盛。有一细细的曲水在亭前流淌。曲水边站着很多青竹，像一群手持酒坛的侍女，静静地，微笑而不言语。

谓之曲水，当然是曲曲弯弯的，且长有水草和小石块。我们一群诗人，模仿古人分坐曲水两旁。有几位青春少女，将"觞"置于荷叶之上，并斟满了酒。而后顺流放下，任它们慢慢漂流。觞很轻，有木制的，也有陶制的，两边有提环。当觞飘到哪位面前停下，哪位就得拿起它，将酒一饮而尽，而后吟诗作赋。一时吟诗不成，则罚酒三觞。此种娱乐方式，既雅又有趣，使人灵魂安静，筋骨舒畅。可惜，今人不懂此中妙趣。

今天，曲水在。觞也在。兰亭，也依然站在那里。只是我们的气质和雅气，远逊于古人。我们是在模仿，心也不太真。整个氛围，也不像农业文明时期的宁静和达雅。那么，那时的酒杯里装的是什么？当然是幽情和心灵的相融相合。醉意，固然有，只是很纯，很静，很诗意的那一种。

杯中天地宽。游于其中，有人清醒，有人混沌，一言两语，怎能说得清楚？尤其我等学识浅薄之人。

波兰印象

　　北京至法兰克福，飞行十一个小时，待机四个小时，再乘波航班机飞往华沙，又近四个小时。我算了一下，从离家到北京首都机场，再到华沙住地，共花去了整整二十六个小时。一路劳顿，真是人困马乏，歪在枕上便就睡着了。清晨醒来，猛然想起，到机场迎接我们的波兰作家协会副主席和著名作家胡佩芳大姐以及中国驻波兰使馆一秘程杰先生，是何时离我而去的？我竟浑然不知，真是太失礼了。

　　走出门外，第一眼看到的是宝石蓝的天空，波兰的天空蓝得不可思议，清明得不可思议，宁静得不可思议。只见几片白得不能再白的云絮下，成群的早鸦铺天盖地地飞过教堂尖顶，仿佛它们在撞响教堂古钟的同时，嘎嘎地在做祈祷。离我不远的古皇宫在清丽的晨阳下，发出金黄色的神秘光芒，仿佛有一位披着金色披风的巨人，威严地站在那里，在视察他舞剑磋艺的斗士们。在他的脚下，成千的鸽子在安然地啄食，有的鸽子飞落路人手上，去大胆求食，而路人也似乎早有准备，鸽子们没有一只空嘴而归的，这使我想起"天堂"这个字眼。令我感到惊异的是那些江鸥，竟然也大摇大摆地混在鸽群之中，仿佛皆是同宗同族，不分彼此似的。由此，我又深一层地去思索，"和谐"这个词的深刻含义。天人合一，是中国古代儒家理念，传扬了几千年，然而，这一美好的饱含深刻哲思意味的思想体系，在它的源头却遭到了空前的冷落，这不能不使人扼腕叹息。而在欧洲在波兰，却得到了张扬和延续。

当天上午，第三十六届华沙之秋国际诗歌节，在四人乐队演奏的肖邦名曲的琴声中安静地开幕了，在以鲜花为背景图案的艺术构思中，透出了主人的诗意和追求。全场静如荷塘，无风亦无雨，贵宾们都怀有对诗歌艺术的虔诚和挚爱，稳坐在那里，坐成一个和平的美好的世界，由此展示诗歌艺术的纯净血脉和永恒魅力。因为这是一次一百多个国家诗人参加的国际诗会。没有喧嚣的背景音乐，也没有使人心慌意乱的闪光灯，没有喧宾夺主的一切浮躁之气。诗，本来就是纯净的、静谧的、发自灵魂深处的一次慨叹，的确用不着多余的描摹和装饰，更用不着随世风而变色变脸。

波兰作家协会主席、著名诗人玛莱克先生，把我们中国诗人代表团安排在第一排就座，并第一个向大会介绍，可见其对中国人民的友好情谊和对中国诗歌艺术的热爱。也是他，把一位中国诗人的诗集亲自译成波兰文，向波国广大读者介绍。尤其对中国古典诗词，他情有独钟，赞不绝口。这一切，一下子拉近了我们之间的距离，我称他为玛莱克诗兄。

当天下午，有一个中国诗人和波兰学生的对话会，儿童文学作家和诗人谭旭东与我，如约前往。年轻的旭东聪慧伶俐，知识丰富，又懂英文，交谈起来更为方便，他又是教授，具有很大的感召力，我为有这样一个同伴而感到欣慰。波兰也是一片诗的国土，在学生中诗爱者为数也不少，他们甚至提出关于中国古代诗仙李白的话题。除了古老文明之外，波兰的环境保护工作做得十分出色，到处是绿树花草、清流甘风，在华沙大街上各种鸟类不时地飞过眼前，在它们看来乡野和城市没有什么本质上的差别，都是飞禽之乐土。行车在波兰国土上，让你惊讶的是一群又一群的乌鸦在天空飞过或落在树林里，成了一道生命蓬勃的风景。所以，我给波兰学生讲，你们生活得很幸福，你们的国家不但富有而且美丽，虽然经过多次的铁蹄蹂躏，战火洗礼，但仍保持着生命固有的朝气。这一群群自由飞翔的乌鸦就是一个象征，我这样说的时候学生们都笑了，接着我说，同学们你们不要笑，我的故乡在我的童年时代，也有过盖过碧水蓝天的鸟群和乌鸦群，然而现在不见了，人为地被扼杀了，留下的只有记忆，现在亡羊补牢为时已晚，恢复原貌，需要很长的时间，我们正在努力，可是，我们这个年纪的人，恐怕是看不到那个景象了。你们的国土上乌鸦成群，说明山水丰颖，昆虫源丰富，有着合理的生物链，生态环境保持良好，这是一件了不起的事情，足见民族精神和素质的优越延续。同学们，当今世界何事最为重要？就是保护好我们的青山绿水，就是环境保护。没有了美丽的自然环境，再现代化，一切都是空的、虚的、无价值的，等待我们人类的只有灭亡。说到这里时，同学们送来了热烈的长时间的鼓掌。

波兰这个国土，曾经有过血和泪的昨天，因而他们的国歌叫《波兰没有灭亡》，今天，不但国家得到了复兴，民族精神也发出了万丈光焰，这里诞生了哥白尼、居里夫人和肖邦，还有为数不少的民族精英们纷纷获取了诺贝尔大奖。这里的人们，性格宁静，这里的山水也性格宁静，甚至这里的树木花草，甚至风都是性格宁静的。这与目前这个浮躁的世界形成了强烈的对比，我为此发出多次感叹。

现在，我和旭东站在这一条野性的维茨瓦河边，不由发出赞美之声。河两岸绝无人为装扮的痕迹，连倒伏于河水中的巨大楠树，也没有人把它移动，假若不去看周遭的高楼大厦，你是不会想到，这竟是一条城市内河。河两岸，几乎不见建筑物甚或人影，只有几条大型船只，横在东欧十月的风里，仿佛已进入遥远的梦境。连那两只落在桅杆上的江鸥，也表现出不盼不顾的模样，仿佛这里就是它们的千古领地，不容谁来侵扰，这就是波兰，一个美丽安详的国土。这就是华沙，一个天人合一的大都市，这就是波兰人，一个不声不响不浮不躁的古老民族。

飞蓬与洞箫

　　飞蓬与洞箫，是风马牛不相干的两个词汇，之间没有必然的联系之处。把它们连在一起写，是缘于一个人。这个人，是我家邻居，长我一轮还多。我们称呼他为杖叔，是因为他总是挂着一根桦木拐杖，艰难行走的缘故。他，右腿残疾，据说是从墙头摔下造成的。然而，他这个人打小聪慧好学，是我们那个偏僻山村的才学之人。在他的炕头，堆积着各类书籍，在他的小八仙桌上，摆着毛笔和砚墨。他会画画，虽不入流，但也不俗。他写蒙古文和汉文的毛笔字，全村过年的对联，均出于他手。他家墙上，整齐地挂着各类乐器——四弦琴、马头琴、竹笛和洞箫。他独处的时间，多于入群。也少言寡语，喜欢独自哼唱一些东蒙小曲儿，且闭着双目，若有所思。见青春女子翩然走过，他速速扭过头去，不正面去看她一眼。那时我们觉得他有些怪怪的，世上竟然还有不喜欢青春女子的男子。然而，他的目光里，有一种很悲怆的东西一闪而逝，是不易捕捉到的那一种，像风，亦像雾。

　　他的情绪，总是平静若水，很少有涟漪或者波澜。只是到了晚秋季节，他显得精神起来。是因为，山野里有飞蓬滚动的缘故。他喜欢飞蓬，喜欢它们自由滚动的兴致和无阻无碍的逍遥情态。他喜欢目送它们，就像目送挚友远别。一直目送到飞蓬消失于远方天际为止。这时，在他的双眼里，明显见有泪花闪动。而他的洞箫，也随之呜咽起来。那声韵，是空空的、幽幽的，如泣亦如诉。显然，有一种远行的渴望以及发于骨髓的哀怨，浸于其间。我总觉得他的箫声，一定也伴随着那些飞蓬，飞过远方天际，到达更邈远的无。

　　飞蓬，学名蓬草。家乡人叫它哈莫呼勒。长在田边地头，或者山野幽谷里，长势旺盛，苍翠一片。蓬字前面加一个飞字，是它枯萎之后的称谓。这时的它，从根处断裂，随风而滚动，一日千里，像离家出走的一群顽童。此时的蓬草，一旦飞动起来，给人的感觉，像是一只山狸在飞速爬动。蓬，是一种极普通的菊科草本植物。在它的生长期，并不特别，也不引人注目。是因为有了"行"的功能之后，才闯入人们的视野里，让人浮想联翩。杖叔所以喜欢它，就是因为它是可以行走的缘故。对于一个不能自由行走的残障者而言，一个"行"字，有着怎样的魅力和渴求之欲是可想而知的。

　　飞蓬，也给予我无尽的联想和好奇心，它使我的童年充满了探究的渴望和远征的梦想。梦想自己有一天也像飞蓬一样，行到天际处，看它个究竟。大人们所说的山外山、天外天，究竟是何模样？后来读到古人有关飞蓬的一些文字，才知道飞蓬有着说不尽的丰富内涵，对于人生境遇的遐想描摹，也胜于他物。譬如，唐人李白的"青山横北郭，白水绕东城。此地一为别，孤蓬万里征"（《送友人》）便是。他借助孤蓬远足，倾吐心中的惜别之情。在这里，他不仅仅是在写飞蓬，明明也在写自己。他写给杜甫的诗作《鲁郡东石门送杜二甫》中，写得更为明白："飞蓬各自远，且尽手中杯。"在这里，飞蓬即是人，人即是飞蓬。这种拟人化的写法，既生动又贴切，使诗意升入更高的层面，诱人遐想，引人入胜。

自古至今，凡引人联想的灵物，不仅使人们的思绪得以深邃，也使人的品格趋于高尚。飞蓬，即是一例。就如同中秋明月，使人想到团圆；长长马嘶，使人想起征程；炊烟一缕，使人想起故地；洞箫一声，发人之幽思一样。

我喜欢洞箫，是缘于杖叔在明月下的一次深情吹奏。那夜，秋风很暖，月光很柔，他的箫声，使整个山野肃穆起来。上边说过，杖叔的洞箫，仿佛专为飞蓬而存在。他喜欢飞蓬，是因为一个字——行。他曾经对我说过，对他而言，能够行走，就是人世间最大的幸福。如斯，飞蓬就成为他生命中的感情寄托物。他吹箫送别飞蓬，也是在送别自己心中的忧伤与向往。洞箫这个乐器，具有沉郁悲怆之美。它的音色，在所有乐器中，是最接近生命原色的一种。那就是哀怨。我有个错觉，杜叔他本身就是一杆洞箫。他的箫声，虽显得婉约凄恻，在风中却纹丝不乱，夜深里也不走调，音色有板有眼，是一种坚韧的述说，是一种凄美的外溢。

洞箫，即箫。别称"竖吹""尺八""竖篴""通洞"等。是常见的民族乐器之一。我最推崇，唐代杜牧写洞箫的诗作，不仅引人入胜，更有醉魂之美："青山隐隐水迢迢，秋尽江南草木凋。二十四桥明月夜，玉人何处教吹箫"（《寄扬州韩绰判官》）。我也写过几首有关洞箫的小诗，但都浮于表层，写不到幽深之处。箫，是一种有灵性的乐器。不然发不出那般幽深而痛切的音韵来。杜叔的幽幽箫声，送得飞蓬究竟到了天涯何处？不得而知。然而，能够把它们联系在一起的只有一个情字。情，是一缕长长的、绵绵的金丝线，它可以把不同的事物巧妙地连接在一起，使之幻化、同辉、互融。如斯，在人世间才多了一些，恬静之逸和安魂之美。

剪　影

君信否？在人的大脑里，一定有一个天然的艺术构思系统。无论静物或者动物，一旦进入你的视野，大脑里的那个系统，便就进入构思状态，并且，往往对所见之物，进行素描、着色、艺术夸张、勾勒出一种超越视觉中的物像。何以见得？

一个画家，面对大山大水，首先是被吸引，而后开始想象、心被激活、血被蒸腾、物像开始人格化，静物有了生命，被画家的笔墨所牵引，到画家的理想之地去营造氛围。这时，画家笔下的物，不再是原先那个物，而是似是而非的艺术化的物像了，其中包含了画家自身的情感和心血。诗人亦然。一般人，对物像也有类似的描摹程序于脑际，只是不会组织、剪裁、着色以及勾勒罢了。

我没有丹青手的天赋，但对物像的勾勒与着色能力都还具备，只是在脑海里，而不是在纸面上。就是说缺乏技巧和表现手法。这很令我自卑。

譬如在草原。我总是能发现艺术化的剪影，而且定格于脑际，久留不去。草原本就是一张偌大的画布，任你想象，任你捕捉、任你营造、任你去发挥生命之潜在本能。

春天，是草原浓淡相宜的季节，丰富多彩的季节，海市蜃楼的出现，是它生命力旺盛的极致。这是一个自然现象，也不仅仅是自然现象，对宇宙的内在情感，人，所知甚少，而且往往囿于幼稚的偏见和理解。人类已经发现了暗物质的存在，但对它的知之只是皮毛而已。由此可见，只有深层定力的人才更容易接近自然，成为她的知音。

当水蒸气上升，蒙古包以及牛马驼羊、远方丘陵，被无限放大，袅娜飘逸，立地顶天，似有似无，此时，你会被感染，艺术勾勒的潜意识，会使你激动不已。这极美妙的剪影，只有在大自然辽阔壮美的屏障上才可以配贴。它属于上苍，也属于寻美之人。

当我第一次读到一列慢悠悠的列列车阵，行进在辽阔无边的草原上时，脑子里产生的第一个反应，就是剪影、艺术的剪影，也联想到黄河之水天来的那种景象。陪衬这一剪影的，当然还有几只盘旋于碧空的苍鹰、几片羊脂白的云絮、奔驰于远方天际的野羊群以及碧草红花山岚与百灵子。相对于高蓝的天空、苍阔的草地，这一剪影是渺小的、若有若无的、无声的、令你落泪的。

这时，你会感到孤独、无助、渺小。然而，一阵草花香的塞上风向你荡来时，你的灵魂立刻振奋起来，自然而然地期待长长的马嘶和可以灌满草原的乳香的长调以及马头琴悲壮苍浑的音律出现。

还有一幅剪影，至今萦绕脑际久久不退。那是在一个月朗星稀之夜，当我走出蒙古包，缓步走向一处淖尔（湖泊）的时候，猛然间看到了一只火狐带着它的狐崽，站在波光粼粼的水边在安然地饮水，我看到了它们美丽的倒影，一下子惊呆了，红柳枝和湖草微微摆动着，那一轮明月也跟着波动，而狐狸们仍然安详地在饮水，这一静一动之间，我似乎意识到有什么距离遽然缩短了。

我定定站在那里，不敢迈前一步，唯恐吓住了这一母一子。然而，它们并不怕我，我正感到欣慰时，有人在我背后轻轻咳了一声，回头，老额吉正微笑着站在离我不远的地方。这时我才明白火狐并不惊恐的原因。额吉说，它们是这里的常客，有时会混在羊群里，天亮时才依依不舍地离开。

"狗不咬它们吗？"我问。

它们相处得很要好，你不必担心。动物之间的事情，有时候很让人感到意外，也耐人琢磨，额吉平静地说。说这话的时候，湖风吹动了她的一头银发，我猛然觉得她就是一位哲人或者菩萨。

天人合一，是古老中国一个让人心动的美好理念。此夜，这一理念，以剪影的形式留在了我的脑海里。

另一个艺术剪影，是出现在冬天的雪原上的。那是1963年，我被下放到乌兰察布草原上的一个牧业生产大队——乌布力乌素，来劳动一年，当起羊倌。当冬天的第一场雪落到万里北疆时，我第一次体会到白雪皑皑这个词汇的丰富内涵。

那一天，我赶着羊群缓缓地走向德尔苏草滩（芨芨滩），天有些阴沉，铅一般的云，从遥远的北方压了过来，暴风雪不请自到，我和我的羊群，不幸遇到了牧人常说的白毛乎乎天气了。我把羊群赶紧赶到了一处冬营盘的羊圈里，自己蜷坐在墙角下。

朦胧中，见远方有一峰白色骆驼一动不动地站在那里，以它魁梧的身躯抵挡着风雪。心想，这畜生有些傻，为什么不顺风而站呢？不久，大地一片皆白，白色骆驼几乎融入雪野之中了，只有它长脖子上红布拧成的装饰物，有别于雪景，显得格外耀眼。啊，又是一个艺术剪影，我这样想着便有些迷糊了。

天，终于放晴了，风也不知去向。天地显得一片祥和，仿佛刚才发生的暴风雪只是一场梦。而那峰骆驼却跪卧在雪中，站不起来。我有些心急，怕它出了什么事？当我把羊群赶到那里才发现它的前腿之间倦卧着一个少年，香香地睡着了。原来，它是他的避风港，此时的他，仿佛在温暖的摇篮里。多么好的伙伴呵，此情此景，怎能不叫人心动呢？在这样一片静谧的旷野，在这样安详而又温馨的氛围之中。

　　草原上的艺术剪影，何止这些？金雕，独自盘旋于青蓝的天空；群马迎风而驰；套马杆立在碧草之中，下边有一对依偎而坐的背影；一棵孤独的老榆树，巍然傲立在丘陵之上；一个美少女，蓝袍红巾，拖着灌满草原的长调飞马扬鞭，奔向羊群；一片白草，神话般波动在秋日的月光下；一个牧马人，斜跨银鞍，左手拖着长长的套马杆，右手一壶烈酒，迎风而饮。

　　剪影，生活的也是艺术的剪影，在草原上无处不在、无时不在。内蒙古一位摄影家朋友，曾经对我赞叹着说，你没见过阿拉善秋日金色的胡杨林，有人说它是一幅天然油画，我倒以为它是一幅绝妙的天籁般的剪影。你说呢？

梦中的白玉

白玉非玉，是一只鸟。

白玉这个美称，是我给它起的。我的白玉，体积比蜂鸟大一些。它的羽毛比玉石还要纯净，比草原上十二月的雪还要白。她的腿细而长，美若金竹惹人眼，且发浅黄色，与它的羽毛相配极佳。喙，长而不尖，如它娴雅的性格，一眼看去便惹人疼爱。它的叫声那么柔和，那么清脆，空空的，像是空中的哨音。时而又像泉水滴尽石窝里一般，一点不刺耳。假使你闭目聆听，会引你进入似梦非梦的境界。我总疑心，它是观音菩萨赐给人间的催眠曲。

有一年的阳春三月，它突然闯进一户芳邻的客厅里，就在人家刚刚开窗透气的那当儿。它飞翔的速度极快，又灵敏。落到人家的书桌上，没有惊恐，像是回到了自家一样地随意。还东张西望，清脆可人地叫个不停。那家主人是一名医生，有一副救死扶伤的好心肠。就给它喂米喂水，它大大方方地食用，也不见生。主人没有养鸟经验，就送给了我。因为它时常听到我家传出去的鸟叫声，在黎明时分。我把它留了下来，起名白玉。阳台上自由飞翔的另外三对鸟，也很兴奋，叫声不断，表示欢迎的意思。我怕它孤独，就去鸟市找一只男性同类配它，然而遗憾，找遍鸟市，就是没有同类鸟。从此，它就独身过日子，显得形单影只。其他六只成双成对地飞，欢快地叫，唯它落在长长的竹竿上，低声地，空空地自语。见此情景，我就离开电脑，推门出去，与它说话，它在高处，我在低处。它就歪着头倾听，有时飞起，又飞回来，与我对视，拍打双翅，这便是我们感情交流的形式。这样的时候，其他三对，不飞也不叫，仿佛在分析，我与白玉，相互在说一些什么？

白玉显得格外文静，像个吟诗抚琴的淑女。与之相比，其他六只却有些粗糙，尤其那一对虎皮鹦鹉，不但爱噪闹，也搞一些破坏活动。譬如，钻空飞进写作室，啃墙皮，撕纸张，气得我满屋子追打。它们却嘻嘻哈哈，与我兜圈子玩。它们知道我不会真的下狠手惩罚它们。每遇这种情景，白玉小姐却躲在高处角落，看都不看一眼，想它自己的心事。

是啊，它究竟是家养的，还是一只野鸟？为什么闯进人家来？是猛禽追它？还是淘气着跑出来之后，找不回主人家了？每天清晨，它是第一个清清脆脆地叫，把我从梦境中唤醒。于是我匆匆披衣去阳台，与它说话。一边给它们换新水，放谷子或者小米，再把洗净的油菜叶吊在笼子里适当的位置。而后，为它们打扫卫生。每当此时，它们叽叽喳喳来回飞翔，显得很是快乐。花盆里刚刚喷洒的水，冒着水汽，溅得它们浑身是水珠。它们乐意如斯，所以有时候，我用小型喷壶喷它们水，造成一种娱乐气氛，让鸟儿们开心。

在夏天炎热时，一般七至八天，给它们洗一次澡。而后用干毛巾擦拭，放在阳台上，不过半小时，羽毛便干了。在冬季，一般二十余天洗一次澡，并用毛巾擦拭羽毛，再用吹风机吹热风，把羽毛吹干为止。其他六只，经常不怎么配合，我就用网兜网住它们。唯白玉，安安静静地等着洗澡。因此它有特殊待遇，每洗完澡，在靠近暖气的地方让它卧着，并吃一些菜叶之类。这时候，它轻轻地啄我手指，表示亲昵。它极有灵性，讨人喜欢。

这使我想起那只老死的大黄。大黄是一只大鸟，浅黄色羽毛，红腿。大黄，是女儿赐它的爱称。有一天，楼下物业从小花园捡到它时，它不能飞。以前的喂养人，把它的翅膀用胶水粘住了。我把它带回来，用温水泡它的翅膀，兑着一些肥皂水。而后用刀片轻轻地刮，再泡再刮。用了将近四个小时，终于大功告成，并用吹风机吹干了羽毛。它终于恢复了飞翔的功能。以后的两年里，它和我最亲近。一叫它大黄，它便拍打翅膀，愉快地叫。当我伏案写作时，它经常飞进来，卧在近旁的空调机上，或卧在我右手旁，看我写字或打电脑。显得很安静，也持重。似乎知道，我在思考问题，只是来陪伴我而已。有时候我轻轻地击打桌面，以示招呼。但不用手去摸它，手上有汗渍，怕影响它的嗅觉。更不去摸它的头，鸟不喜欢如斯。后来它老死了，我们为它举行了隆重的葬礼。那些日子，我无法进行创作，心里空空的，很是悲伤，梦里都是它。有时梦见它，带着一群大大小小的鸟飞进来，满屋落着。然后又飞走，消失得无影无踪。再后来，我的小白玉也老死了。它的翅膀展开在花叶上，像飞翔的样子。一如生前安详之态，优雅地去了，我禁不住老泪纵横。在一个精致的纸盒里，铺一些花瓣和青草，米和捣烂的松子儿，一起埋在了花园里的塔松之下，好去天天看望它。

如今，白玉走了七年，其他几只也都老死了。阳台上空了，没有了它们飞翔的身影和鸣叫。我是安静了，安静得孤寂，安静得像驾一叶舢舨，在大海上漂游。然而，幻听却总是追随着我。在静谧的夜里，总能幻听到白玉清脆的叫声，唧唧唧，像流泉淌过我寂寞的心田。今日夜半，在睡梦中又一次听到了白玉空空的鸣叫声。一骨碌爬起来，到阳台上寻找，而无结果。只有一轮似圆非圆的月亮，横在西南天空，显得有些苍白，衬我心绪，空静一片。

莫凭栏，身后是夕阳

　　夏日傍晚微感闷热，我步出宾馆，独自走向黑石礁。海声，哗哗复哗哗，好似在倾诉着什么？更有螺号的呜咽，从远水之上隐约传来。海，十分辽阔地展现出它全部的金色光芒，像鳞片，闪闪烁烁地推向天际。斯时的大连——这座古老而新颖的水城，一下子摁亮它无数个灯盏，使天空布满了橙红色。无疑，这是一座梦幻般的城市。它所编织的人间故事，一网又一网地撒向大海，不为捕捞铺垫，只为倾诉备之。

　　目及处，夕阳真是无限唯美，是近黄昏的那种唯美。是美的极致，美的终曲。怪不得有人独自在久久凭栏远眺。那人，乍看像一尊紫铜雕像，立在暮色中，一动不动。我想斯时，无尽的浪花，已尽收于他的一望里了。渔火几点，也已在他苍老的眸子里燃烧，虽然朦胧了一些，但也算清晰可辨。这时，我听见他长咳了几声。他的咳声，在夜风中扩散得很远。难道这咳声里，还有什么酸楚的、难言的故事吗？但我相信这几声长咳，不是因为他，呛了海风所引起的不适，而是他回忆的流速，抑或遇到了什么坎坷或者阻碍。或是因为这夕阳，太过安静、太过自我、太过逼近内里的储藏；或是因为这渔火，寂寥在远水里，不声不响地在凝视，岁月斑驳的面庞与额发；或是因为那只掠顶而过的孤鸥，对他说了一些什么，或者暗示了一些什么。后来听说，他是来自南方的一位年迈诗翁。而且，在他的名字里，恰好有一个鸥字守着尾。朋友笑着告诉我，他的名字里不但有个鸥字，而且还是瘦的。你不觉得，这里很有些质感吗？那么，这个瘦字里，究竟蕴含着怎样的人生情节？只有他自己晓得，我们又何必去解释呢。我是远远地凝视着他的，他那一头苍然白发，具有风云特有的韵致。白发缭乱着，像草原上的一丛白草，在随风飘逸，像一首婉约诗。使我想起，"鸳鸯蝴蝶"这个个案来。我毅然决定不走近他，虽然失去一次当面请教的机会。因为我，不愿去搅乱他长长的，被海风梳理着的那一缕思绪。我知道，真的诗人，没有一个是不与苦难相伴的。他也不例外。因为在他凭栏的远眺里，我读到了坚韧与苦楚。这是一幅极生动的生活剪影，不仔细去观察，难以琢磨出它所包含的那些雪雨风霜的往事。

入夜，海光仍很亮堂。能看得见，汐所冲刷而来的海草与海虫。也能看得见字迹。于是，我独自坐在一块高高的黑黑的礁石上，打开日记本，涂抹起小诗一首——《莫凭栏，身后是夕阳》，这是自然流露出的一道题目，没有一点儿推敲的过程。诗句如下："在你有些漂白的印象里/鸥一定都是瘦的吧/在你秋雨春风的眼眸里/渔火一定都是寂寞的吧/谁说白发的飘动声/抵不过拍岸的浪涛声/谁说仅几声长咳/抵不过岁月漫长的疼痛/我看见礁石边/有孤舟独自在那里横/它确实是睡着了/只有浪花浮举着它/那是它的残梦/飘着长髯的往日的梦//哦 莫凭栏/身后是夕阳/壶里假如有酒/你就慷慨它一次吧/与大海同醉/也是一个缘分吧/枕着浪花入睡/人生能有几回//。"

　　时隔三十余年，又有一个夏日的傍晚，我在北戴河的望海亭里，也来凭栏远眺。海声依旧，渔火依旧，帆影亦依旧，朦胧在水波里。当一股湿湿的海风掠过耳际时，我猛然想起，那个蓝色的大连湾，想起黑石礁，想起凭栏远眺的那位诗翁。或许，我现在的远眺里，已经有了他那时的内容与所感。所不同的是，对身后的夕阳，我没有了那种淡淡的感伤。既不惧怕独自凭栏，也不惧怕身后站着夕阳。这或许是岁月之钙，将这一身老骨强化了的缘故吧？假如现在重写那首诗，决然不会有那般感伤的意味了。那首诗，当时没有拿出去发表，在我抽屉里整整躺了三十余年。而那位诗翁，也早已作古。他墓地边的白草，枯荣交替不知有多少回了？然而，漫漫岁月依然是年轻的，一如往常，在生死来往中不断更新。没见几条苍老的纹理，出现在天地间。而我，这一转身，也已是白发人。我不想，向苍阔的天与地，申诉什么，表白什么。沉默，是最好的一坛老酒，藏而不露，饮而不醉。笑看那些人生舞台，不断地去上演它的喜剧与悲剧吧，让那些角色，也轮番地去奋勇登场吧。作为观潮人，要义是不去议论什么，不去评判什么。有点思想有点视力，就可以了。因为我明白，这海上的亘古渔火，也不会因我的一望，而不再漂泊，不再寂寞。我只是过客，而非主人，更无法术，使一切变得美好起来。倒是这远方螺号，低沉的呜咽，使夜海上那条月光带，推延得更长更长了。而一只水鸥，正在一次又一次地俯冲着浪花，是嬉戏？还是在渔鱼？就不得而知了。这便是时光之投影，枯与荣都在其中。

鸟的天堂

谁都知道，自古以来鸟就是人类密不可分的朋友。鸟不但影响人类的日常生活，更能影响人类的精神世界。这个地球，不能没有鸟。

举几个例子，我国最早的诗歌总集《诗经》的首篇《关雎》里，我们的古人就用"关关雎鸠，在河之洲。窈窕淑女，君子好逑"来表达爱意。意思是说，雎鸠关关叫得欢，成双成对在河滩，美丽贤良的女子，正是我的好伴侣。这一爱情的联想，是由一种水鸟叫雎鸠那里来的。

再就是唐代诗圣杜甫有一首著名的七言绝句，把鸟和大自然和谐壮阔之美表达得淋漓尽致，在中国恐怕每一个人的童年时代，都有被这一首诗所陪伴的经历。诗是这样的："两个黄鹂鸣翠柳，一行白鹭上青天。窗含西岭千秋雪，门泊东吴万里船。"就是说，两只黄鹂在翠绿的柳枝头鸣叫着，一行白鹭直直地飞上青天。窗外的西岭上终年积着雪，白皑皑的一片，门口江边上，停靠着开往江浙的船只。

这是一个多么美好又让人心动的自然图画啊，在诗人的视野里首先映显的是两只黄鹂在绿绿的柳树林里歌唱，远方天空，更有一行雪白的鹭鸟在缓缓升上长天。鸟在这里，简直就是诗人的精神世界，欢乐来源。柳树林，也因为有了两只黄鹂的鸣叫而充满了活力。高蓝的长天，因为有了一行白鹭的飞升方显得格外饱满。这样说来，鸟是灵性之物，无论是浩阔的大自然，抑或小小的人的心灵，都不能没有鸟的参与。

再有唐代诗人崔颢那一首著名的五言律诗《黄鹤楼》，简直把一只黄鹤写得神乎其神，在古诗人眼里黄鹤这种鸟成了一种象征。诗的头四句是这样的："昔人已乘黄鹤去，此地空余黄鹤楼。黄鹤一去不复返，白云千载空悠悠。"

这首诗优美而自然，境界开阔，格调高雅。黄鹤是这首诗里的灵魂，可见古人眼里鸟是美丽的神圣的。不像我们现代人眼里，鸟类只是口中之物，这不能不使人心生悲哀。

还有毛泽东是政治家，又是一位诗人。他有一首词（《清平乐·六盘山》）写于1935年10月，正当深秋季节，红军长征，天高路远，关隘重重，在行军路上毛泽东抬头望见南飞的移雁，诗思潮涌，不能自已。

他写道："天高云淡，望断南飞雁，不到长城非好汉，屈指行程二万。……"在这里南飞的雁群又成为一种象征，毛泽东在马背上一直目送大雁，消失在远方天际为止。骤然，人和雁，在这个特殊背景下合二而一，融为一体。

这个时辰，毛泽东爱大雁如命，雁简直成为他意志的象征。当然，毛泽东也因缺乏科学知识，干过糊涂事，那就是他发动的50年代的那一次围打麻雀运动。那时，我是一名小学生，手敲脸盆，追打麻雀，很觉好玩，不知累死了多少无辜的麻雀朋友。现在想起来，都觉得无地自容，为自己的无知和蛮横而感到脸红。所以说，人如果不来常常自我反省，就会干出一些糊涂事来。

唐代诗人王维，是一位大诗人，他的诗，诗中有画，画中有诗，诗里常有天人合一的思想境界，但他又偏偏写出一首《观猎》。是写一位大将军在打猎时的气概，最末两句是："回首射雕处，千里暮云平。"雕，其实就是鹏鸟的一种吧。大诗人李白常用鹏来展现自己的远大抱负。而王维却一时糊涂，以将军手中的箭来射杀它。你说人不反躬自省行吗？

我不是鸟类学家，没有透彻地去研究鸟类漫长的生存历史，然而我知道，几乎每年都有几种鸟类从地球上消失，成为了可悲的咏叹调。这里，罪魁祸首之一，就是我们人类中那一部分无知者。

鸟的天堂，在哪里呢？应该说，鸟的天堂在蓝天里，在碧水青山中，在辽阔的大草原上，在彩色的田野里。然而错了，蓝天被污染了，碧水成了致命水，森林被砍伐尽了，庄稼地里到处是农药，草原正在沙漠化，人类以高科技手段毁灭着鸟的天堂，也毁灭着自己的地球家园。所以说，现在真正的鸟的天堂，是在人心里。就是说，鸟的天堂存在于觉醒的、有良知的、有高智慧的人心里。

前些年，每天早晨我到地坛公园散步，那些鸽子、喜鹊、山雀、麻雀，见人就高飞无踪，就像见了魔鬼。而从去年开始，那些小生灵们，见游人就不那么惊慌失措了，甚至几米距离内安然地觅食或嬉戏。这一信任，常常使我感动。

记得那一年，我和已故作家叶楠兄到匈牙利访问，住在一座绿荫覆盖的别墅里，清晨出来散步，突然有一只美丽小鸟，可以说是小蜂鸟，飞落在我的肩头，轻轻啄我耳垂，我惊呆了，那一刻，我突然觉得自己从魔鬼变成了人，变成了神。至今想起来心头就热。是的，只有得到了世间万物的信任和友情，人才是真正的人。我希望这一天早早地到来。

秋访谢苗庄园

第三十六届，"华沙之秋国际诗歌节"开幕之后的第三天，来自世界各国的一百多位诗人，应邀前往离华沙两个小时车程的谢苗庄园做客。这是一次极愉快的旅程。波兰大地，到处被绿茵覆盖，树木葱茏而品种繁多，旷野上站满了高挺的白桦和楠树，杨树叶随风飘落，碗口大的叶片飞飞扬扬的，似乎在宣告：现在是十月，东欧的晚秋季节。而鸦群的议论很是特别，一路之上呱呱噪噪，时停时续，仿佛是一次议题重大的国际论坛，是在辩论战争问题呢，还是在协调环境保护行动？我们不得而知，鸦群里始终也没有译员出现。波兰的乌鸦群落出奇地多，哪一个是官方语言？哪一些是方言土语？我们无法与它们沟通，只好各行其是，各自开各自的会。有时，它们的飞翔挤满了整个天空，那种自由自在的样子，着实让人羡慕。

这一片古老的土地水草丰盛，气候温润，极易养活昆虫世界，众多乌鸦群的出现足以说明这一点。也说明这里生态平衡，生物链未遭到破坏，肯定是这一丸地球具有活力的一片绿色肺叶，这不能不使我们心生敬意。

一路走来，宽畅的公路还不算多，尤其高速公路还不十分发达，然而车辆却很多，我问译员：请原谅，波兰为何名车不多见？是经济问题呢，还是其他什么原因？他微笑着十分友好地满足了我的好奇心：在我们波兰人看来，汽车只是一个代步工具，而不是什么标志，波兰国土面积不大，用不着用高性能车来赶路，何况还有限速的规定在那里摆着，所以去购买名车者寥寥，在我们看来，是自然而然的事。我愕然，而且心生返思，我感到脸上出现了潮红。是啊，虚荣和奢侈，历来是人类的一个顽症。假若人的思想不沉静，光有物欲的现代化是远远不够的。悟性来自经验教训，也来自生活实践，多么希望我们先富起来的一部分同胞，也以此为荣，以此为戒啊。译员回过头来对我说，我们的目的地不远了。

谢苗，是波兰极具盛名的一位表演艺术家，他把自己深藏于旷野老林里，有点像中国古代避世名士的味道。我们的车子，在草甸子上晃悠一阵之后，终于停了下来，还有一公里的路程，留给我们徒步行走，我们踏着厚厚的浮叶，缓缓而行，此时我想到了竹林八仙，这种感觉十分美妙。林子里，落叶纷纷，草木香四处蔓延，东欧十月的午阳，暖如爱人之手，让人感到仙气缥缈，可以不食人间烟火了。记得当我们离京时，中国作家协会副主席，诗人高洪波兄曾代表中国作协为我们来钱

　　行，并嘱咐，到了波兰一定去谢苗庄园看看，不然会是很遗憾的，果不其然。

　　庄园坐落在一大片老林里，像是一处原始森林，中间是一片开阔的草地，是不甚修剪的那一种，进庄园没有路，要踏草地而行。庄园是一座极其古老的欧式建筑，灰色瓦片，有点陈旧，也有点禅气。

　　一见有远客进得庄园来，三条白色的家养犬迎面蹿来，不吠也不叫，十分友好地摇着尾巴，把每一位客人的脚面吻了又吻，像是三位迎宾使者。人们纷纷弯下腰来，十分亲昵地抚摸它们，以此来表达还礼之意。奇怪的是，它们为什么不叫？怎么识别，我们就是今天这个庄园的客人的呢？诗人们自然都很动情，都停下脚来，与它们合影留念，它们一一配合，那种美姿，超过了名模们的婉约之态。

　　抬眼望去，在众人的簇拥之下，有一位白发老人，披一件白色风衣，微笑着站在高高的台阶上，向我们缓缓挥手，无疑，他就是著名表演艺术家谢苗先生了，他的背后是身穿古装的三人乐队，诙谐之态令人忍俊不禁。一阵迎宾曲演奏毕，主人走下台阶，与老友们一一拥抱，与新朋们一一握手。而后引领大家观看庄园里的立体艺术品，并与众人合影。此时，正遇丝丝小雨飘洒下来，是雾与雨之间的那一种，是用不着打伞的那一种。真乃好雨知时节。

庄园面积很大，园内有自然湖水，没有任何人为装点，野气十足，诗意十足。有大型木雕排列于湖岸，也有木雕小松鼠之类，活灵活现地在草丛之中。屋内摆设，极丰富，又不缺乏色彩，各国的工艺品之类上上下下琳琅满目。简直就是一座小型的艺术品陈列馆。

诗歌朗诵会，就在这个宽敞的大厅里举行，一大筐新采摘的苹果，摆在桌面，十分馋人，满屋飘散的咖啡香和红茶香，勾人心魂。主持人是波兰作家协会主席、著名诗人和翻译家玛莱克先生。他那机智幽默的开场白，获得极热烈的掌声和赞许声。之后，表演艺术家谢苗先生致欢迎词，他头发灰白，不算矮小的身材却有着惊人的魅力。他的眼神里，充满了智慧和热诚，他的手势，是一种极具艺术魅力的语言表达。他声音洪亮，有钢铁的音色，颇具诱惑力。

玛莱克先生第一个点我登场，然而我听不懂，译员恰好又不在身边，感到十分尴尬，全场发出友好和善的笑声。玛莱克先生走过来，递给我华文诗集，叫我朗诵一首自己的诗作，这样，我总算明白了，就开始说几句场面上的话，译员作了翻译之后，我即席朗诵了诗作，接着又唱了一首蒙古民歌，说这是特意献给我们尊贵的主人——谢苗先生的。当我谢幕的时候，收到极热烈的掌声，有不少诗人朋友走过来与我拥抱，这使我感到意外。之后，谢苗先生用波语朗诵我的诗作，而且带有歌唱的音律，就如刚才我唱歌一样，是一个诙谐的回应吧。毕竟是老辣的表演艺术家，他声情并茂的朗诵，获得了满堂喝彩，他却把这个荣誉送给我，并来与我拥抱。这是人生一次少有的经历，也感到人与人之间的距离其实并不遥远，这一次，诗歌艺术是桥梁，让我们走到一起，并为和平友谊发出心灵的呼唤，感谢诗歌。

诗人们轮流登场，各显其才，谢苗先生一一用波语朗诵，整整三个小时过去，他仍精神饱满，活力与魅力不减，不能不使人感佩。

接近尾声时，谢苗先生拥着一个漂亮少女走上舞台并热情地介绍说：她今年16岁，是一个艺术学院的高才生，她的小提琴声会把我们引向艺术的殿堂，并使我们无酒自醉。小天使的琴声的确让人陶醉，她一连演奏了五六支世界名曲，之后又来了一支，以在场诗人的诗作为题，即席演奏，第一个演奏的又是我的作品，我站起来鼓掌并表示谢意。她的演奏十分投入，把作品的内涵表达得淋漓尽致，在场的老诗人们激动万分，甚至掉泪。她让我们沐浴在艺术的春风春雨里，让我们发锈的骨骼重新发芽。她得到了很多的热情拥抱，并留在了我们美好的记忆里。

不知不觉间时近中午，丰盛的自助餐，已摆在了桌面，欧式烤羊和烤牛肉、烤肠，各种面包，各种小菜，应有尽有。红酒、啤酒、咖啡、红茶、其他特色饮料，随意择用。诗人们宁静地用餐，宁静地对杯，以手势和眼神传递祝福和情谊。席间静悄悄，绝无喝五吆六之声。

中国年轻诗人教授谭旭东，与波兰著名盲诗人安哲·巴尔丁斯基夫妇，以英语交谈，并建立了友谊，我们向他们特意赠送了小礼品，也祝愿他们生活美满，身笔两健。当我们把一盒中国京剧脸谱，送给谢苗先生时，他几乎落泪，并与我们拥肩合影，他已是70多岁高龄的老人了，艺术使他永葆青春。

谢苗庄园的确迷人，它坐落于青山绿水之间，本身就是一件极华贵的艺术珍品，我把它藏在内心深处，常常为它拂尘，是情理之内的事。

也说"末日地堡"

对于科学，我是门外之人，所言也是行外话而已。我以为我们人类对大自然、大宇宙的认识，只不过还处在婴儿阶段罢了。我们刚刚意识到了暗物质的存在，但全面了解它还远远不够。谁能一言九鼎地解释宇宙的来由？它究竟是由什么组成的？怎么形成的？

一切生物，都属于宇宙，生死都由宇宙来安排。超然物外、超然宇宙之外的智能生物，直到今天还没有出现。有人质疑"天人合一"说。他们强调天人分离。对此，我个人不敢苟同。工业文明的出现，就是天人分离方面人类所努力的结果。然而，这一结果使人喜忧参半。我们人类凭自己的探索，提升了自身的智慧，以高科技的手段，像蚂蚁啃骨头，改变着大自然本来的面貌和结构。其结果是引发各种自然灾害的相继发生，地震就是其中之一。它给人类所带来的苦难是毁灭性的。我们的智慧还远不能准确地预报出地震的具体时间和地点，还不大清楚地震的真正成因。

"天人合一"说，蕴涵着很深的哲思。而"征服"说，却是不明智的，甚至是愚蠢的。当然，对大自然的小小改动和修理，不是征服，而是修补。因为大自然既然孕育了人，也应允许人为其自身的生存而搞一点"小动作"。问题是今天的人类，太过离谱，过度地开发，过度地吸纳，大开其海口，大动其干戈，美其名曰，改造大自然。这能不惹怒上苍（大自然）吗？就如人，对太不懂事太过蛮干的亲子，一怒而动手，甚至打翻在地一样。

近日来，世界末日说甚嚣尘上，人心惶惶，不可终日。此说来自玛雅人和霍皮印第安人，他们都是依附大自然的恩惠而生存的种族。当他们看到所谓先进种族的那些有违自然规律的愚蠢行为，不能不产生忧虑。末日说，我以为，就产生于这一忧思，不可太当真。但是我们人类，重新找回自己"幼年"时期对大自然的那种敬畏之情是十分必要的，亡羊补牢也是明智之举吧。

令人啼笑皆非的是，美国加州一位实业家，竟利用这一空当，想去赚所谓"世界末日"的钱财。计划在世界各地去建造什么地下庇护所，也就是"末日地堡"。据报道，一间"末日地堡"需5万美元，而申请者中不少人是来自中国的，这不能不叫人感慨。

地堡要位于地下9米深处，号称可抵挡里氏十级强烈地震和五百小时的洪水以及核生化袭击,即使屋外摄氏677度烈火持续燃烧十天十夜,只要居住其间,也可安然无恙。还说,在地下避一年"风头"之后,地堡将重新开启,届时可以为住户提供坚固的工具车,用于代步或者对抗可能存在的变异生物。还有捕猎、钓鱼、种植的工具,让人们重新在地面上繁衍。

这是生活的现实吗?不,这是神话。这是另一个"诺亚方舟"的神话。稍有点生存经验的人,就不会相信此说。既然是"末日",小小地堡就能挽回"未来"吗?何况,住进地堡者,大抵都是富贵之人,即便一年之后开启地堡,人间早已面目全非,一片荒芜,他们能自食其力,重新建造他们富有的伸手即得的"天堂"吗?何况地堡内必须万事俱备,缺一不可活。譬如空气、水、食物、煤气、电……储备几天几十天还可以,一年就难说了。何况在一切都被毁灭的条件下,凭高科技就能庇护一群有钱人,并且让他们重新繁衍,这是在编织童话,是投机商们的小小把戏而已,然而,有人偏偏就去信它。

预言,就是预言。有哪一位预言家,曾经准确地预言过自身的死期了呢?在浩瀚的宇宙面前,人不过是小小昆虫而已,对宇宙的内在变故,目前的人类还所知甚少。所以,顺其自然,最为好。又何必去寄希望于小小的"末日地堡"?虔诚而

实在地，简略而不贪不腐地，自食其力而天人合一地活着，就
是我们的本分，也是我们的福祉。

咏夜什刹海

夜有阴沉的一面，也有温馨的一面。夜给一切生物（当然包括植物）以梦，也给以自由。在静谧的夜色里，假如你在田野里倾心聆听，就会听到植物们的悄悄私语和拔节而长的吱吱声。

记得孩提时代，半夜里摸到河边，拿手电筒一照，那些梦境中的蜻蜓，一动不动地叮在草叶上，显得格外安详。我们这些淘气鬼们淘是淘了一些，但从不去伤害夜色中的蜻蜓，只是静静地去观察它们入眠的状态。

夜，总是宁静的。它使人联想母亲的温怀和月光下的家园。而这什刹海之夜，是这样一次经历：虽然我们不像蝉和蜻蜓那般，对这夜色有着长久的和执着的依恋，可我们在这个夏日的夜晚里的确感受到了什刹海之清凉、温存和魅力了。

今夜的什刹海，赐予我们属于自己的思维方式和欢乐。更重要的是，我们这些人在夜色的庇护下纷纷脱去了灵魂的伪装，还去一个真实的自我。银锭桥头目送夕阳的那个历史老人，已拄杖而去。西山在余晖中也已遮去了它朦胧的轮廓，好似消失中的一方烟水。

在一位友人的召集和创意下，我们这一群文友，分乘两只小船，尽兴地在湖面上自由自在地游荡。那些水藻和树木特有的气味，不断地随风袭来，使人联想朱自清文字里的那一些耐人寻味的宁静氛围。夜的湖面上，游船这里那里地在轻轻戏水。欸乃之声不绝于耳，像一番梦境。

北岸有望海亭，它的灯火长久地凝视着夜之湖面，并以风铃在报平安。而南岸的灯火却是五光十色的，也极具渗透力和诱惑力。那是夜酒吧、茶艺坊的招牌，从那里不时传来电吉他和现代音乐的梦幻之韵。那是属于年轻人的世界，而对于我们这些"功名万里外，心事一杯中"的中老年人来说，却失去了它应有的诱惑力。

倒是船头那位，犹抱琵琶半遮面的年轻艺人，以她的优雅之态和纯粹技艺，在撩拨我们有些隔世的心绪。一曲《春江花月夜》，一曲《莫斯科郊外的晚上》，使我们重新回到青春岁月，那些尘封已久的记忆又浮现在脑海深处。

古希腊哲人，苏格拉底有一句名言："在这个世界上，除了阳光、空气、水和笑容，我们还需要什么呢？"这就是说，自然人的需求，其实是极其俭朴的、纯粹的，而非雍容和华贵。但现代人类的欲望值，却远远超越了这个所需界限。这，或许就是人类的不归之路吧？

如此说来，今夜这艘极其质朴的小小木船，悬着两盏小风灯的小小木船，还有几小碟茶点，是符合哲人生活理想的。更何况聪慧的召集人别出心裁，为我们准备了小纸船以及纸船上的小半截蜡烛。我们各自把自己的小纸船展开来，并点燃起蜡烛，轻轻把它送上水面，让它随着水流游荡而去。

前些时候，忘了在哪家报刊上读到这样一些文字："写一个'0'在农夫眼中是鸡蛋；商人眼中是铜钱；音乐家说是音符；而诗人眼中是一颗圆圆的爱。"

历来，对于事物，每个人的所需是不同的，因而所持的心态也是千差万别。就如此夜，我们是把这些小小纸船和半截蜡烛，看成是吉祥之物，并寄托了一些祝福或者哀思。

人有时，难免会动情。诗人余光中说，对于情，如果控制得宜，也是一种智慧。此言极是。我们东方人的这一智慧，或许，为今后的人类，制造出一些和谐宁静的生活之美也不一定呢。

追溯历史，在我们古代文人墨客身上，不缺少这一智慧之美。在兰亭，书圣王羲之所兴发的那种饮酒赋诗的娱乐法，更是独出心裁，别有一番韵味在。你看他们，酒杯里盛满了美酒，然后让它随流而下，等酒杯停留于谁家，谁就得将杯中美酒一饮而尽，然后，"唰"地一声展开扇面，即席咏怀，名曰"曲水流觞"。那般雅兴和陶醉之态，恐怕是只有神仙才会有的吧？

今夜的什刹海之游，我们没有美酒但有香茗，没有随流而去的觞，却有随流而去的明烛之纸船。

这与南岸的现代酒吧和茶艺坊形成了强烈的对比。酒吧是舶来品，是新鲜事物，当然有它的可取之处。但比起我们的酒肆和曲水流觞来，毕竟还是少了一些诗意和暖味。

说来遗憾，今夜的什刹海，的确多了一些嘈杂，而少了一些雅兴。电吉他的超常高音不仅撕破了夜之宁静，更使百年老宅和高枝上的乌鸦们枕上无眠。

哦，笙歌岁月毕竟远去。

与世界接轨，这是当今极为时尚的一句话，这里当然也包括与世界文化艺术的接轨。然而，接轨不等于消灭自我，全面西化，毁掉自己的文化根基，使自己真正成为"一无所有"者。

当今在国外，我们盛唐时期的诗歌艺术仍然魅力不减，吟咏者众。然而，我们一些年轻朋友，则全面地否定它，甚至诋毁它，这不能不使人心生悲哀。

如果在今夜的什刹海，既有吉他声，更有吟哦之声，岂不更好？

苏轼有一句诗，叫作"人间有味是清欢"。清欢才是我们之心灵所需，也是我们中国人应该持有的从容之态吧？愚以为。

有关农业与人类的话题

城市，是由农村衍化而来的。也就是说，城市是农村的另一模式。无疑，人类的根就在农村。

勿论牧业渔业以及其他各业，其实都与农业血脉相连，无一例外。只是形异而神同罢了。

孩提时代，母亲常对我说，农业是人类的命脉。那时，不求甚解摇头晃脑在同学面前鹦鹉学舌摆弄而已。不过有一点是懂得的，如若没有农业，人类是无法生存的。就说现在知识经济也好，工业科技时代也罢，展现在人们眼前的皆是令人炫目的新奇景象和童话般的新鲜事物，且慢，这一切哪一个又能脱离了农业而独立存在的呢？

其实，我们人类有了一些发明和创造，只算作迈出了一小步。要认识整个宇宙以及我们赖以生存的这丸地球之所有奥秘，相距仍很遥远，我们人类仍处在幼稚园阶段，当然也包括对于农业的认知。

现在就傲岸起来，飘飘然起来，为时过早。

我想那些有本钱入住星级饭店的阔佬们，恐怕已经很少去理会，乡间那晨风中立起的缕缕炊烟以及雄浑的鸡唱了吧？更不会在露水没膝的庄稼地里去劳作一番的。

其实，人类正在患一种易忘症。

他们原本生长于这个朴实而温馨的摇篮里，现在却遗忘了她。人们明明还听见自己嘤嘤啼声仍在田垄和鸡舍边萦绕，却将没绑羽翎的欲望之箭，射向太空。当然，扩展生存领域是无可厚非的，问题是他们箭未发成却又拆掉自己简朴而温暖的窝。

不是吗？我们的农村日渐荒芜，我们的山河湖海逐日消瘦，滥伐森林、狂掘地藏而自鸣得意者众。

当然，以往农业社会有它落后和局限的一面，但那时人们因为依赖土地而生存，所以敬畏它，不敢造次。

话又说回来，发达的现代人类难道果真离开农业择以他途而能够维系生命吗？我想，那一定是一个梦。虽然新闻媒体每一天都在传达种种新奇信息，我总愚钝不开窍。

粮食，永远是人类最基本的生存依赖，别无他物。从这个意义上来讲，谁若是忽略了农村，小视了农民，扬弃了农业，那么他智慧的黄昏也就近了。

若是我站在大庭广众之中大喊两声——农业万岁！农民万岁！又将如何呢？也许有人会骂我弱智、神经质，我无一怨言。因为一临近黑土地，看到晨间立起的袅袅炊烟就热血上涌，就想落泪。不为什么，只是想起了远在天国的母亲。

母亲说过，小米是人世间最纯粹"最富营养"最像乳汁的食物。是的，小米加农舍，就是一首生命的摇篮曲。

什么叫回归自然？为什么要回归自然？哲人们，先知先觉们正在究其要因，在大声疾呼，在阐释，在劝导。我们暂且走出灯红酒绿，听他们演讲，哪怕只一次，如何？朋友们。

依赖土地，是人的自然属性。犹如蚯蚓，蚯蚓之生存律条只有一个，那就是松软板结的土壤，好使万物得以生长，这好使人感动。然而，我的同类总想方设法把它们搬上餐桌还得意忘形。这种绝顶的荒唐行为，又因何而得以肯定的呢？

人和蚯蚓，其实是芳邻，又都依赖黑土地而求得生存，繁衍后代。人们在土地上耕种，蚯蚓在土下助阵，刚好相得益彰，又何忍加害于它们，就因为人先于它站立了起来？蚯蚓相对进化慢，仍在土下爬行，不易在阳光下招摇过市。然而，它对这一片厚土则忠贞不二，为她可以以身殉职，活着则日晰夜守。这是何等高尚的情操啊？每每看到它们在雨后拱出土层，进行一次吝啬的深呼吸时，我就感到深深愧疚。

千百年来，我们的农村又为何总是饿殍遍地而鸡哭犬嚎呢？就因为她养育出了太多的不肖子孙，吃着她带血的乳汁，而不去敬爱她，譬如隋炀帝之类。

改革开放以来，我们的农村又有了新的生存转机。新生的华西村、韩村河站立在世人面前。那是几亿农民的旗帜，是明天。虽然仍有为数不少的农民在贫困线上挣扎，仍有不肖的子孙猛吸她干瘪的乳头，但光明和福祉，是可以期待的。中央号召以法以德治国，这是一柄有形和无形的双刃剑，任何顽劣都无力阻挡它。

日前，诗友左一兵寄来一张极富特色和生命力的报纸《致富快报》，读后为之一喜，给广大农村送去的，何止是一点信息？这个出版于江西南昌的小小报纸，可敬的是它寻找到了自己的根。并为她浇去了生命的露水。这无疑是一件功德无量的善事。我不能不为此深表敬意。

我相信，比现代化城市更为优雅可人，静谧而和谐、充满人情味的新型农村将广布于我们有着几千年农业文明的广袤疆土之上。因为我欣喜地读到了乡野间直立的炊烟所表述的那一种丰富内涵；也听懂了黎明时分所传出的阵阵鸡鸣、那种雄浑和自信。

桃花源，不是乌托邦，那不过是诗人内心深处所营造出的一片热土而已。我相信合乎世界潮流的另一样——桃花源，将会出现并施展她无限的生命力。陶渊明，也为此为世人所注目。这绝非痴人梦话，我们走着瞧。

愚梦醒来满目空

今天的人类，比任何时候都来得有恃无恐、得意忘形。何以见得？答案极其简单，只要去检验人对大自然的言和行便一目了然。

在今天，人类的足迹踏到哪里，哪里的山河湖海、飞禽走兽、树木花草，便会遭到灭顶之灾。人在自觉和不自觉之中已经成为这一丸地球的灾星。

五十余年前，我的故乡内蒙古扎鲁特旗嘎亥吐村(现为镇)开着满山遍野的野杏花，晨空里流荡奇异的芬芳和杏红色。这是大自然的赐予。

村西头有一条虽窄但很深的河，我们叫她为——嘎亥吐河。河面上浓荫覆盖，水质清纯而又甘甜。红红的红柳林荡在水面和岸上，在明月下看去似一则童话。

河坎里水草生长，大小鲇鱼和其他鱼种藏于其中，大的足有十六七斤重。童年生性顽皮，曾不止一次地潜入深水去摸鱼，然徒劳无功，我的臂力远不如在水里鲇鱼的力气，鱼尾一弯一弹就把人弹出尺把远。

交错于河面的红柳，嫩得滴翠，柔软得像发丝，散发着一股浓浓的鱼腥气。我们可赤脚踏在上面走到河对岸。这便是我孩提时代的河流。

前些时候，家里来电话告诉我，如今的嘎亥吐河连水鸟都很少光顾了，鱼的生存环境极端恶化。美丽的红柳林已成记忆，而梦境般的野杏树林被砍伐被刨根，几乎要消失。那种四月里溢满山野的杏花香闻不到了，而替代她的是沙尘暴，手持黑色蟒鞭的沙尘暴。它们走到哪里抽打到哪里，家乡丰满的皮肤，已鲜血直流，惨不忍睹。

蝴蝶，是家乡又一奇观。少说也有百十来种。在平原，在山谷，凡有野花生长的地方，都能见到它们美丽的倩影。还有蜻蜓，每当雨前雨后便满天空飞翔，它们那种有节奏的飞姿，的确让人着迷。草虫之多，也是无与伦比的，可以毫不夸张地说，我的家乡就是一所昆虫乐园。

而现在，这一切都已远去。谁之过？当然是我们自己。两条腿行走的我的同胞，正在一草一木地把我们赖以生存的地球家园破坏殆尽。

我6岁那年，临近年根，家人正在打扫房屋准备过年，突然有一只逃命的沙鸡飞临我家，追杀它的是一只猛禽——鹞子，它两眼血红，竟不顾人在此，我用扫把击打它，它才夺路而去。从此沙鸡就成了我家一个会飞翔的成员。它晨出晚归自由自在，连家犬家猫都另眼相待。现在想来，那是一种怎样和睦的人与动物的生活图景啊？天人合一，原是如此地充满爱意和乐趣。

如今，山秃了、水浊了、树木枯萎了。人与万物拉开了无法缩短的距离。这一悲剧，愈演愈烈，我们人类已成为世间万物的对立面。

宏阔的大自然，其实也五脏六腑齐全，只是今天的人类一具一具地把它们切割开，美其名曰:改造大自然。贪婪和愚昧，把我们引向绝路；张狂与自恃，把我们打入坟墓。这不是危言耸听，假如我们放下屠刀，静下心来打坐3分钟就可以省悟一些事情。

哪里有压迫，哪里就有反抗。这是一个口头禅，是指人与人之间的争斗的。问题是，人与动物的生死搏斗也有耳闻。逼急了，昆虫也会咬人的。

2000年12月14日《北京晚报》刊出一条来自新华社的消息:辽宁省瓦房店市交流岛乡西海头，一张姓渔民遭受千只海鸥的猛烈袭击。

起因是，当日上午9时许，当张某到海边收网时，发现一只海鸥的双脚被渔网套住了，欲飞不能。张某将海鸥捉住并用绳子拴住系在腰上，开始收网取鱼。

大约20分钟之后，聚集上千只海鸥临空飞来盘旋嘶鸣。其中一些海鸥尖叫并向张某俯冲，欲啄他。有一只海鸥甚至抓住张某的帽子，往海里扔去。那种同仇敌忾之气，令张某惊恐万分乱了手脚。

此时，临近作业的渔民和岸上的人齐声喊，快把海鸥放走。海鸥得救之后，鸣声连天，向远海飞去。

这是一则发人深思的消息，也就是哪里有压迫哪里就有反抗。这条真理不仅适用于人，也适用于动物。自己掌握自己命运的大觉醒，是何等地令人快慰啊！

万物终于向人类说不。其实，这极符合生存规律，也符合生物链的循环法则。

在这个世界上，任何形式的唯我独尊、唯我独存都是行不通的。这一群勇敢的海鸥所表现出来的团结战斗精神，就是一个例证。

人类其实是极其脆弱的，刀临脖子，人往往先昏死过去；而动物则不，连羊都敢正视刀落的情景。人类的统治地位，是建立在其他物种的不觉醒上面的。进化不仅人有，动物也一定会有，到那时，人的狡黠将是无济于事的。

何况独吞这一丸地球，人类的胃口行吗？我们有一句很中性的戒语，叫作"好自为之"。不然，愚梦醒来满目空。即便你人类独独生存了下来，也是来日无多，最终与万物共消亡。

智慧与道德

天赐智慧于人，是用来创造和利他的。把智慧用在何处，怎样去运用？这里要有一个取舍和选择的前提。对一个正常人而言，道德永远先行于智慧。对一个缺乏道德的人，智慧对他来说，只能是一种损人利己的工具，抑或是一个华而不实的摆设而已。

希特勒有没有智慧？有。而且他具有大智慧，只是野心把他的智慧引向了邪路，他想一口吞掉这个世界，智慧变成了他手中的武器，走到哪里，便杀出一条血路。把他的同类，拖入灾难的深渊。

他的智慧，是黑色的、毒性的、病态的、歇斯底里的。他的智慧，因为没有了德的导向，而迷失于人生征途，最终只能自取灭亡，被绑在了历史的耻辱柱。

曹操有没有智慧？答案当然是 有的。问题是他没有以德为先的人生指南。不但没有，而且是反道德的。他是一个英雄，只是前面要加一个"奸"字。他把权谋看得很重，看得高于一切，重于一切。这里拿血统论说事，还颇有趣。曹操的爷爷和父亲，都是极善于谋取高位的奸诈之人。为谋取高层职位，他们可以不择手段。曹操在爬向权力台阶时，可跪、可爬、可行，只要为了达到目的，他什么都可以去做。他可以杀人放火，他可以阳逢阴违，他可以六亲不认。他因为反道德，一时成就了野心；他也因为反道德，亲手撕毁了百姓对他的好口碑。他当权时的舆论工具，如何地为他歌功颂德，也无法阻挡百姓对他的身后评价。而真正传世的也只有百姓的身后评价，其他，日本人说话，统统的没用。除非你活着的时候像个人，而不像鬼。这些年倒下去的贪官们，哪个缺少智慧呢？假若没有智慧，会爬得那么高吗？只是他们把智慧当作了谋权谋财的手段和阶梯，这样可以一时得势，然而最终是要翻车的，因为他们在赶着智慧之马，行不义之轮。

在我们的人群中，历来不缺少智慧之人，当然其中有大智慧和小智慧之分。"水稻之父"袁隆平就是有着大智慧的人，他的两个车轮一个是道德，另一个是智慧。有一句话叫"山高人为峰"，在这里，人抬高了自己。其实人在高山面前，只是一棵小草而已，何言为峰？袁隆平，他所想的不是为了登山为峰，而是为了登山为稻，去造福人类，养活百姓。

被称为"镭之母"的居里夫人离开人世之后，爱因斯坦动情地说："像居里夫人这样一个崇高人物结束她的一生时，我们不要仅仅满足于回忆她的工作成果。伟大人物对于历史进程的意义，在其道德品质方面，也许比单纯的智慧成就还要大。"居里夫人不是一个被荣誉和盛名宠坏了的人，她没有高卧功劳簿上目空一切。这充分说明，任何伟人的行动中德总是先于智慧的。

有些人也具备了一些智慧，然而他们用错了地方。他有智慧却去制造假药，残害人命。可惜他们一叶障目，看不到人生正路。

有些人，白天扮人夜晚扮鬼，界于人鬼之间，这也是智慧，你不能不佩服他的演技和隐身术。有些人本来就是低能儿，但是他可以移花接木，把别人的劳动成果抄袭来，改头换面，摇身一变就是著名的什么什么家，还利用权贵之势，拉大旗做虎皮，甚至为虎作伥，堂而皇之地谋取名利。他学到的唯一本事就是上蹿下跳，投机取巧。这是人群中的败类，他既无智慧又无道德，康生就是这类人中的典型代表人物。他很得势，然而等待他的是身后骂名。

我们有一句中性的话，叫作"存在就是合理的"，也许这是一个无可奈何的表述。人群中，永远不会消失无德之人。不然，有德之人怎能凸显出来呢？美术中有一术语叫"烘云托月"。就是说，有了乌云的衬托，月亮才显得更加清澈和明媚。无德之人就像乌云，是自然现象，由他们存在去吧。只要我们心明眼亮，他们的存在就失去了价值。只要我们不去做好好先生、东郭先生，他们的诡计就不会得逞。

大至一个国家、一个群体，小至一个家庭、一个人，只要具备了道德与智慧这两个轮子，就可以日行千里，少有颠覆。和谐的日月，就会照彻山河。重要的是，我们要摆正智慧与道德的辩证关系。

煮茶品日月

由静而思，由思而忧，由忧而茶。

此刻，我正沉浸在这样一种心绪里，陪伴我的只有这一杯雁荡毛峰茶。窗外，沙尘暴铺天盖地，狂沙击打桃花、紫丁香和白丁香。早期盛开的牡丹以及高挑的白海棠，纷纷地飘落。杯中的茶有些凉了。

说起茶事，环境、内涵、心态三要素，缺一不可。我的饮茶习惯与大众没有什么不同。首先，将玻璃杯洗刷干净，用沸水烫过，放茶、倒入最佳温度的水，待清香绕至杯口，扩散于陋室，就端起茶杯来轻轻地去嗅。这时的茶叶，开始缓缓下沉、立定，似《天鹅湖》里的白天鹅，诗意地旋转。茶美人在阳光的抚慰下，显得鲜绿无比，情态动人。再后，一口小抿，要以舌尖去幽幽探察茶中春秋。假若斯时，有一股精气在喉咙里浮动，那便是品茶的最佳时刻，也就是品茶的极致。这不属于茶道，是平民百姓如我者，常用的饮茶方法。

茶乃饮品中的尤物。有关茶事，记忆有二。28年前的一个仲春季节，我与友人结伴坐在西湖岸边一个临水的茶亭里，要得明前龙井一壶，细细地品来。那种甘美清爽的独特滋味，至今仍使我飘然欲仙。在神思朦胧里，也是头一回领略了具有人文情结的苏堤和白堤。感觉到它们在茶的芳香里游动不已，好似两条春水中的青蛇。这一番美妙的错觉，至今使我坚信，茶会给静物于动感。

三年前，也是在杭州，只是季节不同。当时，十月桂花飘满杭城，在绸质的西湖水面，一片秋水氤氲。从中国作家协会创作之家旁边的千年古刹——灵隐寺里不断传出悠扬的钟声，而钟声里的茶树玉然婷立，似相识又有些陌生。一阵又一阵荡漾而来的北高峰上的秋风，清清凉凉地掠过耳际，使人不得不想起，诗人毛泽东那一首五律《看山》来："三上北高峰，杭州一望空。飞凤亭边树，桃花岭上风。热来寻扇子，冷去对佳人。一片飘飘下，欢迎有晚莺。"

就在此刻，灵隐寺的晚钟轰然荡来，我又猛然吟出诗魔洛夫名诗《金龙禅寺》第一句："晚钟／是游客下山的小路。"这好似洛夫诗兄为我此时的感悟而写来的。

俯瞰杭城，一盏两盏灯火在这里那里亮起，引得我腹中茶虫也时不时地扭动起来。也是，晚茶的时间到了。

刚才泡的这一杯龙井，是昨天才从茶农家里买来的，是货真价实的精品。扑鼻的茶香不用说，一口下去，犹如甘霖落于旱地，这份滋润和舒坦，是难以用言语来表达清楚的。当我和内人，推开创作之家北门时，幽幽一片茶田迎面撞来。几声，苍凉而世故的鸟啼，则是来自那几株古树的。举目南眺，新月有些懒散，在三潭印月上空作沉思状，"犹如谁家小姐的梦，夜深里不予归家"。

这便是茶赋予我的联想，与它的功能不无关系。据专家说，茶有以下种种神效：它养生、健美、提神、健脑、消食、利尿、明目、解毒等。在三大饮料之中（茶、咖啡、可可），茶是上品。

从饮到品，茶有几千年的文明历史。茶事，以进行礼法教育、道德修养为本，其操作过程，也是东方式的典雅的，具有很浓的儒家、道家理念在其中。每一次的品茶过程就是一个自我灵魂的观照过程。茶事，以静为魂。最忌沸沸扬扬、浮浮躁躁。没有了一个"雅"字，茶事就失去了本质意义。这便是茶事与酒事的差别。

在20世纪80年代末90年代初的那几年里，我曾经着了魔似的与妻骑自行车往返于安定门和香山樱桃沟之间。目的只有一个，到那里的清泉茶庄喝茶。若遇无风的好天气，安定门到樱桃沟只需不到两个小时的工夫。初春，在鸟歌的婉转和山溪的幽长里，樱桃花香溢满了整个樱桃沟山野。更有红楼之主曹雪芹，当年常来徘徊的水源头、元宝石以及那一株劈石松，就在茶庄旁边。在这样一处老林野莽之地，居然有这样一所可聆听天籁之声，并品茶的茶庄，何不来此当一回神仙呢？

此处有位赵姓老者，日夜独守山林与茶庄。他人很瘦弱，但大度风趣乐观。一来二去，我们成了忘年交。他人在似仙非仙之间，如若不食人间烟火，无疑，他就是樱桃沟之神了。看来，环境造人并非虚话。

常常，我带去好酒，他拿出好茶，边聊边饮，活像和合二仙。与他谈天论地，甚或听他神侃年轻时候的风流韵事，品茶聆泉成为我当时最好的休闲方式。此处，高树遮阳山风送凉，松鼠们追逐于头顶之树、山鹊子远方高歌低吟。此番游兴，能不使人流连忘返吗？

如果说酒使人疯狂或沉沦，茶则能使人清明顿悟安详。忧而茶，那是不假。但茶不会使人失望、失态、失魂。茶之内涵妙不可言，茶使人变得从容、有情。而这，恰恰又是现代社会所缺失的。

唐诗人王维独自吟哦："人闲桂花落，夜静春山空。"假如在一个仲春之夜，来此清泉茶庄，也闲闲地去凝视那月光下的樱桃花，飘然落于溪里的美态，那会是一种怎样的诗情和画意呢？只可惜，我的老友清泉茶庄主人年前已仙逝，也不知茶庄如今是何人在主持？我不敢再来这里饮茶，唯恐触景生悲，不能自已。

第 5 辑 · 如烟往事

巴彦红格尔明月夜

当年，巴彦红格尔是一个牧业生产大队所在草地。在杜尔伯特草原中南部。巴彦，是富饶的意思。红格尔，在这里可做可爱之意。连起来就是：可爱富饶之地。巴彦红格尔草地，在远古时代是个一汪大海。当你在夕阳下散步的时候，常能捡到带有海洋韵味的美丽彩石。

在20世纪60年代上叶，我在这里下放劳动锻炼一年。晚饭后，我们无事可做，就出来披一身暖暖夕阳，在草地漫步。有一天，我捡到了一枚极美的透明彩石。晚上回去，点燃蜡烛写了小诗一首《彩石》："草原是个沉寂的海/失去了往日的澎湃/我想着古往今来/在这里久久地徘徊//踏着青草地/在夕阳下寻觅／那早已湮没了的渔歌……//。"后刊发《人民文学》杂志上，也获过奖。

沧海桑田，这个极具辩证意味的词语，在这里得到了验证。海上的点点白帆，变幻为群群牛羊，是一次怎样的沧桑变化？没有亲临其境者，是不会有那样强烈的对比感和物移感的。当时，海上的鸥群究竟都飞向了哪里？如今高飞清鸣的百灵鸟，又是从何而来？时光荏苒，海浪变成了无尽的草浪，你不能不感到不可思议。天阔地宽，山高水亦长，把多少个自然之秘，藏于其间？在苍阔的自然界，人群就像草莽，生生死死，枯枯荣荣，凭哪个圣者，也无法目睹这一变迁的全部过程。谁人可以回答，今天的巴彦红格尔大草地，在亿万斯年以前，是属于哪个鸥群的领地？是哪方海域的珊瑚群？我不知，你也不知，但飘逸在巴彦红格尔草地上的这一轮明月，不能不知。因为她以不熄的光辉，照耀过沧海，如今也来普照这万千生灵依偎而存的大草地。

现在，让我们一同仰视这清明辽阔的天空。那一轮慈母般的明月，正在焕然升起。从蒙古包套那（天窗）婉然升起的那一缕熬煮奶茶的炊烟，还没有消散，而牛和羊群正欲归牧。夕晖即去，在天际留得一点点榴红色的云翳，在暮色里美丽着。

于是，包房右侧的那一辆勒勒车和圈卧车辕间的那一只牧羊犬尼斯嘎（飞子），渐渐地被朦胧夜气笼为剪影。包房也从白色渐渐变为带有光泽的银白色——这便是牧人的家，蒙古人的生存之地。月光神奇地描摹，使它变得十分的庄严、慈祥、温馨。此刻，奶茶开始飘起香来，并被微风推向遥远。这，许是一种敬天地的日常仪式，也是对离鞍故人的相忆祭祀。这茶香，要比酒香更温馨、更柔曼、更具浸透力。无论亲人们魂在何处，都能闻香而寐，梦回草原故地。

这雄性的蒙古高原，辽阔的大草地，是蒙古人的摇篮，也是墓园。生生死死，都在这里。这里的人，生时闻着草香花香落地，死也亦然。无论时代怎样变得阔绰、时尚、超前，马背永远是蒙古人的立身之高地。我相信，最为古老、最为自然的，仍是人类之最终归宿。因为人是自然之人，而非源于堂皇之殿。返璞归真，绝非仅仅是一句虚词。

这一片草地，这一片月光下的巴彦红格尔草地，给我的启蒙，远超于圣贤们的教诲。是的，对一个马背上的民族而言，铁蹄和远征，不该是他的主旨。而是在这一片慈悲的草地上，安静的、无忧无虑的、无争无夺的、平和的生活，才是根本。与此同时，任何人对这一片草地的践踏和劫掠，又都是罪恶。因为这里是一个民族的生存之地，是叫作家的地方。就像如今，去强拆人家赖以生存的"窝"一样，是天理难容的罪恶行径，必遭天谴的，无论你的理由有多么地堂皇。

这一片叫作巴彦红格尔的草地，又何止是牧人和牛马驼羊的共同家园，也是野狼、野狐、野羊、野兔、野驴们的共同家园。在60年代，这里的草地显得很平和、很静谧。不闻开山的炮声，不闻采煤机械的轰鸣声。夜晚，从住处走出一里多地，就见一处小淖尔（湖与泡子之间），假如你躲在芨芨草丛后边窥视，就可目睹野兽们绕湖饮水的和谐画面。它们各不相扰，不怀敌意。也不知为什么，白天是天敌的野兽们，在慈爱的月光下，则是和安的、友好的。于是我相信，环境有时会改变人和其他一切动物的思维和行为方式。

那时候，草原上的兔子是不怎么惧人的。经常跑到离蒙古包很近的地方卧着，好像是来走亲访友似的。老额吉，见此就轻言漫语：霍若嘿霍若嘿（可怜可怜）。在白天或夜晚，常有鹤类和大雁在草地和淖尔边，闲闲地散步。有时落在闲散啃草的牛马羊之间，无忧地引颈叫着，拍打着翅膀，亮出各自的技艺。

草原上的牧羊犬一般不怎么狂吠，除了闻到狼的气味。对其他野兽的光顾，均充耳不闻。夜晚和白天，有时也叫它两声，那是来给主人报信的：有人走近，或者别家走丢的牛羊接近了领地。草原上，几乎没有鬼故事流传，许是环境使然吧。那时候，几十里几百里，见有一座或几座蒙古包是很平常的事。人与人之间，少有猜疑、争斗或者偷盗之事发生。草原人，一般都少言寡语。一年所说的话，还没有城市人一个月说的话要多。这样的时候，很难把他们与呼啸着征战的人群，联系起来。

草原人，不是没有警惕性，只是叫人疑惑恐惧的事件，很少发生就是。人如斯，牧羊犬或者牛羊群，也都如斯。我在巴彦红格尔一个牧人家里下过夜，就是晚上看守牛羊群。一般在月夜都太平无事，只有在风雨交加之夜，有狼才摸着来。见狼来，牛羊都是十分敏感的。霍的一下都站立起来，公羊公牛冲到外围，尖角朝外，眼睛发蓝，表现出时刻准备抵抗的架势。这是静谧草原的另一面。说明草原，也并非天堂，也非世外桃源，牛马驼羊，也还是有很高的警觉。

我在那里，守夜三月余。到半夜的确很困，但可以喝奶茶提提精神之外，更有清新的野草香和野花香，不时地前来幽会我的嗅觉，使我立马精神起来。尤其夜晚时分的沙葱花香，香得可以浸入你的骨髓，浑身的舒坦不说，也会驱散你的困顿和疲惫。此外，头上的那一轮明月，缓缓行走在高朗的天空，随时随刻陪伴着你，让你觉察到她柔美可亲的存在。这时的巴彦红格尔草地，是深沉的、空旷的，像一位沉思中的哲人。使你不由地轻轻哼起，蒙古族一首最古老的民歌《天上的风》："天上的风啊动荡不定，世上的人啊不能永生。长生的琼浆谁人喝过，当我们相聚时，欢乐吧朋友们……"

在月光下也不难发现，在离你不远的草丛里，有一朵萨日娜花，在微风中摇曳着，像醉态中的仙子，凝视着你。她乃独行侠，喜欢独行。花瓣，优美地向下卷曲着，犹如一撮圣火将要燃烧。她比草丛站得稍高一些，让人一目了然。她和明月安静地遥相呼应，仿佛有什么约定似的。

当黎明到来之时，明月便悄悄然移向西南，淡淡的高悬于天之一角。像是归牧之后，踏着空蒙夜色准备归家的牧羊女。而萨日娜花，则不由自己地打起盹来，在朦胧中忽略了黎明之到来。而百灵鸟，则一群群的扑棱棱飞起，翩然起舞，羽毛上的黎明之光，白里透红，甚是养眼。她们仿佛要为即将离去的那轮明月，唱起《何日君在来》。这便是，巴彦红格草地的明月夜。几十年岁月飘逝而去，然而，它仍使我魂牵梦绕，记忆常新。

波茹莱

人世间多有好歌，如同江河水，流也流不尽。然而，最能打动人心、催人泪下的还属《摇篮曲》。因为它是人生最初的歌谣，是汩汩流过幼小心灵的第一泓泉水。也因为，其中饱含慈悲、爱怜、关照和蜜意柔情的缘故。

《摇篮曲》原是慈母抚慰婴儿安然入睡时所唱的即兴歌曲。一般说来，都比较短，旋律轻柔低沉而优美。极具摇篮摇动时那种轻盈绵柔的节奏感。而它的词与曲，随情感的波动而波动：有时，像拂过椰林的一股轻风；有时，像洒满苇湖的一摊月光；有时，像抚慰蓝天的一片流云；也有时，像寂静山林中，临雨而起的啾啾鸟鸣。总之，《摇篮曲》为发自灵魂深处的一声声轻唤，是只属于慈母的那种轻唤。自古至今，各个族群中的《摇篮曲》涌动不止，又都为人们所喜爱，所传唱。世界著名作曲家，莫扎特、舒伯特、勃拉姆斯，都曾经创作过《摇篮曲》，盛兴一时，为人喜爱。其中有一首《摇篮曲》歌词，是这样的："睡吧睡吧 我亲爱的宝贝/妈妈的双手轻轻摇着你/摇篮摇你快快安睡/夜已安静 被里多么温暖//睡吧睡吧 我亲爱的宝贝/爸爸的手臂 永远来保护你/世上一切幸福和愿望/一切温暖 全都属于你//睡吧睡吧 我亲爱的宝贝//妈妈爱你 妈妈喜欢你/一束百合 一束玫瑰/等你睡醒 妈妈都给你//。"几十年前，我也曾听到过一首，属于中国的《摇篮曲》："月儿明/风儿静/树影儿遮窗棂啊//蛐蛐儿 叫声声/好像那琴弦儿声/琴声儿轻/声调儿动听/摇篮轻摆动啊/娘的宝贝/闭上眼睛/睡了那个睡在梦中//报时钟/响叮咚/夜深人静/小宝贝快长大/为国立大功啊//月儿那个明/风儿那个静/摇篮轻摆动啊//娘的宝贝/睡在梦中/微笑挂于面容//。"此曲，因为带个"儿"音，听来更为亲切更为生动。记得，唱这一首《摇篮曲》的，是一位女中音歌唱家，是不是罗天婵？记不大清楚了，她那宽厚、低沉、空茫的音色，不仅使婴儿安然入睡，使我们这些成年人，也都昏昏欲睡。

有《摇篮曲》的夜色，是宁静的、柔美的。

《摇篮曲》对于我们蒙古民族来说，也是十分普遍的一种歌唱方式。有母亲唱给孩儿的，有姐姐唱给弟弟的，有祖母唱给孙子的。这些《摇篮曲》几乎没有固定的歌词，曲调也常有变动。一般心里想到什么，就唱出什么。有的《摇篮曲》甚至没有歌词，叫《哼哼调》。发声大部用鼻音，有点像月光下的空空洞箫。

我出生并成长的那个年代，在蒙古各个部落中间，正盛传一首《摇篮曲》，叫作《波茹莱》。几乎家家户户，男女老少，都会吟唱它。尤其年轻妈妈们，假如不会唱《波茹莱》，就好像不配来养儿育女似的。这是一首带叙述情节的《摇篮曲》，产生于20世纪30年代中叶的郭尔罗斯草原。波茹莱，是一个出生不到周岁的小小男孩的名字。很不幸，父母双双离世，他一夜间变成了孤儿。当时，姐姐玲姬，还不满15岁，是波茹莱唯一的亲人。从此，姐弟俩相依为命，艰难度日。对于襁褓中的波茹莱而言，姐姐既是父亲，又是母亲。在以泪洗面的艰辛日子里，姐姐以柔嫩的双肩，扛起了抚养弟弟的全部重担。每当弟弟哭喊着要妈妈时，她便唱起自编自唱的这首《摇篮曲》，让弟弟安然入睡。后来，这个曲子，被乡人称为《波茹莱》，迅疾传开。歌词大意是："用那坚实的山丁木/为我们制作摇篮的父亲/在那严冬的寒冷中/给予温暖的慈祥的母亲/额吉达 阿吉达/波茹莱别哭泣/妈妈还在呢//摘起山下的野菊花/插在她小小的辫子上/放下手头针线活/陪他尽情地去玩耍/额吉达 阿吉达/波茹莱别哭泣/妈妈还在呢//三套马车走得欢/走到河滩总会要陷/幼小的孩儿波茹莱/没有了妈妈多孤单/额吉达 阿吉达/波茹莱别哭泣/妈妈还在呢//。"这里，"额吉达 阿吉达"两句，是译音，为"妈妈呢 爸爸呢"之意。再后来，玲姬带着弟弟如婚约（指腹为婚）出嫁，千辛万苦，将弟弟抚养成一条汉子。此曲，在内蒙古各地有很多版本。曲同而词异，流传却极广。近来，家乡一些蒙古族歌人，重新唱起这首《摇篮曲》。不仅感动了天下人，更催下不少悲悯的泪水。前天，手机微信里，友人发来由家乡女中音歌手，哈布尔演唱的《波茹莱》。她的音色，如斯哀婉、沉湎而低回，是一位音中带情的歌者。她空空柔柔的声韵，直至击打我，心灵深处最为柔软，亦最易疼痛的地方。童年那些不灭的记忆，一下子把我带回那个艰辛而又多情的岁月。我那远在天堂的瘦弱却刚毅的姐姐，仿佛重又出现在我的眼前。

那是1948年严冬季节，对我们一家人而言，是暗天黑地。因为父亲，无缘无故含冤离世。抛下可怜的母亲和我们六个孤儿。那年，大哥16岁、二哥14岁。他们二人扶助母亲，挑起了生活的重担，牧放躬耕，起早贪黑，为生活操劳。而我12岁的姐姐，不但看护我和妹妹，更有刚过周岁的小弟弟由她来照看。期间，她要担水、剁柴、做饭、喂猪，其艰辛可想而知。因为家境贫寒，营养不良，姐姐身材矮小，又很瘦弱。然而，劳动强度却极其大，压得她骨骼往往弯成一张弓。我和妹妹，体力有限，帮不上什么大忙。在姐姐操劳之时，只能来看护小弟弟。而小弟弟，在白天因吃不上奶而饥饿哭泣时，姐姐就熬一碗小米粥，来喂养他。在他不能入睡而哭泣时，姐姐便摇着榆木摇篮，唱歌哄他入睡。唱的就是这首感人肺腑的摇篮曲——《波茹莱》。往往，唱着唱着，她便暗自啜泣，我们也跟着低声地哭。从那个时候起，这首曲子，便浸入我的骨髓，成了我血液的一部分。再后来，她也和玲姬一样，以她15岁小小年龄，竟毅然决然把自己嫁了出去，换回一些粮食、布匹、生活用品，来救急我们全家的生存之需。因为积劳成疾，还不到35岁便撒手人寰，离我们而去。在她离世的第二年仲秋，我从西部回家探亲，携外甥和外甥女，到她墓地祭扫倾诉。我跪地，以野花、以酒和食品来祭她。又低声吟唱那首她生前常唱的摇篮曲——《波茹莱》。草野，静极。有鹧鸪从头顶匆匆飞过。恰好此时，一股小小旋风，不知从何而来？掠草尖而过，绕墓地旋转又旋转。继而，一闪而逝，不见了踪影。

关于我的一首小诗《登八达岭》

新岁黎明，就在窗前。曙光如水从远天汹涌而来，上下空明，使人神骨俱清。

与我们相随相伴的2011年，带着她的光芒和阴霾，希望和失望，微笑和泪水，竟在一夜之间悄然离去。我们甚至来不及道一声再见。

如我，生长于20世纪旷野里的一棵小草，理应随她而去才是。不料，她又把我一把推到了21世纪的门槛儿上。猛然抬头，竟是朝霞漫天，云水初生。我乃跨越世纪的一棵小草。

说起一棵小草，遽然回忆起一首小诗的诞生。那是20世纪80年代的第一个金秋十月，全国第一届少数民族文学创作会议，在京举行。

期间，大会组织少数民族作家诗人去登八达岭长城，我们兴然而发，一路歌声笑语不断，虽然每个人心里仍还有程度不同的新旧伤痕在。

"文革"刚去不久，伤痕文学大潮卷地而来。公仆与百姓，真理与谬误，灾难与新生，是我们社会生活中不得不面对和深刻反省的课题。

还有诸多的疑问，急需明晰的答案，我们都在苦苦地在寻找。

车队到达八达岭，我们开始攀登长城。诗人铁依甫江、布林贝赫、金哲、晓雪他们奋力而上。秋风萧瑟，红叶漫山，一只苍鹰在天地之间自由地翱翔，好一派深秋的北国风光。

人们相继登上最高处，都满怀豪情叉腰站在城堞下，俯瞰苍茫大地。好似我们个个都是英豪，雄立于天地之间。那份自得和雄气，难以用语言来表述。猛然，有一件疑案得到了答案。心，战栗不止。浑身的血液直向上涌。

于是，背靠城堞我独自站定，抽笔疾写："登上八达岭/我并没有冲昏头脑/只是有一种虔诚的自豪/山把我举得这么高/是的是的/不是我高/是山高/在巍峨的八达岭头/我不过是一棵小草/俯瞰苍茫云海间/飞翔的鹰那么小/但因为它的活力/众山变得更妖娆//动与静/大与小/多么生动的比较/这是我寻求的答案/大自然的回答有多妙/没有巍峨的高山/小草永不会站得那么高/在人民这座大山面前/人人应该告诫自己/我是一棵草/我是一棵小草//。"

诗，一口气写完了，可心潮难平。

一位老作家拿过去看了以后，笑着说，好诗好诗，谁要谁要？时任《新观察》杂志诗歌编辑的作家石湾拿过去读了之后说，好诗，我要了，我们发表。在这样一片笑闹声中，拙作就找到了婆家。发表于《新观察》杂志1980年第五期上。再后来，被选入中青社《青年诗选》里。1981年的央视春节晚会上，著名影星肖雄声情并茂地朗诵了它。一经她朗诵，拙作便飞入黎民百姓家，社会反响热闹起来。之后，在听众的要求下，当时的《中国电视报》重新发表了此诗。

在这以后，演说家朱伯儒、体操王子李宁、著名作家丁玲等也都引用了此诗。也成了某电视剧里的一段台词。

一晃32年时光过去了，不料在去年（2001）11月北京电视台我最喜爱的节目主持人颁奖晚会上，中国名播虹云又一次朗诵了它，并有交响乐队伴奏。效果极佳，好几位看到节目的朋友打来电话，都说诗好，朗诵得令人心血沸腾，云云。后来上网查了一下才知道，喜欢此诗的网友还不少，好些中小学教材也引用了它。青岛一位叫火红郁金香的网友开自己新浪博客时，这样写道："……我想用一首诗《登八达岭》，作为我博文的开头，这首诗曾经是我最喜欢的作品，并在厂里朗诵还获过奖，我引以为荣，虽然光阴似箭，时过境迁，但这首诗仍然在我的心中留下了根基，那美妙的诗句，都还在心里流淌着……"

不过有位网友说它是一首烂诗，为了押韵不择手段。后边跟帖的网友，又纷纷反驳，言辞也激烈。这说明拙作有了反响，32年过去，它仍活着，这是我始料不及的。为此，心中生出不少的感慨。

现在去读，此诗显得太过直露，又缺乏艺术修饰，比较平平。只是当时它表达了大众想要表达的一种心绪而已，也算做替百姓代言吧。

写作的目的，勿用赘述，都在诗里，一目了然。

想要说的是，一个诗人在任何时候都必须是人民大众的代言人。替他们立志立言。反之，大众就会忘掉你，淘汰你。

回眸处，32年时光悄然而逝。这首半生半熟的《登八达岭》也随那个世纪过去了。然而，人民公仆与人民大众的关系，就如大山和小草的相依关系，是这首诗的初衷和发现。它很幼稚，但它是我真诚的心声，是留赠20世纪的一点儿心意。但愿还有些社会价值。但愿。

何谓"高树多悲风"

父亲离世早，家境不佳。小爷爷捎话来，叫我们去看他，顺便拉一些五谷杂粮回来。明显，是救济的意思。小爷爷，是我父亲的三叔，据说与我父亲感情很铁。每当爷爷因家事要惩罚父亲，小爷爷便挺身而出，夺过柳条，带父亲跑了。后来爷爷笑着对小爷爷说，青山（父亲的大名）这个小子，不知灌你多少蜜汤，总让你护着他？干脆，给你算了。小爷爷却不领情，说，谁稀罕？我的三个儿子，我都嫌他们多了呢。尤其小奶奶，更是格外疼爱我父亲。她是当地有名的萨满教女巫师，每当父亲有了病患，她就身穿神衣，手拿鼓与锤或魔杖，跳神舞，为父亲驱鬼辟邪。后来，我们一家搬到了后山地区，两家相隔足有二百余里山路。有一年，父亲突然离世，据说小爷爷大哭一场，也大醉一次，人也憔悴了许多。

当我和母亲，赶到小爷爷那个村——阿都胡达嘎（蒙语：饮马井）时，二叔说，小爷爷住在山里，在看守他的树林和西瓜地。第二天清早，我们去看他，也带了一罐子农家酒。距离不远，也就是十几里地样子。小爷爷看到我，抱着我的脑袋就哭，泪水流我一脸。显然，他是想起了我的父亲。这是我第一次见到这尊，父亲的保护神。他眉毛长也白，倒立着，眼睛炯炯有神，像年画上的关公老爷，脸面赤红，却没有什么皱纹，假如横刀站在那里，有点一夫当关，万夫莫开的气势，形容着说就是气宇轩昂。他上过几年学，老师蒙汉文兼通，喜欢唐诗宋词。小爷爷受此熏陶，也背得一些古典诗词，常常独自念叨，神经兮兮的。

当夜，我留下来，住进小爷爷的茅草屋里。说茅草屋，也不完全是。墙体是泥土和石片的混合物，房顶是纯一色茅草。是编织起来的那一种，花纹像蓑衣，草尖朝外。为防止野兽光顾，房子四周，立有红柳条扎成的围子。夜里，山势黑魆魆的一片，甚是瘆人。夜空中，有鸟飞过，留下空空洞洞的叫声。与风声混合在一起，显得很是神秘。那种感觉，不知怎么形容才好。小爷爷说，今夜有雨，鸟来提醒山里百族，做好避雨准备呢。我问，爷爷你还听得懂鸟说的话？他笑了，你陪爷爷山里住上半年，也就听懂鸟语了，我大喜。

果然，雨来了，但响动不大，淅淅沥沥的，好像与山野在说悄悄话。爷爷问我，怕不怕？我说，不怕，这一阵儿出去听一听才好呢？爷爷好奇，去听什么？我说，雨在说话呢。在屋里，有些听不大清楚。爷爷笑了，说，我的乖孙子，将来说不定是个吟诗作赋之人呢。他说的吟诗作赋是什么意思？我听不懂，他也没有回答我。

暮雨初收，山野里安静得出奇。遽然，有洞箫声从不远处传来。悠悠的、空空的、柔柔的。真是好听，好听得没得说。爷爷咳了一声，说，老小子，又想念家乡了。我问，他是谁呀？爷爷说，他是汉人，由奉天城（沈阳）过来，大概有四年了。从来没有人来看过他。他打仗回来，老婆跟了别人，还带走一个小女儿，名叫鹊子。于是，他独自跑到这里，种几亩山地，过起野人般的生活，还吹嘘自己，是什么野山居士呢。我说，爷爷他怪可怜的，我们去看看他吧。爷爷温顺地看我一眼，提个马灯，就带我出门。夜凉如水，而那箫声比水还凉。大概走了吃一袋烟的工夫，便到了。屋里透出来的灯光，很暗。烟囱里，有白色的炊烟在飘。爷爷说，老小子在煮茶，今晚他又没吃饭。可能在火盒里，烧荞面饼呢。我们就不进去了，那一点烧饼够谁吃呢？饶了他吧。唉！老家伙。爷爷叹口气，便往回走。草叶上，雨露很重，裤腿全湿了，沾在皮肤上有点麻麻的，也觉着凉。许是那箫声太过清凉的缘故，不然，我的皮肤不会这么敏感。

次日清晨，屋外鸟声很乱，但好听。当我爬起来时，爷爷已经在瓜地里了。西瓜都碗口那么大了，清一色墨绿带条纹的那一种。爷爷说，现在还不能吃，涩着呢，没甜味，瓤也不红。当我拿上锄，锄草的时候，爷爷说，当心，别伤着瓜藤，要不然，瓜就变苦了。听爷爷说，西屋那位爷爷，已经上山采药去了。我见他房前的一株大山榆上，还悬挂一个条木牌子。爷爷说，那棵树比别的树高，因此树梢被强劲的风摧残了。老小子，就用火棍在木条上烫了几个字"高树多悲风"挂在了那里，谁看呢？他心中有苦，借此发泄而已。他说年轻时人高马大，又聪明，外出闯荡，混了个营长，还打死不少东洋鬼子，立了功。后来被小人诬陷，不得清白，脱了军装，就回家了。不料家也没了，连窗户纸也七零八碎的。我问小爷爷，何谓高树多悲风？是什么意思呢？爷爷用蒙古语解释它的含义，说，古代三国时期，魏国有一个才子，叫曹植。是魏国皇帝曹操三子，是汉魏之际大文学家。后曹操死，长子曹丕继位，他怕有才华的弟弟曹植篡位，就命令他七步之内写出诗一首，不然杀头，目的在于灭他。而那个曹植也绝，七步之内，硬是写出《七步诗》一首，诗也绝，因而救了他一命。爷爷说，现给你念，你也不懂，将来书读得多了就明白了，自己看去吧。"高树多悲风"这一句，就是曹植写的，他是想诉说心中的苦闷和不平的。

　　这是我平生第一次听说曹植这个人，也记住了爷爷译过来的"高树多悲风"这一诗句的大概意思。尤其对那一株，高大山榆上的那一条木牌子，至今记忆犹新，记得牢牢的。渐渐的，在我心中，它有了一些警示意味。

　　后来，汉语文水平有所提高，也读到了曹植的《野田黄雀行》和《七步诗》《洛神赋》《白马篇》等名著，也晓得了何谓"三曹"之说。对"高树多悲风"之说，更是有了切身的体会。现在想来，曹植的确是一位高人。"高树多悲风"之句，只有他才能写得出来，因为他就是一株高树，令小人忌恨的高树。生活实践也告诉我，悲，历来是属于"高人"的。这一现象，古今皆有。然而，高树就是高树，它总是慈悲为怀，在苦难的大地上毅然耸起，挺而不倒，绵延不断。

何言往事皆如烟

有一支歌里唱："漫漫人生路，上下求索……"其实，人生之路并不漫长。充其量，母胎至坟墓而已。期间的生活内容，虽五光十色，也不过是一片烟水，一风可吹尽。如此，生命的质量就显得尤为重要，不论你寿长或寿短。

我的师长，前辈诗人苏老金伞，就是一位活出了质量的人。虽然他一生，命运多舛多有不幸。苏老离世已有多年，但他的音容笑貌犹在眼前。每读他的遗作，总使我唏嘘再三，拊掌叫绝。他是去了，变作了一天清新的空气。然而他的人品与诗作，已变做金石，沉甸甸留在了人世间，营养着滋补着我们的心灵。我与他相识，还有一段小小插曲。

那是1978年的10月，"文革"刚刚收尾不久。由中国作家协会组织的第一个作家采风团，按照日程安排，从大庆油田来到鞍钢，下榻的宾馆叫什么名字，记忆有些模糊了。当地朋友说，这座宾馆，原本是为接待周恩来总理而建起的，因为那时鞍山市还没有一个像样的宾馆可以接待贵宾。周总理了解实情之后，当晚就搬到另外一个小宾馆去，并且严肃地批评了当时的有关领导，这是后话。

我们这个团的团长为作家艾芜先生，副团长为诗人徐迟和刘剑青先生。秘书长，为杨子敏先生。记得在离京前的全体会议上，中国作家协会负责人、诗人李季介绍了这个团的组建情况和行动路线以及注意事项和分团分组情况。一个团，将赴西北再转西南采风。另一个团，则直奔东北地区采风。我是第一次见到诗人李季。他，平头肤黑，中等个儿，为人和蔼可亲，没有一点架子，穿着一身石油工人装，活脱脱一个刚刚离井不久的石油钻探工。

这个作家采风团，就是由他一手组建的。事前，他亲自奔波于各个油田和钢铁公司之间，为采风团的行程做了深入细致的安排。那时，他自己身心上的伤疤并未愈合，就奋不顾身地投入到重建文学队伍的艰辛工作之中。百废待兴，一切都要从头再来。好在他是一个热情似火，意志如铁的铮铮汉子。

之前，我与他通过信。我把自己"文革"后出版的第一本诗集《爱的哈达》寄给他，并求赐教。很快，就收到了他热情洋溢的回信。当时我所受到的鼓舞是难以言表的，因为他是从延水边走出来的人民诗人，是名诗《王贵与李香香》的作者，我曾连夜聆听过他的长诗《昆仑行》的电台广播，如醉如痴，不能自已。还有诗人郭小川的《行昆仑》，好像是他们同行同题创作的佳作。

采风团出发前的全体大会上，李季先生微笑着宣布：蒙古族青年诗人查干为第二活动小组组长。当时我就傻了眼，我一个乳臭未干的学诗青年，来担任这些文坛宿将们的小组长？顿时紧张得汗流满面，手足无措。李季先生的洞察力，真是惊人。他一眼便看出了我当时的狼狈相，就走过来对我和蔼地说："你不要紧张，这些老同志的组织纪律性都很强，我保证他们会很听话。何况，你这个'官'其实是个服务员，只是给你戴了一顶高帽而已。他们年纪大了，需要由年轻同志来照顾，你要看好你的'兵'哦。"他这样一说，我的心放松了许多，就来看组员名单，他们是徐迟、俞林、苏金伞、谢霆宇、碧野、包玉堂、莎红、饶介巴桑等十余人。全团名单中还有林淡秋、蹇先艾等鲁迅时代的前辈作家。中年的有公刘、菇志娟、芦芒等。比较年轻的有石英、石太瑞、刘登翰、孙绍振、郭宝臣，还有我。

这是我平生第一次当"官"，而且是实职。组员们总是抬举我说，组长在上组长在上的，并且一呼即应，从不违纪。有一次，正当我在小组会上发言，因为有些紧张而口干舌燥之时，老作家谢老霆宇来给我续茶，并幽默着说，得和组长搞好关系，不然日后会有麻烦。我赶紧站起来，抱拳，作揖，致谢。他们都很喜欢我这个"上级"，处处关心我。老作家俞林，甚至在我睡过了头的时候，悄悄给我端来早点。每想到这些，心头发热，泪湿双眼。这是一种父辈之爱，师长之爱。于是，有一种深深的感念之情，常绕心头不去。

来鞍山的第二天晚上，艾青老把我们几个少数民族诗人叫到他的房间里说，我很喜欢你们几位，也喜欢读你们的诗作，因为都具个性，且不浮夸，也很有些诗意。回到北京，你们可以住到我家里来，房子就两间，我们打通铺，切磋诗艺，好好聊一聊。当时艾青老，是刚从新疆被召回北京不久。他约见的有来自广西的仫佬族诗人包玉堂、壮族诗人莎红、来自云南的藏族军旅诗人饶介巴桑以及来自内蒙古大草原的我。

苏老金伞，恰与艾老同屋。他也不时地插话进来，和我们穷聊神侃，甚是融洽。期间，他兴致勃勃地拿出一幅画，叫我们欣赏。问，此画如何？见是一只水鸟，或许是鸭子，卧在苇丛里，无甚立体感，在暗淡的灯光下，我没有看出有什么特别之处，以我当时的鉴赏水平来看，觉得很一般。我就抢先开口，说，苏老这画是不是一般了一些。不料，此话一出，苏老勃然大怒，说，什么眼光，不懂艺术，边嘟哝边把画作卷了起来。我顿觉轻言惹祸，就赶紧站起来道歉："苏老，我不懂装懂，真是该骂真是该骂。"苏老仍不依不饶，再不与我过话。这时，艾青老出来打圆场，声调缓慢且带有幽默感：有什么了不起嘛，不要吓唬人家孩子，我看那幅画也卖不了几根金条。何况各有各的评价，这很正常嘛。别理这个倔老头，说着也笑了。后来才知道，那幅画，好像是一位著名画家送苏老作纪念的，现在记忆有些模糊了。那夜，我彻夜未眠，懊恼于自己的轻浮。此乃，无知者无畏，半瓶咣啷所造成的严重后果，是一次典型的冒傻气事件。

使我意料不到的是，第二天一清早，苏老来敲门。进屋便说，你别介意啊，我这个人脾气赖，在家里常常因此受到批判，是个倔老头，坏老头。说着，慈爱地拍了拍我的肩膀，又幽默着说，何况你还是我的上级呢，哪有下级给上级发火的道理？听此言，我已感到无地自容，但又感动不已。从此，我们就成了忘年交，常有书信来往，苏老进京，只要我知道了，就一定去看望他，他是我心中可敬可爱的"倔老头"好老头。

苏老乃真诗人，他敢于直言，从不暧昧。虽然一生坎坷，骨骼却是坚硬的，尤其他的诗骨，值得我们称道。如今，苏老仙逝多年，但他几次给我以亲切的梦。在我的书房里，至今悬挂着他赐予我的一幅字，那是他在住院期间，写给我的墨宝。所以显得尤为珍贵。题写时间是1989年9月17日。诗曰："黄河东流去，滔滔历古今。多少伤心事，犹感泪痕新。"文字显得沉重了一些，他一定是把我当作知音来写的。

何言往事皆如烟？就算它是烟，也非消失之物。它仍还存在着，以不同的形态存世而已。记忆、缅怀、感念，也都如斯，似烟非烟，常常萦绕于心怀。

灵山赐我以灵感

诗刊《新诗人》有个栏目叫《一首诗的诞生》，这个栏目好，好在它纯粹、原始，又是对诗生命的一次重新塑造和补血。

林莽兄嘱我关于拙作《灵山听雨》，也写一篇写作经过，我欣然从命。

由国家环保总局下属环境文学研究会负责人高桦女士牵头，组织一批在京作家诗人和新闻工作者，前去京郊灵山，看望那一位闻名遐迩的《小木屋》主人翁徐凤祥教授。她在著名作家黄宗英笔下，亮丽而智慧。

时间为1998年的仲夏。

徐教授是新近才从西藏的小木屋迁移至北京灵山的。灵山，人称北京的珠穆朗玛。它的地理环境和生态环境，与西藏高原有着惊人的相似之处。所以，年迈的徐教授在灵山重又竖起了西藏动植物研究所的牌子。

这里，不难看到一群又一群的牦牛在安然地吃草，仿佛这里就是它们的生养之地——故园。

徐教授这一片不大也不小的试验地里，有不少的西藏植物在蓬勃地生长。走近它们仿佛走近了一个童话世界，人和环境是如此亲密地相处着。

当夜，在欢迎我们的篝火旁，白发的徐教授且歌且舞，神态安详而极具禅意，我突然觉得果真有神仙存在的话，她便是灵山之神。她的白发被篝火映照得格外地娇媚动人，山风把它拉得很长，使人不由想起白发三千丈的诗话来。

这里除了有一座小木屋之外，就只有一座二层小楼，办公、搞科研、住宿全在这里。参观者一般入住帐篷，学生为最。每每见到一群又一群的学生入住帐篷，徐教授就喜不自禁，恨不得把所学所得全部输入给他们。她是科学家，又是教育家，她的一半生命都是在荒山野岭中度过的。

"钻入小小白色帐篷/再度回味往日童话。"当夜，我和妻子申请入住双人小帐篷，此时的心情可与蜜月媲美。又似一泓小溪，幽远而又洁净。天人合一，多么令人神往。

今天的地球，远非昔日绿色恬静的摇篮。她的乳汁不久会被吸饮尽；她的绿披被撕去了一大半；她的河流被污浊所侵害；她的山脉衣衫褴褛，几乎赤裸；她广袤的草原日近千里地被沙化；为数不少的动植物濒临灭绝。

"聪明反被聪明误"，人类正在实践自己所创造的这一名言。他们掌握了前所未有的先进科技，又以它毁灭着自己唯一的地球家园。

不是先进科技所作祟，而是人的思维和良知走入了歧途。人丢失了自己的魂。太多贪婪，也太多膨胀。在这样的时刻，诗怎么能高枕无忧，而去粉饰太平呢？要知道，诗乃人类的良心啊。

在夜的灵山，松风带着雨丝微微拂来，溪水在枕边低吟。夜鸟似乎服了兴奋剂，飞来飞去鸣声不断，似乎有点反常。蝙蝠的声呐系统很发达，但就有意无意地来撞帐身，它似乎知道我在醒着，在捕捉着灵感，果如斯，我不能不感谢它们。

夜雨，潇潇不止。我终于安静了，感谢上苍，更感谢大自然，今夜他们，让我走出了生活的迷魂阵。

现代化的世界像魔盒，瞬息万变，使人眼花缭乱。便捷、快速、舒适的生活使人快慰，也使人忘却了自己和自己的根。

高楼林立，但非森林。

汽车如流，但非河川。

音响轰然，但非天籁。

鸟语何去寻？松声何去闻？

人，本是大地之子，自然之子。但，土地在哪里？人们远离了她。浸入骨髓的泥土的芳香——久违了。与母土的肌肤之触——久违了。在母亲的大地上，赤脚奔跑的脚印消失了。无论日下或月下，留下的皆是机械的印迹。可否问？在洪水和震灾面前，病魔和不可知的天祸面前，人是不是还很脆弱？还很渺小？高科技，是否等于高智慧？

应该肯定的是，一切生灵唯一的出路是天人合一。人，没有任何狂妄自大的理由。人，其实不过是一棵小草，早在20年前，我在《登八达岭》那一首诗里就说过这样的话。

今夜，在灵山的夜雨苍茫中，我重温了"人之初，性本善"这个充满哲理的母语。更读懂了关于自然界生生灭灭，恨恨爱爱的鸿篇巨制。

白发的徐凤祥教授，为之奋斗了一生。同样白发的作家黄宗英，千里万里去寻找那一座生命的小木屋。终于发现了关于天人合一的那一神曲。

我披衣走出帐篷，独自来到小木屋前举手施礼，向灵山，也向松枫和小松鼠们施礼。

湿湿的松风掠额而过，我感到了深深的爱抚。沉重的灵魂，顿然轻松了许多，是啊，今夜我实实在在地在大自然母性的温怀里了。

诗句，砰然落于帐顶。《灵山听雨》写了一首又一首。

灵山有灵，赐我以灵感。

附诗作二首：《灵山听雨》

之一：

"夜雨 是上苍/安魂的木鱼/滴滴敲在如今人类/有形无魂的/空壳上/灵山肃穆着苍茫下去/是横卧的哲人/不再说教//帐顶上的雨声/渐远渐近/雨中的山鸟/衔走我潮湿的激情//花香多情随山雨而来/今晚的艳遇 足够我/享受一生 而雾下/云松 似聆又睡/跳跃的小松鼠/挑逗我久闭的/诗情/哎 是谁的慨叹/犹如裂帛/惊破这一山的寂静/幸福时难道还有如此/灼肤的凄楚吗 这/半人半仙/半雨半霰 的/灵山中//。"

注：这一首发表于2000年7月号《诗刊》，同时荣获《绿色地球杯》精短诗大赛一等奖。

之二：

"钻入小小白色帐篷/再度回味往日童话/灵山夜雨不期而来/敲打帐顶/碎如落珠//想以心灵听雨/最好抿一口小酒/而后仰躺双目微闭/把游弋的心/交给/上帝//祈求自己是一只昆虫/被仙界的露水 吻醒/祈求自己是一只岩羊/独于赤岩向野长鸣/祈求自己是一粒松子/在严实的石缝里/与母土/相逢//何不把歪嘴儿酒壶/扔出帐外/让多动的风/依松而醉/聆听夜雨时/最好身不带分文/让灵魂赤裸着/在母性的大自然面前/切不可/伪装//。"

注：此诗发表于《诗刊》2000年10月号组歌《秋风台》里。

诗神与我

　　我的老家是在一个偏远山区，但不缺少浓重的民间文化氛围，当时在村子里，家家户户都备有几把四弦琴或马头琴。每当月明掌灯时分，就有人召集民间乐手来举行音乐会，一般是民乐合奏，再加演唱带故事情节的叙事歌曲。

　　我的故乡内蒙古扎鲁特旗又是民间说唱艺人的摇篮，著名民间说唱艺人琶杰、毛依罕，我的大哥著名说书艺人白顺，都出生在那里。20世纪50年代，铁路修到内蒙古大草原，当一列载满货物的火车，冒着白烟吼叫着开进草原时，说唱艺人毛依罕，按捺不住兴奋之情，即席编唱好来宝《铁牤牛》。后来，被邀到北京，专为毛主席演唱，一唱就是半天。好来宝，其实就是说唱诗，头和尾必须押韵，在我的故乡流传很广，受此熏陶，我4岁时就会唱很多的东蒙民歌和好来宝。

　　这就是说，文学艺术的天分，对每一个人来说，都是与生俱来的，只要有适当的环境影响和熏陶，那一份潜能就会被挖掘出来，并生根开花。我的父亲白青山，说话稍有结巴，可一旦拉开四弦琴说起书来，就吐字清晰，充满诗的激情，结巴全无。我的母亲龙棠不仅歌唱得好，还会说很多民间故事。以上所述，只想说明一个问题，我诗化的故乡，在我的幼年时期，就为我种下了文学艺术的种子，只等一场春风春雨了。

50年代，我考入通辽市第二中学，离我的家乡扎鲁特旗嘎海吐村，足有三百多华里的距离。那时没有公路，坐一辆胶轮马车，整整赶了三天的路，才赶到通辽市。对我而言，那里就是天堂，一切都是陌生的、新鲜的，这大大刺激了我的求知欲。

上小学时，我们写作文都是在一个光滑的木板上涂一层蓖子油，再撒些木灰，而后去用削尖了的木头写字来完成的，从未用过纸张，因为家境贫困买不起。上得中学，桌子上堆了一堆白白净净的作业本，顿时心花怒放，甚至兴奋得想哭，因为这是我求知的捷径和桥梁。写每一个字，都必须小心翼翼恭恭敬敬。

那是1955年6月15日，语文老师阿古拉留下一个特殊作业，作文题目就叫"党啊，亲爱的党"，是为党的生日而作。全校三千名学生都要写，最后选出最佳诗作，并组织百位学生集体朗诵，在全市举办的纪念大会上。十天后，语文老师走进课堂并脸带笑容，大声宣布，我们班出了一个诗人，他的作文为全校最优秀作品，并问，你们说，是哪位同学啊？我马上回头看班里的学习尖子们，并心生羡慕。老师说，查干同学，你别回头看了，就是你。轰的一声脑袋蒙了空了，心想，怎么会是我呢？等我清醒过来时，只见老师和同学们都在鼓掌。当时的我满头大汗，说不出一句话，傻坐在那里，老师慈祥地笑了，并朗诵了我的作文。这之后，我很是风光了一阵子，不但在全校在全市也出了一点小名，都喊我是诗人。同时让我担任了全校诗歌活动小组组长，不少爱好诗歌的同学也前来求教于我，我成了诗歌小先生。不料，这竟是一把生命之火，一旦点燃，就燃烧一生。从此，诗歌与我血脉相连，伴随我至今。我并无多少天赋，是诗歌艺术成就了我，是诗神赐教于我，作为诗人我是幸福的，从未感到任何的落寞和失意。

陶然亭剪辑的往事

怀旧，是一种顽症，无药可救。抒写这篇小文，便是病发的一种症状。有些记忆是不宜去触动的，一旦触动便令你的心，即刻沉入深潭，无论你如何挣扎，就是浮不到水面上来。有些记忆则给你插上双翼，海阔天空地飞翔，春风春雨地飞翔。所以，学会剪辑是一种智慧，当然克制在里面。

1980年的秋末，陶然亭公园里草木开始凋萎，风中飘着一些不知所向的叶片，恰同我茫然无助的心。我们这些编创人员，从四面八方汇聚到一起，筹办一个国家级综合性文学刊物。草创，这一词汇便可替代千言万语。

领命最先住进陶然亭公园慈悲庵的是，我和我的族兄特·达木林。他原先是内蒙古《草原》文学杂志社的主编，兼内蒙古作协的秘书长，他思维敏捷吃苦耐劳，在以后的年月里，他是我们中的一头老黄牛。他蒙汉文字兼通，一手好字，办事果敢爽利，是我们办事人员中的带头人。他和我们同吃同住，亲密无间。他有很好的办刊经验，在刊物的字里行间，都流淌着他辛劳的汗水。他是主任，但从不端架子搞特殊，所以以后的日子里，他被人称作"好人"是名望所归的。

我们二人，住进慈悲庵文昌阁的那一天，秋风落叶遍地皆是，此刻，除了身影别无他物，只借得两张床两个暖水瓶，度过了最初的一夜。老年庙宇那种陈腐的朽木味，使我们的幽梦，充满了出世色彩。他笑着说，嘿，我们两个蒙古"喇嘛"最先住进慈悲庵，有意思，有意思。

以后在置办办公用品和生活用品的日子里，我们吃遍了公园周围的小餐馆。方便面充饥，则是常有的事。我们尝尽了白手起家的苦滋味，但也乐在其中。其间，中国作家协会有关领导和工作人员，给予我们的关心和帮助是多方面的，想起来，至今心热。那时我们四顾茫然，人生地也生，一切从零开始。

经过一段时间的忙乱筹措之后，编辑部可以开始运作了。应该提到的是，刊名题写者为文学前辈茅盾先生，这对我们是很大的鼓舞。接着，贵州的苗族作家伍略来了。云南大理的白族作家那家伦来了。中央电台国际部的朝鲜族翻译家韩昌熙来了。《北京日报》郊区版的汉族编辑家王文平来了。著名长篇小说《红岩》的责编汉族老大哥许国荣等人也先后来报到了。这是最初的编辑人员阵容，为了一个共同的事业，我们走到了一起。

我们虽然是作家翻译家编辑家，但当文学编辑，经验都有些不足，好在有达木林和许国荣兄指导，很快进入了角色。这是后话。那时，达木林、伍略、王文平、那家伦和我，就住在慈悲庵里，而年轻的尹汉胤却住在云绘楼，都过着苦行僧的日子。这里是文物保护单位，不能见火星，吃饭要到公园北门外的舞蹈学院。

慈悲庵，始创于元代，又称观音庵。清康熙二十四年（1695年）监管窑厂的工部侍郎江藻在慈悲庵内建亭，并取唐代诗人白居易"更待菊黄家酿熟，与君一醉一陶然"的诗意为亭题名"陶然"。因为这里自然景色优美，又颇具野气，渐渐成为文人墨客宴游觞咏之地。园内既保存有自战国以来的多个朝代的历史文物和多处古寺观祠。除此之外，这里还是李大钊、毛泽东、周恩来等革命先驱从事过革命活动的纪念胜地。庵内的建筑由观音殿、准提殿、文昌阁、陶然亭等组成。

在这样的文物古迹之地，来办刊物，是意料之外的事，当然，租金也不菲。庵门朝东，离门几百米处，便是湖心岛的最高处，岛上有山、有亭、有树、有花更有迷人的远处风景。云绘楼与清音阁则在庵的西南方向，中间隔一座小桥。慈悲庵地处高地，站在墙内可俯瞰湖面上的千百只游船。船里有人喊："嗨！看啊！庵里不见尼姑，却见还俗的和尚哎，他们也想谈情说爱吧？"显然，他们是情侣，在调侃我们，这使我们乐不可支。京城有句俗语"成不成，陶然亭"就是说，谈情说爱者很看重此地，也迷信于此地。山北麓，有革命先驱高君宇与石评梅之墓，这对情侣就长眠于此。常常有年轻情侣们来此游览，并把山上的蓝色小野花采摘下来，祭祀这对先烈，此情颇为感人。

夜晚，公园里静极。静得能听得见自己的心跳，甚至能听到一片柳叶的飘落声。月光在湖面上荡起鳞片似的波纹，搅得蛙声此起彼伏。还有蝉歌顺风四散，在枕边，伸手就可抓一把，这是我们的催眠曲，我们苦中取乐。

苗族作家伍略兄与我，常常对坐在陶然亭的长廊里，海阔天空地聊，记得他多次谈及与作家沈从文的书信来往之事。他的创作也深受沈老从文的影响，写家乡的人和事，他得心应手，佳作不断。而乡愁，则常挂在他嘴边。他端起白色大茶缸，很有诗意很有节奏地饮茶，动作极富仙风道骨气，他不修边幅，穿着随便，平时寡言，烟抽得凶，中指和食指像是被野火烧过的干枝，几乎没了弹性。我劝他少抽，他只是友爱地笑笑，并不回应。在静夜的慈悲庵中，那一亮一灭的烟火，就属于他。他是一个可信赖的人，绝无小人嘴脸和阴毒肝肠。因为种种原因，几年之后他回贵州去了，后来被选为贵州省作家协会副主席，前几年他不幸离世，从此与我们烟水相隔，他那一明一灭的烟火，也移到天界去了。

到天界去的，还有特·达木林兄，他离开编辑部之后，任中国作家协会创联部副主任，后来患顽症离世。他这头老黄牛，从此音信全无。很多美好的记忆，却永久留在同事们心中。陶然亭公园里的湖水，一定还记得他，他常常租用一只小游船，带暖水瓶上船，静静地看来稿，他不划船，由微风吹动水面，使船轻轻地摇啊摇。聚精会神的他，很少抬头，有事找他，却无法与他联系，因为他听力极差，我们只好去求助与他相近的游船上的人，去用船桨击打他的船身。

有一次，我们俩被邀去湘西，参加那里的"湘泉笔会"。一天深夜，宾馆附近的农贸市场里，突然传来鸡鸭猪羊们的凄惨叫声，仿佛在相互告别，搅得我一夜无眠，又气又恼。而他，早晨一骨碌爬起来，十分舒心地对我说，好！这里真是安静。气得我只有瞪他的份儿。还有一次，我们在国务院第二招待所商议创办刊物之事，突然楼外雷声大作，惊天动地，震得我们耳膜生疼。他老兄也听见了，却说，霍呀！有人来敲门呢！就只顾开门去了，让我们哭笑不得。

他耳背，眼力却极好，腿脚也灵便，走起路来脚下生风。有一年，我们去爬黄山，三万九千级石阶，我们爬了八个小时，才到了山顶。而他，中间还去爬了鲫鱼背、莲花峰和天都峰。晚饭后他又去看妙笔生花，而我已经双腿麻木不能动弹了。这样一个精力旺盛又热爱生活的人，不料，先于我们而去，不能不叫人扼腕。

之前，在筹办全国一个大型文学创作会议和创办刊物的那些日子里，只有我们三个人住在国务院第二招待所，星期日夜晚，常去看足球比赛、去看某某的跑马场，街边小餐馆里去吃担担面，早晚玩飞碟。那时的我们，是快乐的不隔膜的，亲如兄弟，这不能不令人怀恋。回首之间，我们都已白发苍然，记忆中留下的，不会仅仅是一时一世的得意往事吧？

如今，如烟往事，大都随风远去了。那一株最先开花的、春二月的连翘，仍在湖心岛的山脚下寂寞地盛开着，花色未改，清芬依旧。我们是老相识，它应该还认得我，虽然我两鬓也已落霜。

今日我独自冒着丝丝小雨，再度前来叩动慈悲庵紫红的大门，一下、两下、三下，轻轻地。哦，陶然亭，你不会闭门谢客，不会不接受我久疏的问候吧？

天意为何怜幽草

我们每个人，一离开娘胎，就已乘上时间的快马，驰骋于漫漫红尘，直至墓地。在人的一生中，所经历的人和事，乱若野草，很难一一梳理得清楚。但对某些人和事，却记忆深刻，很难忘却。如烟往事，并非都随风而去。

在20世纪90年代第一年，我们杂志社组织全国各少数民族作家和翻译家，分别在新疆独山子和吐鲁番，举办两地笔会。临行，主编有了出国访问任务，由我匆匆替任团长，带领二十几位作家翻译家，赶赴新疆。其间，我们诚邀著名作家、电影事业家，原文化部副部长陈荒煤前辈和著名编剧家、小说家李準先生，著名作家邓友梅先生，前往笔会予以指导和授艺。

当我们先期到达独山子宾馆时，远在广州参加活动的荒煤先生和友梅先生，却未能及时赶来。趁这个空当，主人请求李準先生留一些墨宝予他们。我有些犹豫，他却爽快地答应了下来。并笑着说，喝人家酒，哪有不出力的道理？这天一开笔，就写了将近四个小时的字。累得他一个劲儿地甩胳膊，展腰肢。期间，好在有上等香茗为他提神。有一位小服务员主动请战，要为他捶腰解乏，他却不肯，说，不敢不敢，我非书圣王羲之，来不得那个阔绰咧。有时写着写着忘了词，就坐下来左思右想，揣摩文字的准确性，绝不草率落一笔。他对古典诗词很有研究，造诣也深。他的书法也颇具功力，尤其擅长对于隶书与魏碑的发挥，一旦挥毫，便是飞金落银。

午后，他又主动提出，要为几位厨师写几幅字，以表谢意。说，几位师傅烹饪技术高超，吃得我们满嘴余香。我字丑，技不如几位师傅，只好献丑。说得那几位师傅感动不已，并临场炒来两碟小菜，提一壶老酒来款待他。有酒助兴，落笔生风。字字写得苍劲而刚毅，满屋的墨香飘逸醉人。

当轮到我求字时，他稍一顿，说，我知道该为你写什么字了。就提笔写起李商隐名诗《晚晴》来。当写道："天意怜幽草，人间重晚晴"时，猛然停笔，说，夫老矣，记忆力远不如从前，拿不准"情"还是"晴"了。显得有些沮丧的样子。他这一说，我也有些蒙了，脑子一片空白，显得尤为尴尬。

他靠在沙发上，抿一口茶，语气些许凝重地问我：天意，为何怜幽草？你想过这个问题吗？我惶然，摇头。他笑了，说，不急不急，当你有了更多的人生阅历时，自然就会明白。老夫现在提笔忘字，只好求助王维老兄来为我解围了。稍停，他开始挥毫，以标准的魏碑体写出王维名诗《冬晚对雪忆胡居士家》里两句"隔牖风惊竹，开门雪满山"来。全诗是这样的："寒更传晓箭，清镜览衰颜。隔牖风惊竹，开门雪满山。洒空深巷静，积素广庭闲。借问袁安舍，翛然尚闭门。"他说，他所以喜欢这两句是因为诗中既有动感又有静观，画面感极强，显得十分传神，使人如临其境。他夸王维，不愧是山水高手，不得不佩服。说话间，他的神情如醉如痴，完全沉浸在诗情画意里。

之后的年月里，这幅字一直陪伴着我，或挂或藏，珍爱有加。如今，李準先生离世已多年，然而他的音容笑貌仍存于我的深层记忆里。他是我们的族人（自称：纯粹的蒙古人），上代姓木华梨，渐渐地，梨演变为现在的姓——李。他生于河南洛阳，是著名的剧作家、小说家、书法家。20多年前在荣宝斋，我就见过他的字挂在那里。他是中国农民读者最喜爱的作家之一，他的短篇小说《不能走那条路》，触及防止翻身后的农民两极分化这一尖锐问题，受到极大关注。之后，又写出很多有分量的小说、电影文学剧本、散文等。生前，曾获得第二届茅盾文学奖以及百花奖、金鸡奖等奖项。他的名作《李双双》《黄河东流去》《老兵新传》等，流传极广，家喻户晓。他这个人也极重友情，又善于广交朋友。他送作家柳萌的书法作品，写的就是《朋友就是财富》这样几个字。就此，可见一斑。

当我们的笔会，从独山子移师吐鲁番时，正好赶上一年一度的吐鲁番葡萄节。原定的吐鲁番宾馆，因为有一位国家领导人，前来下榻，我们只好住到比较偏僻的一座小宾馆。而且只能一室二人同住。事情来得突然，无任何弥补的办法。身为一团之长，我愁成了一堆。荒煤老先生却来安慰我："有什么关系嘛，不就睡个觉吗？"我倒是打一些轻微的呼噜，可能会影响到团长你休息，不好意思呢。他笑着，慈祥地幽默了我一回。

葡萄节人山人海，很多外国友人都打地铺睡觉。宾馆卫生间，可能来不及送来手纸，荒煤先生悄悄出去买回两卷来，使我极为紧张。他却态度平和地说，你是团长事务繁杂，我是闲人，走一趟正好熟悉环境，何乐而不为？不必多心。诚然，他是在为我开脱。

而李準先生夫妇，住的是很小的一间客房，还是阴面。实在抱歉，让你们遭这个罪，天又这么热，不知如何是好。我说。什么话，我还感谢你呢，他说。能够住到世界第二洼地——吐鲁番盆地，不是谁都有这个机会的，你说是不是啊？你看这里，高温40多度，而葡萄沟里却浸凉如秋，神奇得很啊，这说明高处有高处的风光，比如黄山、峨眉山。低处有低处的清凉自在，比如这吐鲁番的葡萄沟。看来呀，高与低是相对的呢。他这番哲人般的议论，倒使我如释重负，心情也开释了许多。这就是我们前辈作家们的人格力量，使我这个晚辈，受益匪浅。想起这些往事，至今令我心暖如春。

今宵楼外，秋月当空繁星稀疏。央视正在播一处北国草原画面，绿草如茵，无际无涯。这使我遽然想起，李準先生留给我的思考题"天意为何怜幽草"来。在如银的月光下，我静静地思之悟之。天意，何谓？幽草，何谓？怜，又何谓？仅仅以一时的画面来感悟，恐误读了作者的深层本意。就如"野火烧不尽，春风吹又生"不仅仅指野草一样。只有去深层解读，才可领会它的广义所指。

第6辑·红叶归处

安第斯神鹰

　　朋友传来一段视频，曰《老鹰之歌》。介绍文字很是诱人："享誉世界的秘鲁名歌《老鹰之歌》以其悠远、神秘的旋律和古朴、独特的安第斯山区民族乐器编曲，令无数人对南美印第安文化心驰神往。这首曲子是南美洲最具代表性的一首民谣，已经被列入联合国世界文化遗产。它，宁静、深邃、高远，让人心境明澈，是不可多得的优秀作品。"

　　打开视频，一睹果然。

　　——南美洲苍阔的大地，海拔6000余米高的安第斯山脉，横亘于云天之下。而这座耸立入云的阿空加瓜山，是它的主峰，海拔高达6962米，隶属阿根廷国界。人称：南美洲的脊梁。镜头推出一片旷野，树木葱翠而浓荫弥盖，远远看去，黑黝黝一片。缓缓移动的狸猫似的山雾，忽隐忽现。使那些高耸入云的巨齿山岩，偶尔露出它狰狞可怖的面孔，使人倒吸一口凉气。谷底幽深，有清泉在流动，玲玲琮琮，在弹拨它心爱的七弦琴。而这里那里垂泻的飞瀑群，溅起一万朵水花，像碎玉在玎玎作响。由远而近的，是一条幽谷。静谧且深邃，像一首隐题诗，可读而不可解。镜头推出主人翁，并缓缓放大：他，浑身携带的仿佛是风雨雷电，随时就可以暴发。这是一位颇具现代意识的印第安青年，壮硕而风骚，一身的男子气概，使山石愧色。他那头，飞瀑式的黑色长发，猛烈地甩来甩去，使人联想，蒙古萨满巫师的除妖舞姿。他那件印有神秘图案的印第安式坎肩，显得甚是惹眼。那些小小物件，披挂其上，仿佛都在以远古年代的隐秘符号在跳跃。而他紧身的长裤，是纯正的棉花白。这种白，压过了山谷里所有的色彩，独一无二地在闪闪发光，让人生疑，那一定是安第斯山脉中，孕育多年的一道闪电。他，踏着节奏扭动腰肢，双脚重重地踩地，铿然有声。他吹奏排箫，心事凝重，也是安第斯式的，属于古老。它的音律些许魔幻，似在呼唤空蒙中的八方神灵，抑或山魔。也似乎在叩醒，昏睡中的游魂野鬼，好让他们再度投生。他握长笛的左臂，猛然伸向长空，像一棵昂扬的山丁子树，久久地停留在那里。而手腕上的物件叮当作响，似是一种暗喻。这种安第斯式幽婉诉说的情景，一睹使人难以忘怀。此刻的密林，却萧索不止，也漾动不止。草莽和野花，似乎都在暗暗抹泪。他的箫声，时而尖利，像射向远方的子弹一枚；时而柔曼，像老祖母念念有词的对天祈祷。时而空旷，暗藏着野性；时而低沉，充溢着渴望。无疑，这是对万千生灵勇于存世的，由衷赞美和感叹。

的确，是对万千生灵，勇于存世的，赞美和感叹——此曲就叫作《老鹰之歌》。这位肤色油黑的、抢占了所有风水的印第安青年，以他的全生命，在深情吹奏这枚多风孔的排箫。无论他的排箫抑或长笛、骨笛，似乎都来自遥远年代的情痴精灵，或倾诉，或抒怀。镜头开始抬高：在他的头顶，在无垠的空阔里，出现一只巨大的安第斯神鹰，正展开它的双翅，在盘旋，在翱翔。也在此刻，我似乎闻到了一声声的鹰唳，不，是一声声的鹰啸。这啸声，在击穿无限的空蒙与苍穹，向远方波动，而后又纷纷地散落，像无名之水。此刻，人与鹰的情与血仿佛都溶解在了一起。天空和大地，随之安静了下来，像是在回归，生命最初的摇篮。

这摇篮，就是这一丸母性的地球。是一切生灵，赖以生存的安身之地。既言摇篮，就应该是宁静的、温馨的、慈祥的、无厮斗的。这是，生命之所求，也是依托。这只安第斯神鹰和这位印第安青年，在这里所阐释的，正是这一生命真谛。一旦读懂，即刻使你灵魂安静。

说起安第斯神鹰，有一个小插曲，请允许我复述：那是多年前，我与已故作家叶楠兄，出访匈牙利。因为时差，到了晚上，反而不能入睡。只好打开电视机盲看。所言盲看，是因为电视机上的语言和文字，我们全然不懂。突然，电视屏幕上，出现一只巨型山鹰，与其他物体相比较，此禽大得吓人。它飞翔时的投影，似乎是一片挪动中的黑色云团。解说词里，反复出现一个音节——安第斯、安第斯。叶楠兄反应灵敏，说：这一定与安第斯山脉有关，与秘鲁有关，回京可查资料。然而，时过境迁，也就淡忘了。不料，《老鹰之歌》这段视频，又一次勾起我些许淡漠的记忆。忙打开手机百度，查看资料和视频，叶楠兄说得果然不错。这，就叫安第斯神鹰，又名康多兀鹫。体长约100~130厘米，翼展可达3.2米，雄鹰体重11~15千克，雌鹰体重8~11千克，是世界上最大的现存飞禽。据记载，最大的一只安第斯神鹰，两翅展开竟达5米之宽。目击者惊呼"难以置信的巨鸟"。它栖息于海拔3000~5000米的岩壁之上，擅长远距离飞行。从秘鲁科尔卡峡谷，到巴拿马海岸200多公里的路程，清晨出发，傍晚时分即可返回。它可借助山间的上升气流，缓缓升高，并悄无声息地飞越沟壑与大川。当它吃掉猎物之后，为了消化的需要，会久久独"坐"在高耸的岩壁上，作沉思状，像是在闭关。在古老的印加文化中，兀鹫是一种神圣的鸟。南美人，称它为"神鹰"。说它是"安第斯文明之魂"。

不幸的是，西班牙殖民者入侵之后，此禽被大肆猎杀。也因为现代人的残酷取利暴行，秘鲁境内的"安第斯神鹰"现存只有400~4000只之间了。而那些盗猎者，良知乃然昏昏，至今没有悔悟。也没有得到应有的惩罚。可悲亦可叹！谁来拯救这些，濒临灭绝的珍贵物种？谁来打断这些长长的、血腥的利益链？

而在另一面，美利坚的白头海雕，却是另一种命运。它也是体型巨大的遗存猛禽，展翅可达2米多长，体长可达1米之多，却被保护得安然无恙，翩然飞翔在美利坚蓝色的天宇。因为它是国鸟。人心和法律，都在保护它。这足以说明一方国民的文化素质和文明程度以及有效的法律管控，在这里起着关键作用。当可圈可点，也应以借鉴。

雕和鹰，是不同类型的两种飞禽。但猛一眼看上去，安第斯神鹰，和美利坚的白头海雕长相却有些相似。自然寿命都可达20~50年。而"安第斯神鹰"中的长寿者，在环境优越的情况下，竟可活到80岁。可见，处境不同，命运也不同。假如有一天，那些盗猎者都幡然醒悟，收起他们手中的毒饵和枪，母亲的大地，就可以长长舒一口气，眉目间也会泛起慈祥的微笑！

斑驳秋色箫声外

想着吹箫的时候，晚秋一定是来了。一抬眼，箫声之外必是一片萧萧秋色。

秋色斑斓，指的是秋之色彩，它使人爽心。而秋色斑驳，则指的是秋之心态，它使人沉郁。就像一个人，到了晚年，一切往事逐渐模糊起来，对事物失去了敏感性，眼朦胧心也朦胧。欲念开始退潮，猛然回首，脚印歪歪斜斜，像一条百足虫，看着可怜也可笑。所追求、所信仰、所向往的都从混沌中清晰起来，审视自己的一生，则有些苦涩意味。这时，就需要幽默自己一回了："老兄，你干得不错，终于从'聪明'中练得了糊涂。"其实，这一过程没那么简单，这需要智慧也需要自审精神，有了这两条，老迈的你，与小酒为友的你，就离哲人不远了。

年轻的世界看你时，你是一棵苍然的老树。你看年轻的世界时，就觉出那是一些疯长中的小草，你立刻便生出怜悯之心，这就有一些禅味了。

今晨，一脚踏入空旷山野，心里便产生了圣者二字。山，使我联想起骑牛出关的老子。水，使我想起无中生有的《道德经》。一切的树和竹，都在斑驳中神态安然地摇曳着，一切的花与草，都在斑驳中静静地梳理自己。阳光斜斜地从枝叶间照射过来，使秋色披满神秘而老道的色彩。

成熟和谢落，周而复始地演绎着。

斑驳，是一切事物的终结处，勿论人或兽，勿论钢铁或者草木，都需要面对此课题，绝无其他路可走。对于斑驳，人总是产生一些悲情，以为那是生命的终结。其实不然，斑驳只是物与物之间转换的过程，而非终结。一塘荷叶，败在秋风中，那一乱象使人惆怅，还在坚挺的莲蓬，似乎以多孔的喇叭，在向大地传声："再见了再见！"其实，这只是人的感觉，与败叶无干。荷的衰败，只是像昏昏睡了一觉一般，一睁开眼，又是万物复苏的阳春了。

宇宙也是在生生灭灭，周而复始中延续着，只是人的生命一闪而逝，看不到这一过程罢了。斑驳，是地球的终结处，也是人类的终结处。一切生命，都在生生灭灭中继续存在，所谓物质不灭也。我相信暗物质的存在，善的智慧发现了它，宇宙就会为此光芒四射，恶的智慧运用了它，宇宙就会乱象丛生。对此，我忧心依旧。

今天的人类，切不可任意妄为。

生于忧患，死于安乐，这个道理，不是神的发现，而是哲人的发现。不该把它刻在高高石壁或闲章里，而后又去我行我素，不屑一顾。从出世到斑驳，说长很长，说短也很短，这是任何人或物都要经历的过程。譬如一只鸟，从破壳出世到自然死亡，他在天空飞翔的时间，占去了生命的一大半，也是最为出彩的过程。在这里，飞翔的艺术就显得极为重要。人，何不如斯？从初生到斑驳，走好每一步，也是一种艺术。到了斑驳的时刻，无愧于心，无愧于阳光、空气与水，无愧于这片母土，就可以微笑着进入生命循环的又一历程了。

山野里，有挺括的银杏在这里那里静默着，毕竟是植物界的活化石，面对萧索秋风无惧也无畏，金色的叶片，一枚两枚地愉快地在飘落着，罗列为一层金箔，把个山野装点得如梦如幻。而银杏果，终于露出了它丰满的姿态，一嘟噜一嘟噜地缀满枝头。这哪里像是斑驳中的物种呢？明明是演绎中的一句深邃格言。

想到这些，心中不由产生一种由灰变红的愉悦。其实，人进入老境之后，只要顺着天律看待事物的变异，对于生与死，就用不着那么计较了。这样的时候，夕阳就显得可爱起来。这样的时候，斑驳的时光，同样也金不换。这样的时候，人就有了慈悲之心。如此说来，斑驳里也含有善的基因。

山野，宁静如水。远山近岭似乎都是你的新朋旧友，徜徉于此，并不觉得孤单。一行大雁，穿过云层，缓缓飞向南方，时而留下空空的几声问候。猛然，想起唐人杜牧的诗一首《赠猎骑》来："已落双雕血尚新／鸣鞭走马又翻身／凭君莫射南来雁／恐有家书寄远人／／。"他劝猎骑之人发慈悲之心，莫去伤害这些小生灵，莫射落这些南来雁，恐有家书托寄远方亲人呢。人，到了斑驳岁月，所谓佛心便随之而生，青春岁月曾经的打打杀杀，如一场噩梦，不堪回首。所以说斑驳，也是金。

一阵秋风，萧萧掠过头顶，吹飞我鬓边一根白发于空蒙之中，它是先于我回归生命的原处了，仿佛急着要去验证，那斑驳中所富有的哲思一般。我微笑着招招手，目送它消失于"无"的无限之中。

从霍金的警告说起

在这个世界上最为浩瀚的是什么？是人的思维。比天地更为宏大的是什么？是人的欲望。因了思维的浩瀚，人类才成为万物之灵、才能上天入地。孙悟空这个神猴形象的出现，便说明了人的思维的浩大，一个筋斗十万八千里，就是思维决堤的具体体现。

两脚走路要比爬行快，骑马要比两脚走路快，开汽车要比骑马快，驾驶飞机要比开汽车快，开航天飞机要比开飞机快，开太空船一定要比开航天飞机快……这便是思维提升的过程。思维的提升，是由科学技术来完成的，科学技术伟大也可怕。由于人的欲念是因思维的扩张而扩张的。于是这个世界，由静变为动，由简单变为复杂，由复杂演变为战乱。其实，人的命运是掌握在自己手里的，只是由于强盛欲望的那一刀伤了自身，人类的未来，就不可预知了。显然，对物欲的无度放纵，便是对第一杀手的怂恿。一切不幸的根源，在于贪婪。

据报载，今年，也就是2010年4月25日播出的一部纪录片中，英国著名物理学家斯蒂芬·霍金，语出惊人，他警告地球人"不要和外星人说话"。在他看来，外星生命极有可能以微生物或初级生物的形式存在，但不能排除存在能威胁人类的智能生物。所以他又说"真正的挑战是弄明白外星人长什么样"。他假设"我想他们其中有的已将本星球上的资源消耗殆尽，可能生活在巨大的太空船上"，他说，"这些高级外星人可能成为游牧民族，企图征服并向所有他们可以到达的星球殖民"。霍金认为，"鉴于外星人可能将地球资源洗却一空，然后扬长而去，人类主动寻求与他们接触，有些太冒险"。

霍金是大名鼎鼎的物理学家，他大脑发达，思维敏捷，所发出的言论，定然有深层思考的前提。宇宙之大无奇不有，所以，人以浩瀚的思维去思考人类未来是必然的，也是积极的。之前，发达国家所拍出的大片里，出现了各种惊人场面，出现了千奇百怪的外星人形象，其中有的善良有的邪恶，影片《星球大战》便是典型的一部。我们不能断定，外星人还没有发现我们，我就亲眼目睹过夜间飞行的奇特的飞行物，在60年代在中苏边境上。但至今未闻外星人破坏地球的确切消息。

可以肯定地说，这一切假说，实际上都基于人类本身的行为的，霍金的预言也是。人类竟向太空伸手，为了什么？为了移民，为了资源。其间，有谁考虑过，假如遇有弱小生命存在，我们该不该去拯救他们，并如何与他们相依为命和谐共存，去一同建设那个星球的伊甸园这一问题的呢？我没有读到过这样的宣言。

如今世界的发达国家之中，有哪些是属于靠自力更生，靠自身的劳动和资源来建设自己家园的呢？有些发达国家，不去开发自己的资源，悄悄地藏起来，以投资的形式或以伪善的形式去掠夺别人的财富。这都是公开的秘密，他们所谓高瞻远瞩的愚蠢行为。在这里我们不去说，富与贫、强与弱，发达与不发达之间的生死争斗，就说大自然的平衡能力，也不会叫你逍遥法外得意忘形的。大自然的平衡法，已经开始实施了，世界各地所发生的自然灾害就是说明。这个法，就是宇宙之法，大自然之法，谁也休想例外。

霍金是一位物理学家，而非哲人。他的忧虑是问题的一面，另一面他可能没有仔细考虑过。问题在于无论地球人或高级外星人，只强化自己就能太平无事富足亿年的生活下吗？愚以为，与其乘坐太平船去掠夺别人的资源，唯我独存，还不如去与宇宙与大自然和谐共处，以极节俭，极敬畏的生活态度过好自己的小生活为好。只要你与生存之地真诚相处，安分有度的取舍，就像婴儿吸食母乳，恐慌是多余的。这就是我们东方哲人所倡导的"天人合一"的理念。地球生育了人，也一定养得起人。

宇宙万物，都是和者共存，斗者俱损。这是天理，就是自然之理。中国有一句话，具有很深的哲理，那就是"有福同享，有难同当"。何况，带强盗意识的"强势"绝非强势。一家一户的强势不说明真强势。何况强与弱，又是相对的而不是绝对的。老子认为，柔弱是生命的象征。这里的弱，不是懦弱，而是相合的弱、谦让的弱。树木可以高大，但允许小草在它的树荫下生长，这是它以"弱"的形态在存世，这是一种高智慧的生存法则。以"弱"的心态生存的事物中，水最为典型。水的存在，就是万物的存在，然而它绝不以救世主的姿态处世。水以"柔弱"之美出现在世上，让很多"坚硬"的事物相形见绌。水是世间万物的生命之源，它只懂得付出和给予，从不要求回报。水，与世无争，甘于牺牲自己去滋养别人，这是水之美德，水之生存理念。然而，水表面看来柔弱温驯，但弱水可克刚，可穿透万物。滴水穿石，便是例证。我走过不少名山大川，每每目睹深不见底的森森大峡谷，就被水的无限穿透力惊得目瞪口呆。那么柔弱的外形，竟可以劈开如此坚硬的石壁，闯出自己的路，无阻无碍地悍然前行。水乃天下真正的伟丈夫，而非弱者。

　　最终，弱能胜强，这是老子的结论，理论与实践来自自然万物的沧桑变迁与胜败之实。现在，有人造出空天战机，是为了控制太空权，目的只有一个"霸"字。我们也制造空天战机，目的也只有一个，捍卫自己的领空，保卫自己的国土，使人民安居乐业。这是强与弱的较量，也是人类生存的现实。按霍金的逻辑，我们不该与强者"说话"远远地躲避，这有些行不通。你不找他自来，怎么办？还是那句老话，斗争中求团结，就像水，以柔克刚，待机而行，最终的目的是和谐共存，而不是建造空天战机、巨型太空船，去漫游宇宙，掠夺财富。

这里，霍金其实告诉我们的只有一个"防"字。换我们的说法，害人之心不可有，防人之心不可无而已。这个道理无可厚非，然而在现实生活中，只防人不防己，也是产生悲剧的另一方面。尤其大大忽略了"欲壑难填"这个顽症。"欲"既然为万祸之源，除警惕太空中"游牧民族"的掠夺欲之外，也要严防自身的膨胀欲，这才是痛感的穴位，我以为。

行者是孤独的

孤独，是一种情态，含有傲骨。这一情态，不仅属于人类，也属于其他生物。譬如，骆驼。行且孤独者，非它莫属。上苍造物，单单把骆驼置于死亡之地——沙漠，是欠公允的，假如说，上苍有过公允的话。行，是骆驼的主要功能，并加重负。而终身伴随它的，唯有——孤独，别无其他。它生性憨直、本色、默默行事。它不会嚷嚷，更不去窃窃私语。它生来与阴毒、取巧、凶横无关。或许，上苍就是看重了它的这一秉性，才将其放置于大漠并令其终身辛劳的吧？假如说，这就是所谓担当的话。骆驼，极少发声，寂寞占据了它的整个内心。它也无意去呼唤什么，倾诉什么。它，偶尔以苍凉的沙音，向大野大吼几声，那是给天地证明，它的存在。但绝非为请功，更不为申冤。

有时候我觉得，牵驼人也是行者，也是骆驼，只不过以两脚行走而已。人与驼，互为本色，令我感慨。我牵过骆驼，走过漫长的牵驼之路，驮盐。所牵骆驼，不是一峰，而是十二峰。相连在一起，一字排开，像空中远飞的雁群。雁群，留声于高高云端，空空然、悠悠然；而驼队只有驼铃，叮叮咚咚地在敲击，千年沉睡的浩瀚大漠。唐代王维状写大漠："大漠孤烟直，黄河落日圆。"那是诗的概括，虽苍凉但富有暖意。骆驼，读不懂这些诗句，但我觉得它也是诗。有人会读懂它，因为它是美好加坚韧的生命，而非冰冷的机械，譬如宝马、劳斯莱斯之类。同样的——行，意义却大不相同。假如有那么一天，动力源耗尽，机器会弃你而去，而骆驼，却依然驮着你，跋涉于生命之漠。或许，诸位认为，此说很荒唐，更以为科学技术是万能的。然而，英国大科学家霍金，最近发出惊人的预言——或许有一天，人类，将毁于科学技术。我也属于忧天草民：有那么一天，高科技一旦改变了一切基因，所有大自然之原有秩序被搞乱，将会发生什么事？难以想象。当然，这些变化轮不到老夫，然，还有我们的子孙——未来的人类。一切自然之物，走到今天，都有它合理演变的过程，包括基本粒子，人为地去改变它的结构，一定是一种冒险。

就骆驼而言，它是一千万年前，生活在北美洲的野生动物。后来它的远祖，越过白令海峡，来到亚洲和非洲的。据考古发现，古时骆驼，要比现在的骆驼，体积大过30%。进化至今，才有如今这般模样。也因为人的私利因素，至今只剩1400万头左右。其中，野生骆驼，已经少而又少了。我曾经在北方杜尔伯特戈壁和阿拉善沙地，通过望远镜，看见过它们的高大而孤寂的身影。它们如斯警觉于人类，一见人来，远远避开，令人心生悲怜。它们的奔跑速度，远比家养骆驼快得多。骑快马，是追不上它的。而被驯服的骆驼，则服务于人类，也已上千年。它们既是骑乘之物，又是运输工具。而人，不仅喝它的奶和血，也吃它的肉，还用它们的毛和绒来暖身，却少有感恩之心。而把以憨态悦人，没什么实用价值可言的大熊猫，看作珍宝，呵护有加。以貌取人取物，是人的又一心理特征。骆驼就是一例，人仅仅把它当作可用可餐之物，而被忽略。不知人类的审美情趣，哪里出了问题？我历来不屑，对动物分等级，以貌取舍的做法。人对骆驼，最好的赞美之词，仅仅是"沙漠之舟"而已。只有真正的牧人，才把它们当作命运相连的兄弟。

　　骆驼，天生属于荒凉与寂寥。当几十峰骆驼的长长斜影，倒映在浅黄色沙海上时，你可以听到大地发出的隐隐呻吟声。因为那不是孤零零的一条剪影，而是艰辛所遗留给岁月的永恒记忆。世上，除了骆驼，再没有一种生物，可以三周不喝水，月余不进食而照样生存的。它们这种忍饥耐渴，坚韧生存的本能，是上苍赐予的，还是后天演化而成的？我说不准。然而，它一定是一个慈悲而达观的生物，来到这个世界，就是为了成就别人的。

有一往事，至今萦绕于心，久久不去。那是在60年代末的巴彦红格尔草原。冬日里，突发暴风雪，从冬营盘取物回夏牧场的斯日吉玛老额吉，被风暴雪吹下驼峰，人事不省。当人们找到她时，那峰与她形影不离的老年骆驼，则半侧卧在老额吉上风的地方，以自身颈部长长的绒毛覆盖了她全身，成为一道天然屏障，挡住了风雪。得救后的老额吉，抱着驼颈，流下了老泪，并轻呼："霍若嘿，霍若嘿！"（可怜的，可怜的！）每当老额吉骑驼上路时，只要她爱怜地喊它两声："苏格！苏格！"（跪！跪！）老骆驼便顺从地放下前腿，跪下来，让老额吉坐稳，而后慢慢起身。骆驼腿长步子大，小跑时晃动幅度大，骆驼会尽力保持平衡，不至于老额吉因此有什么不测。一人一驼，就这般命运相济，那种无言的交流与相怜，不能不让人动容。

骆驼，在世上分布极广。毛色有白的，更多的是棕黄色。有单峰的，我见的不多。在蒙古高原，所存大多是双峰驼。它们总是显得那样的安静、大气，低头啃草，抬头望远，很少跑动。有些地方，一峰骆驼便是一个家。经常看到举家搬迁的情景。人与物，都在驼架上面，慢悠悠丈量着时光，也丈量着生活的欢乐与艰辛。它们喜爱嚼咽的植物，耐旱、坚硬，且带刺，因而被称为驼刺。这种植物，喜欢生长于沙漠、戈壁、草原。或许，也属于上苍的安排吧？

在内蒙古额济纳沙地，假如你不去看夕阳、金色的胡杨林、长长驼队的寂静斜影，那将是终生的遗憾。那是天然组合的极美画面：磅礴而梦幻，和谐而静谧。像一组神曲，使你的生命，一下子扩展为深沉与辽阔。因为那是一个别样的天地，生存与坚韧相携、行者与孤独相伴的天地。唯极具禅机的空空驼铃，才可以阐释它。因为那是源于悲壮的生命天籁。

红叶归处是秋风

自古至今，红叶有着无尽的话题。每每读到有关红叶的文字我便心动，不由自主地沉浸于哲理的思考，这一思考也带一些禅的意味。

有一年在京郊红螺寺，我真真切切地读到了一片元宝枫叶内心的独白。那正是十月末的一天，天空一片高蓝，远山近岭到处是燃烧的红叶，在秋风中静默，使人不由想起"禅气"这个词汇。我仰头去读高岩上的一树红叶，猛然，其中一片硕大的红叶，从高处安然飘落，并且不带一丝儿的忧伤，仿佛是一位远游的行僧，在欣欣然归来。枫叶红透，似一袭袈裟，在秋阳下闪着奇异的光芒。我想到了去西天取经的那位高僧和他的白马。这样的时刻，恰有一声声晚钟从红螺寺高墙里传了出来，像是迎宾曲。叶落归根，就该是这样的氛围，叶落，是一种美好庄严的过程，是一种天律，不可违背，也不可抵触。

文人墨客，为什么对红叶有着说不尽的诉情呢？并且都带有褒义？因为他们由此想到了人生，红叶在上，人生有何可叹？原本人世间美好的赞誉，往往是世人赠予的或者是追认的，而不是像某些人绞尽脑汁去讨要的，明抢暗夺的。

有时，人不如红叶。对于自然规律，人总是明知故违，不去顺从。譬如，古代帝王们，去炼长生不老丹，就是典型的一例。而植物们就不，尤其红叶。它们那种面对凛冽秋风时的坦然和睿智，不能不叫人深思。

在岁月漫漫中，甚至连小小动物们都去勇敢地面对生与死。我不是动物学家，不谙鸟类的生死规律，但我观察多年，从来没有见到一只自然死亡的鸟，我说的是自然死亡，弃身明眼处，连麻雀都如是，我甚疑惑，它们是怎样处理自己后事的呢？或者说生死更替的呢？

而我们人类就有些不同，首先想的是长命百岁，甚或万岁。就是到了百年之后，也要讲阔气讲排场，又是鲜花又是悼词生平，又是纪念文章。我每到兵马俑发掘处，就感到浑身不自在，替那些帝王将相脸红。他们活着时作威作福，死后也不叫百姓安宁。人，是高级动物，却不知顺从自然规律，一见死神就乱了方寸，这是一种很是可悲的心态。

有一年深秋，我们到二郎山深处的喇叭河风景区采风游览，这里还没有柏油路，天然小路曲曲弯弯，一直沿着山下的河流，伸向旷野和原始。河水清澈，似一条玉液在静静地流。作家毕淑敏动情地对我说，她从未见到如此美妙的河水，这哪里是什么河水，简直就是流动中的碧玉。

爬上一处高地，远眺近目，夕阳依依，诸峰相衔，山上山下都是斑斓的梦境。金黄和火红，已是这里的主色调，尤其红枫（其实就是槭树）满山遍野地灿烂在那里，使人目不暇接神魂颠倒，大自然的鬼斧神工，在这里已经登峰造极，人造美，对此只有自惭形秽的份儿了。

是夜，山月当空，金黄和火红都退到了一山的朦胧里。一阵山风拂过，树木花草夺人魂魄地清香，不但醉倒了山客，也引来了一大群高大的水鹿，它们如约而至，来舔喇叭河宾馆为它们准备的硝，离我们只有百米之距，它们仍有些许警觉，但很安静，以它们发蓝的眸子看着我们。我一时兴起，给这些不速之客唱起一首又一首的蒙古民歌，其中一只，顾不得舔硝，竖耳聆听，同游者笑着说，你终于在这蛮野之地遇上知音了。没错，它一定听懂了我的歌声，并且体会了其中的内涵。天人合一，绝非仅仅是理想，只要人类怀有一腔慈悲之心。

不料这一天的后半夜猛然间刮起了山风，气势逼人，似排山倒海。我心中起忧，担心红叶们的命运，久久不能入睡。晨五时，梦中有了幻听，听到了钟声由远而近，轰然而优雅。我披衣而起，抓起相机便匆匆出得门去，山风有些冷，但安静了许多，俯首仰首，满眼都是落叶，像一地微微挪动的落霞。它们落得安然飘得诗意，竟无半点忧伤，躺成了一山的哲思，忧郁的我，却成了多余。惊愕之余，我终于有了一些禅悟。自然万物，原本没有高低优劣之分，只是人类给自己戴上了一副有色眼镜，读不到事物的本色罢了。

淡淡的山雾中，我站在秋风中的山野，终于明白，人或者说我自己是弱智者，而非万物之灵。眼下，躺了一山的红红落叶，正在完成一种交接仪式，生与死，在这里只是一个概念，而非实质。我有幸列席这样的一次仪式，不知不觉中提升了自己的一点点高度，并且读到自己灵魂的色泽，也正在由灰变红。

红叶归处是秋风，拥有秋风的万物有福了。

寂寞驼铃声声远

　　不知为什么，我竟然把空山鸟语和沙漠驼铃联系在一起来想。当这两个不同概念的词语跳动在思维屏幕上时，自己也感到有些莫名起来。

　　空山鸟语——空灵、幽静，充满诗与禅的氛围。而沙漠驼铃——则是荒凉、辽远，寂寞跋涉的象征。然而，两者也有些相同之处，那就是无中生有。空山有了鸟语，而生动且诗意起来。沙漠有了驼铃，便有了生命意义。空山鸟语，可象征一位竹帘背后抚琴吟唱的闺怨女子。而沙漠驼铃，则可以象征孤身闯关的壮士豪杰。一个细腻，一个粗犷，然而都有寂寥坚韧的存世意义。

　　驼铃，即意味着北方。南方人，对于驼铃，可能有些概念，但毕竟是模糊的。环境对于驼铃，也起有不同的作用。在旧北平，也有骆驼进城的时候。驼铃一响，孩子们稀罕，跟着驼队奔跑、笑闹。然而，驼铃就是驼铃，没有什么更特别的感触和想象。因为驼铃不属于繁华与热烈场面。此时的驼铃，与马铃、羊铃、驴铃没什么两样。只不过起一些象征吉祥和装饰的作用。

骆驼，俗称"沙漠之舟"。我以为，骆驼的存在，纯粹是为着沙漠的。造物主的神奇，就在于此。骆驼有三个胃，用来蓄水与食物。骆驼，在没有水的条件下，可存活两周。没有食物的情况下，可存活月余。足有厚皮，用来适应沙漠行走。因为沙漠，冬天冰冷，夏日滚烫。它的耐力，持久得惊人，其他动物是难于相抵的。骆驼的一生，是寂寞的一生，是抗饥饿、熬风霜的一生。沙漠，是它的出生地，也是归宿。它的一生总是在路上，迢迢遥遥无尽头。而陪伴它的，只有它的主人和空空的驼铃声。

驼铃，非装饰物，一般为铜制。声音空旷而沉郁。对于跋涉中的征驼而言，它是唯一的伴侣，或者说是它在大漠上的生命行进曲。在瀚海大漠，在无尽旷野，在连绵起伏的沙丘之上，骆驼的每一步，都是在空空洞洞的驼铃声中完成的。沙漠，人称——死亡之地。少有飞禽走兽活动，少有花草树木生长。罕见的绿色，来于沙蒿、沙竹、芦苇、沙拐枣、花棒、怪柳，胡杨之类有限的生存之物。还有独旋的漠鹰和沙鼠，偶尔出来一晃身，又都不见了。征驼，有时候以它沙哑的喉咙，迎风大嚎几声，这可能是对那些小生灵与小植物的问候与回应，抑或，在向皇天后土，日月星辰，抒发它积蓄太多的悲恸与激情。我感觉到在它的吼声里，有流动的泪水。

有一年的秋尾，我在腾格里沙漠深处，住进地质勘探队一顶白色帐篷里。帐篷周围，有几棵枯死的胡杨仍在站立着。黑色的骨干，向天伸着，像不肯放下的一只只巨臂。在宁静的月光下，我仿佛闻到了它们往日粗犷的呼吸声，遽然觉得它们的魂还在。一如既往，在抚慰着这一片死寂的大漠。我缓步走出帐篷，走近它们，并将一瓶草原白，泼洒在树干和树枝上。酒香，立刻飘散开来。夜，顿然也醉酒了一般，朦胧中透出，几点星光于远天。其中一颗星子，一脚不慎滑落夜空，画出一个长长的弧线而终结。

当我刚要吟哦，边塞诗人岑参的《碛中作》"走马西来欲到天，辞家见月几回圆。今夜不知何处宿，平沙万里绝人烟"时，从远方猛然传来，空洞的驼铃声，一下子打破了夜的沉寂。此刻，风很轻、野很静。整个宇宙，顷刻间安静了下来。唯这一声又一声的驼铃声，成为了这一切的主宰，空旷、邈远。而慈悲的大地，则无语亦无声。

腾格里——蒙古语谓，天。意为，天样大的沙漠。这片大沙漠，位于内蒙古阿拉善地区东南部。介于贺兰山与雅布赖山之间，是我国第四大沙漠。阿拉善的金色胡杨林，美若童话，世界为最。这是一处高原沙地。海拔1200~1400米。这里的骆驼，成群结队高大雄浑。有的毛色雪白，有的亮若金黄。在沙漠上逶迤而去的驼队，夕阳下成为一道亮丽的剪影，不禁使人遐思联翩。而那一声声的驼铃声，空空洞洞地响彻大地，让人想起"魂"这个字眼。

骆驼乃阿拉善大地乃至大西北人，在沙漠中的一种不可或缺的运输工具。应该说是个大功臣。唐诗人张籍在他的《凉州词》里就有诗，状写这一情景："边城暮雨雁飞过，芦笋初生渐欲齐。无数铃声遥过碛，应驮白练到西安。"碛，为不生草木的沙石地。无数铃声，是说很多的驼队响着铃声，远远地过着沙石地。即，沙漠。驮的是商贾运来的白练，到古都西安去卖。我对骆驼与驼铃，有着极深的感情。年轻时，在那些寂寞长路上，我曾坐在驼峰中间，有时候睡着了，而只有驼铃陪伴着我的征梦，声声敲入我的骨髓里，使我觉得既安全又有依靠，也感到温暖和舒适。

其实，对于一个边地游牧民族而言，马背与驼峰，同样都是摇篮。驼铃，即是摇篮曲。人，只有在那个环境里，才会有深入骨髓的体会和感受。

借得明月可读山

名岳崇山，是可读的。就如读一本本充满哲思的书籍。只要你肯去读，就会读出潜于其间的天规与地律以及大宇宙存在之奥秘。

老子，乃圣者。他在嵩山金壶峰下，究竟读到了第几页，不得而知。然他对"道"的阐释，至今闪有冷峻的思辨之光。一本《道德经》，能够被传诵几千年而锐意不减，必有它存在的道理和意义。不然，无论中国乃至世界，不会有那么多人潜心去研读和传播它。

那一年，我和作家叶楠访向匈牙利，意外地在该国国立博物馆，看到了老子的《道德经》。匈牙利译文，在其一侧。它被摆在一进门就能看到的显要位置，可见，匈牙利人对《道德经》的认可及崇爱。在匈牙利，我们见到罗兰大学东方语系一位教授，他对老子《道德经》的认知与解读，远远超过了我们的想象。假若他能亲自前来体验一下，金壶峰和老君洞周边所环绕的那种紫光灵气，就会明白，这本奇书的深邃与宏观，是从何而来的。

　　登名岳崇山，光怀有猎奇之心，是远远不够的。若怀有敬仰和感怀之情去登临，才会有所识、有所得。显然，名岳崇山的确会激发人的灵感与激情。不然，道教名山终南山，为何至今还能吸引五千多位现代隐士，前去修炼。他们，甘愿去过风餐露宿般的简洁生活，不觉得苦寂，因为什么？是不言而喻的。

　　那里有一个讲经台，至今香火不断、诵经声不断，就是老子的讲经处。恰好有一归隐者轻步走过山野小径，其人步履如飞，目无旁顾。身轻必神轻，是因为放下了人间一切欲念，在他们心中，"物"等于无。

　　如斯，不能只从消极意义上，去看待归隐。归隐有归隐的客观缘由和合理性。假若心神不静不净，何来思想意识的深邃与光辉呢？

　　唐人王维，也是归隐者。他的诗作《归嵩山作》，就状写那时辞官归隐途中的所见景色和心境："清川带长薄，车马去闲闲。流水如有意，暮禽相与还。荒城临古渡，落日满秋山。迢递嵩高下，归来且闭关。"

　　显然，他是来潜心寻找灵感与激情的。从他的诗作里就能看出，一经跨入嵩山之界，他便与大自然融为了一体，成为了地地道道的自然人。随之而获的愉悦与自在，使他兴奋不已。

王维如斯，老子也如斯。简言之，凡进山归隐者，目的只有一个，那就是来求得名岳大山的大气和灵气，获取内心世界的空灵与豁达。

据传，老子五千言《道德经》，就是在嵩山金壶峰下的老君洞里撰写而成的，我信此说。我曾登临过晨阳初照的金壶峰，那里气韵苍茫而风水不凡。远山近岭，似乎都是在"道"的氛围里起起伏伏又淡定自若。假如老子不是在大山中，具体地说不是在金壶峰下沉思妙想，他的《道德经》能不能闻世，且也难说。

大宋诗人楼异，为此写过一首七律《金壶峰》："想见金壶泻墨河，皂林余涧郁嵯峨。伯阳当日传经后，肯向山阴与换鹅。"老君洞，我曾去瞻仰并烧过香。当时，明显地感觉到有一个空净气场的赫然存在。后来揣度，那一定就是"道"。

当夜，住进一座临山居所，意在想去多多吸纳一些"道"之自然磅礴的灵气。说不定，还能闻到老子那头老青牛夜半的哞哞声呢。

夜深之后，先是荡起一阵又一阵的秋风，并伴有清幽的松子香。林木萧瑟不止，山野似在低语。是不是在诵读《道德经》？也说不定吧。心生这番联想，说明我已被"道"之灵气，所感染了。这种身离红尘之外的涓涓思绪，使我有了一种全新的参禅经验，真是妙不可喻。

在思绪纷纭中，忽然闻有一声声清脆的鸟鸣声。是何飞禽？鹧鸪吗？它为什么夜深里出来叫？这与《道德经》的传播有无关联？我遐想联翩。但又不由自己地笑出了声。我这是怎么了？为何如此沉迷于这一山的静谧与沉寂？又是什么牵引着我红尘中的灵魂，一步一步，涉入一处从无涉猎过的秘境？

思绪万般中，忽然感到有些渴，就站起身，饮尽一杯蒙顶茶，而后推窗夜望，窗外，满山林木，似乎都在幻生着淡淡的月光，枝枝叶叶都是发光体。猛然觉得这月光不是从天上洒下来的，而是从林木那里生发出来的，这一感觉十分美妙。因此，我不想让生活经验破坏我此刻的美好联想，故而不去抬头望空。不去读那一轮姗姗来迟的山月。

夜气渐而浓重，我了无睡意。的确，在这般哲思的夜晚，蒙头睡大觉，简直就是对纯生命的一种浪费。遂披衣出门，走下台阶。见落叶几片，在竹林上空轻然旋动。风，微拂而充满了禅意。森林无语，横卧庭前的巨型卧牛石，亦无语。夜，深邃而苍阔。忽然觉得这眼前的金壶峰，似乎不是一座山体，而是一个人了。是在夜读？还是在沉思？抑或是在挥毫泼墨？就不好揣测了。

夜，出奇地静。仿佛听到了一声轻咳，颇显苍老的那一种轻咳。耳边似有盖碗轻扣的丁零声。并闻有古老而纯粹的茶香飘来。月光，满山满岭地潇动开来，林木，苍翠中挥发出神秘的金灿灿的山菊之光。有几粒星子，歪在山头。像是夜读得累了，禁不住那一阵阵袭来的困意，连连打着哈欠。

第二天清晨，匆匆洗把脸，打开日记本刚写："在嵩山金壶峰下，昨夜山林生发月光……"就听见有人敲门："老师，去用早餐了"。并嘱咐，带好箱包，以便饭后起程赶路。

至此，这一无眠之夜，在悟"道"的分分秒秒中，不知不觉地过去了，伴我守夜的还有金壶峰。这是生命中最值得珍惜的时光，值得追怀。

借问深山何处钟

一

　　抒怀的方式有多种，譬如吹箫、抚琴、击鼓。撞钟，也是。钟，是一种神奇物件。有关钟的文字，古今中外数不胜数。在文人墨客笔下，钟可以生情，亦可以生幽。钟声会使人的灵魂，由喧嚣转为安闲，由贪婪转为清醒。钟有内在神力，细细聆听便可以感觉到它。

　　《枫桥夜泊》是唐诗人张继的一首名作。"姑苏城外寒山寺"的钟声，夜半，幽幽然来到停泊在水边的乌篷船里来，又使一个不眠之人高枕聆听，是别有一番情趣在。然而这夜半钟声，不仅使船里的不眠之人有所思，而且有所悟了。悟到了什么？只有诗人自己知道。因为悟是深层次的觉醒。警钟长鸣这个词语的出现绝非偶然，它与悟相关。

　　钟被佛家所用始于何时？我不甚了然。但我喜爱钟，倒与佛门无关。我非佛教徒，也无意来宣扬佛教。只是我对佛教的一些主张和信条，给予赞赏态度就是。

人活着，靠的是生命之力。生命之力，一是来自体能，另一个来自精神。有时，精神之力更胜于体能之力。一个人在漫长的生存途中，假如感到迷惘、彷徨、魂付魔道，那是因为精神之力匮乏，不能支撑七尺之躯的缘故。钟，属于精神之物。因而得以存在。

在古印度，起初，钟只是一种集众用的信息之物，也叫作信鼓。后来，用来报时。（我曾有过详尽文字，介绍过钟的来历和演变过程）。然而在岁月漫漫中人们发现，钟所传递的何止是信息和时间？更有对灵魂的警策和抚慰在里边。无疑，钟声所弘扬的，一定是良知与大善之美。

就我而言，每每聆听钟声，就会真切地感觉到有一股清凉圣洁之水，在缓缓流入我的躯体，使我的每个细胞得以滋润，抚慰和洗涤。也使我疲惫、烦躁、无助的灵魂，得以安静。进而，重新回归淡定的自我。

二

有一年在黄山，险峻的山道上正在爬行，猛然闻有苍阔的钟声从远方随雨而来。让我惊讶的是，响钟之时，顷刻之间雨雾天开，大朵大朵的雨云，慌忙往后退，仿佛慑于什么神力。

引颈举目，此刻的群峰显得豁达而神然，石松也变得苍翠而挺拔。连山鹰的旋飞，也添了几分柔美之气。空阔里，峰峰岭岭有序而巍峨地排列在那里。一切，仿佛都在萌发和幻生之中了。

一声又一声浑厚幽深的钟声，使空茫的黄山一下子肃穆起来，也淘得我们的五脏六腑，没有了一丝的阴霾和欲念。好似一张开双臂便就可以腾云驾雾的样子。可是，缓缓萦绕于群峰之间的钟声，只可闻而不可视的钟声，是起于何处？又荡向处的呢？

山野空静，我四顾茫然。

三

细想起来，撞钟其实也是一种内心的独白。祈祷、感化、超度众生是它的宗旨，因而用途甚为广泛。在禅寺里，有晨钟暮鼓之说，就是早晨要撞钟，晚上要击鼓。有诗云"晨钟暮鼓警醒世间名利客"，这就意味着钟声除了报时祈福之外，还有着很重要的人生意义。而钟楼里的大钟，则有些不同，大凡喜庆盛典，新春佳节，都可以撞响它。北京的大钟寺，每年的除夕，都会轰然而鸣。通过视频，将祈福之音传向万户千家。因为钟声赋予人们以美丽的遐想，同时也使人的期望，来一番诗意的张扬。

撞钟一百零八下，有着极高的吉祥如意之意。是把"九"的意境推向极致。而香客，只可撞钟三下，意味着对福、禄、寿的祈愿。世界各地的撞钟规矩，是否相同，我没有研究。然而钟的久远存在，可以说明，它给人带来的心灵震撼和抚慰，一定是相同的。

在我童年的时候，母亲信佛且很虔诚，对钟声有着无比的信赖。每当阿拉坦山寺的晚钟，从远方传来时，她的杏油佛灯，也正好被点燃，时间之准确，难以让人相信，那时家里没有钟表。每当晚钟响起，她便向我们长嘘一声，暗示我们安静下来，并且要求我们，虔诚聆听每一拨儿荡漾而来的山寺钟声。说来也奇，日日闻钟而眠的我们，从来不知什么叫作失眠，也很少有头痛脑热的病患，包括我们的父母。现在想来，那一定是钟声抚慰心灵的结果。犹如摇篮曲，能使婴儿即刻安静，继而进入甜甜的梦乡一样。

钟，由谁发明？我没有查考。但可以肯定的是，此人一定是圣哲。不然，一块生冷的铁，经他一拿捏，怎就会发出如此震撼万物的苍浑之声？如斯，钟属于神灵，也属于苍生。

四

今年八月，我们一帮作家诗人，兴兴然走进太行大峡谷。像一粒粒红豆，滚动于苍阔的山野之间。神奇的大自然，顷刻间就把我们污垢甚重的灵魂洗涤得干干净净。人，处在这般的天然大氧吧之中，就像回到了烂漫的童年。我们大声地喊，高亢地叫，而后来倾听自己的空谷回音。

太行大峡谷，有一支峡——红豆峡，也有人称它为"相思峡"。那里生长着几万株的红豆树。凡来此寻幽的情侣们，无一不送对方一条红豆串成的项链，是为了情，也为着野趣。

崎岖山道旁，出售红豆项链的那些摊主，大抵都是青春年少的泼辣女子，她们的叫卖声，野得高亢，甜得流蜜。山野此刻，静若一幅刚刚泼洒的国画，朦胧间烂漫地陪衬着她们的叫卖声。珠玑落盘似的空灵鸟声，清清脆脆此起彼伏，似乎在与她们比个高低似的。顺山溪望将过去，野花们在清风中，平心静气的安坐在那里，宛若一群仙子，在坐禅。

说禅有禅，此时真有一声声山寺钟声，惶惶然荡漾过来。举目望去，野莽里，除了山树还是山树。陡峭的石壁立于苍茫间，哪里可见钟声起处？这令我猛然想起唐代诗人王维那首五律《过香积寺》中的两句"古木无人径，深山何处钟"来。

愚，生来与钟声有缘。在红豆峡，在树声鸟声风雨声的混杂声中，同行者们都没太在意，这午间悄然而起的钟声，我却听得清清楚楚，并且一一存入我心灵的U盘，唯恐随风而逝。

山野，空静依然。我问一位采药的山民："借问小兄弟，这钟声来自何处啊？"他笑着说："是来自崇云禅寺的。""好美的名字，这山寺在何处啊？"我问。"寺，你们是看不见的，它藏于老林深处。"他说。"那么请问，为何午间还要撞钟啊？"我向他讨教。他的话音低沉而不乏诙谐："大概是怕众施主旅途寂寞，又怕被山花迷眼，走不出老林，误入歧途呗！"我会意，并点头致谢。暗自疑心，这位小老弟，怕是俗装的小沙弥一个，是特意前来为我们开悟的吧？

目送众鸟高飞尽

　　一般说来，人的一生忧多乐少，失意多，得意少。诗仙李白的一生，亦如斯。他从狂放少年，走向失意老翁的人生经历，在他的诗里反映得清晰如昨。

　　"大鹏一日同风起/扶摇直上九万里"是昨天的李白，"相看两不厌/只有敬亭山"是今日之李白。这便是人生，没有什么好悲叹的。人如斯，世间万物亦无不如斯，譬如有些哺乳动物，当他的衰败期到来之际，就悄悄然离群而去，对此明智之举，人当愧疚。这里，"乐天"这个词汇，就显得很重要。就应该把它打在心灵的键盘上，并永久保存，绝不动用删除键。李白曾经是狂放乐天之人，后来失意了，老了，政治抱负未能实现，就连一日三餐都靠朋友来救济了，这种境况的确令人唏嘘。然而，这也是生存规律，同样，没有什么好悲叹的。李白，不该动用删除键，他年轻时的乐天精神曾经让人羡慕不已。

　　拙文以"目送众鸟高飞尽"命名，是想告诫自己，在福与祸，面前，要平静如水，要有充分的思想准备。在人海茫茫里，生命个体其实是孤立的，"众鸟高飞尽"，只是时间问题，或早或迟都会到来。

李白写《独坐敬亭山》这首诗，好像是在被迫离开长安的第十个年头。正是他失意，孤独，漂泊，走人生的下坡路之时。诗曰："众鸟高飞尽/孤云独去闲//相看两不厌/只有敬亭山//。"30年前，一位书法家朋友要为我写几个字作纪念，他一时想不出什么词儿来，要我提醒他，我就说，就写李白的"独坐敬亭山"吧。他愕然，说，写这个有点早了吧？我说，不早，以此提醒自己，当真的面临"众鸟高飞尽"的境况时，免得手足无措。

敬亭山，在今安徽宣城县北，就是古宣州府以北，古名昭亭。朱谏曾注："言我独坐之时，鸟飞云散，有若无情而不相亲者。独有敬亭之山，长相看而不相厌也。"眼前的现实是，鸟儿们飞得没有了踪迹，连天上飘浮的孤云也不愿意留下来。也只有眼前的敬亭山默默地看着我，我也看着它。理解这个寂寞心情的，也只有敬亭山了。此时此刻的李白，真正陷于孤立无助的境地了。其实也不然，与人世间千千万万个寂寥之人相比，他还是胜于一筹的。起码，他有诗还有酒，他的诗作，风传民间抑或官府，有人吟哦，有人模仿。何况，他的心中装满了故国的名山秀水，一闭双眼，就又可以神游一番的。

敬亭山并不高，主峰名一峰海拔只有317米，因了众诗人的登临，已名扬天下妇孺皆知了。真乃"山不在高，有仙则名"。最先登临此山的，恐怕要数南齐诗人谢朓了，他有一首《游敬亭山》的诗曰："兹山亘百里/合沓与云齐。隐沦既已托/灵异居然栖//。"接着，就是李白前来登临了。谢李之后，相继登临的还有白居易、杜牧、韩愈、刘禹锡等众多文人墨客，于是乎，敬亭山声名鹊起，被称为"江南诗山"了。在抗日时期，将军诗人陈毅东进途中路过此地也留下了一首《由宣城泛湖东下》的七言绝句："敬亭山下橹声柔/雨洒江天似梦游//李谢诗魂今在否？湖光照破万年愁//。"

而李白这位"独坐之神"，在人生的寂寞之时，倒也坐出了名堂，道出了人生真谛。这真是狂也李白，哀也李白了。

其实，李白的人生境遇，具有普遍性。在欠发达的农业文明里，人与人在生活的困境中，互相依靠互相温暖，人情味还浓一些。那时候的"众鸟高飞尽"与现在的"众鸟高飞尽"，还有些不同之处。相比之下，现在的"众鸟高飞尽"更具有功利性。人在贫穷之时，易记人家的好，容易抱团，知道感恩，而得势之后却变得一脸的冷清，持一副高不可攀的傲慢之态，人是一种最易轻浮的动物。仔细观察起来，物质越是丰富的时候，人越显得孤独，这是因为人情被物质吞没了。在发达的西方资本社会里，人与人之间的隔膜，日益突现无一复加，豪宅和贫民窟的反差，就是有力的写照。高墙大院的豪宅里，多有狼犬守护，在防范什么呢？不言而喻。而贫民窟里少有狼犬出现，家徒四壁的穷人，是不怕别人惦记的。有时候，物质把人心分离得支离破碎。

不要以为权势富贵之人，就没有"众鸟高飞尽"的时候，"门前车马稀"这个形容词，就是对他们衰败之后的真实写照。"众鸟高飞尽"是一种社会生存之态，依我看，也没有什么不好。比起那种虚假的面和心不和的利益聚拢，要坦白得多，实在得多。

聚与散，是人生常态，众鸟高飞尽也是，用不着对此长吁短叹。怀有一颗乐天平常之心的人，是智者，也是强者，当众鸟高飞尽的时候，微笑着目送就是了。

千嶂叶落秋风里

　　打从童年始，我对落叶就有着一份特殊的依依惜别之情。这种感情，随着年龄的增长而变化着。那就是：由起初的好奇至伤怀；由伤怀至开释；由开释至沉思。落叶，的确是一种让人遐想的灵性之物。而这种遐想，总带一些些探秘意味。其中，最使我遐思涌动的是在二郎山喇叭河山野里的那一次。

　　时在晚秋，川地的阳光依然灿烂着。空气，湿湿的，也绵绵的，使我的皮肤滋润有余，且散发出林木原有的芳香。似乎我也是草木中的一员了。车子一进入喇叭河风景区，就开始颠簸起来。山势陡峭而草木笼盖，云雾缭绕而鹰鹫飞天。溪水，甚为洁净，洁净得让人瞠目，竟找不出一句形容词来描摹它。勉强形容的话，就说，像一泓流动中的碧玉。它与山路相伴而行，随山势而蜿蜒着，似是怕小路孤单似的。而它的流动声，则富有琴瑟轻拢慢捻之雅致韵味。空空然亦幽幽然，会使你浮躁的灵魂，缓缓地沉淀再沉淀。一路上，巨型卧牛石，不时地出现在水流间，似有声声哞哞在耳。而水草的根，白白净净地贴在石头上，给人以无中生有的幻觉。也使人想起"道"，因为道的法则是自然。生为自然、活为自然，自然而无束缚，是万物之生存要质。还有石面上的那些苔藓，鲜绿如翡翠，被水流宠爱着、呵护着，像深闺中的书香女子。

而举目间，远嶂近岭，则使我们的环视，充满了诗情，也充满了画意。那一眼的斑斓与流岚，把整个天空渲染得幽深而空旷。红叶鲜红，红得仙风道骨；黄叶金黄，黄得禅气十足。置身于这般的斑斓氛围之中，莫说是人，就连鬼神，也不会漠然视之吧？

更有趣的是，从枝叶的缝隙里，偶尔蹿出几只彩色小鸟，亮一下身段，唧唧脆鸣几声，瞬间又隐匿不见，就如马三立老人说的"逗你玩儿"。它使我们的审美情趣，即刻被调动起来，一发而不可收。而高大的水鹿，硬硬朗朗地站在岩石上，悠然自得地引颈而视，仿佛在发问："尊客何来？过路？还是进山？"

这时，从树荫深处不断传来嘎嘎嘎的叫鸣声。那是一群又一群的山鸦，有些夸张地，在向我们打招呼。许是在告诉我们，这里是它们的世代领地，来者尊便，但要守规。或者是有意炫耀，它们构筑在高树上的，那一处处华丽鸦巢？我一路数了一下，竟有二十七处，高高低低地悬在那里，甚为壮观。而它们的筑造艺术，精湛如斯，不能不令我们自叹弗如。这些，还只是属于视野中的那一小部分而已。显然，这片原生态的苍阔山野，是它们世代居住的故园无疑。

这里的树木，一律精神饱满，有着伸向九霄的勃然势头。这里的树叶，也比其他地方的硕大一些，显得厚且浓密。无论红的、黄的，抑或半绿半黄的，均显得仪态万方，不见有丝毫的轻浮状。

此生，真乃有幸。在那个幽深的夜晚里，我回想着这些美好的感受，竟甜甜地进入了梦乡，连呼噜都免了，呼吸一路畅通，没有一点卡壳。

可是在次日的黎明时分，一山的浩荡秋风，哗哗地荡过山野和树梢，也荡过我的耳膜。闻之，有点悚然、惶然。听那风势，高一阵低一阵，像海涛又不像海涛，吹过来荡过去的，显得甚为急促。一机灵，我翻身坐起，披上风衣拿起相机匆匆出门，下得高高石阶，走向山野。使我惊愕的是，进山时所见那些彩叶们，正从高高枝头，纷扬而下，把个空灵山野渲染得，像泼墨酣畅的油画一般。处在这等幽深的山野秋晨，这等诗意盎然的叶落翩翩之间，没有刻骨的感怀，是不可能的。那么，这种感怀，是属于什么呢？是属于哲思的联想？还是属于美学的欣赏？也在此刻，心中一直珍藏着的，那一份对落叶的惜别之情，却一下子被掀动了起来，轻拍着心岸。

是的，在此时此刻，我们无法辨认，在这一大片的落叶之中，哪一些，是曾经为水鹿、岩羊以及山鸦、小翠鸟们，遮过阳挡过雨？甚或，为它们充过饥？又有哪一些小昆虫们，曾经以这些落叶为家，生儿育女，维持生机？正因为有了它们的存在，大地才拥有了勃勃生机；空气中才孕有生命之氧。那么，上天又为什么，使树生长于大地？又为什么使树生叶？这是大自然之秘密，我们是猜不透的。然而，假若有那么一天，它们从大地上悄然而逝，我敢断言，极多生命个体，就此完结消亡。大地将不像大地，江河将不像江河。就凭这些，我们也不能不感激这些生命之树，和它极富禅意的枝枝叶叶。

假如此刻，要以纯生命来掂量这些悄然而去的落叶，我们就会明白，何谓生命之重。显然，由于它们的无私和忘我之利他精神，这人间，才成为有着生命意义的人间。假若此刻，我们真正悟到了这些，并在生存之中运用并倡举它们，我们的德行和心智，便会崇高起来；我们的爱心，便会厚重起来。我相信在这个人世间，最为可贵的品性，一定是仁爱之心。一个仁字，会拯救这个纷乱的世界。而我们应该从叶子们那种坦然而来、悄然而去的行动中，悟到一些什么？

心想着这些，在这个深秋的、起风的清晨；在这个斑斓的、禅意幽深的苍茫山野里，我的眼睛不知为什么不由得潮湿起来。举目四望，在风波与岚气中，百岭千嶂上的那些红叶和黄叶们，仍在飘落着，悄没声息地飘落着……

乌审草原上的醉马草

　　人分善与恶，其他动植物亦无不如斯。

　　人说蛇蝎之心，是说它们的阴毒与邪恶。植物世界表象上看宁静一片和谐一片，其实也不然。乌审草原上的醉马草，就是貌似自然祥和的邪恶之物。

　　醉马草，是一种多年生灌木。生命力和繁殖力极强，更有超强的耐旱能力，它排斥其他草原和沙漠植物，凡在醉马草成片生长的地方，其他植物就不易存活。它是植物世界里的希特勒、吸干他人骨髓的奸雄和蟊贼。

　　它具有诱人的鲜活色泽和植物本有的香浓之气，它显得憨态十足，老实巴交，既定的目的达到之前，从不张扬，也显得平易近人，甚至活得极为低调。露水是它骗人的眼泪，以此骗得过各类动植物的信任和依赖。羊和马以及号称"沙漠之舟"的高大骆驼，一旦吃了醉马草，就会产生依赖性，牧民称之为"上瘾"，它比罂粟来得更为直接更为阴毒，吃上瘾的羊、马、驼，不想再食用其他牧草，渐渐地中枢神经受到麻痹，而后身体日渐消瘦，走路摇摇晃晃醉态十足，最后稀里糊涂不明不白倒地死亡，成为一堆又一堆的白骨。

醉马草，绝不止于"醉"，而至于死。

醉马草，又名疯草，芨芨草属。广布于内蒙古、宁夏、青海、新疆、四川等省区，多生于高海拔草原和沙漠之上。它极善于伪装和权术，置身于离太阳很近的高地，每天为太阳献出鲜嫩的绿色和草木之气，如斯，总是最先得到阳光的青睐和滋补，自称"太阳之子"，以此来欺压其他植物，就是说它一贯的手法是为虎作伥，抢别人阳光夺别人水养，又把自身的毒液，通过根脉传递给其他植物，它比蛇蝎更为隐蔽，它比吸血树更善计谋。当然，它也可以入药，治病，那是经过强制和改造之后，这是事物的另一面。

我所见到的醉马草群中，乌审草原上的那一群，尤为疯狂。所谓"疯草"何止于疯？简直就是嗜血成性，不见白骨心不悦，不见枯萎心不甘。它与蛇蝎为邻，称兄道弟好不热络。它们联手成为一方霸主，使乌审沙漠和草地死寂一片。身为芨芨草属的它，毒死的首先就是它的族亲——芨芨草。好一个无毒不丈夫？唯有胡杨林，金色的胡杨林，毫不畏惧，毅然独立，生一千年不枯、死一千年不倒、倒一千年不腐。可它虽威武英勇，却对矮小奸诈的醉马草，束手无策只能迎风萧萧。

20世纪50年代，乌审大地突遇大旱，醉马草趁机疯长起来，仅1958年，乌审全旗就有40%的大牲畜和羊群，因食醉马草而死亡。它比白灾黑灾更为瘆人，防不胜防，面对一望无际的沙漠和草原，面对无处不生的醉马草丛，牧人们只有挥鞭抽打，发泄心中的悲愁与怒火。

然而，天无绝人之路，危难之际总有勇夫出现。在当年，乌审旗乌审召公社布尔都嘎查的六十余名英勇青年，在智慧女子宝日勒岱的组织和带领下飞马挥铲，深入沙漠草原深处，向醉马草全线开战，经过长久的坚苦卓绝的战斗，这一片沙漠里疯狂作孽的醉马草大都被铲光。他（她）们以自己的智慧与汗水保护了畜群，保护了这一方沙漠草原的自然生态，成为一段佳话，被广为传颂。宝日勒岱在日后成为著名劳模和领导人，这里且不表。

醉马草，属于大自然，假若它只为保护自身而生长毒液，也是可以理解和容忍的，然而它的生存理念是以毁他为前提，以破坏生物链为最终目的。它的生存信条即是唯我独存。而在先哲看来，天地万物要想天长地久地生存下去，只有依顺天条，和谐相处相扶相携，而非相反。所谓天条，就是自然规律，顺之者畅、逆之者亡。小小醉马草，所以被万物所唾弃，就是因为它的行为不符合天条所致。

由此联想到现实生活中的一些现象，不由心生疑虑。譬如今年，西南诸地无雨大旱，山川荒芜，草木枯萎，一切动植物（当然包括人）无水可饮，原因之一，就是有些无知之人心中的"醉马草"作祟，他们为眼前的小利益，去大量砍伐热带雨林和原始森林，进而大量种植橡胶林和桉树林而埋下了祸根。还有人胆敢对大江大河大山大川动辄手术，改变其原有面貌，美其名曰：改造自然，为子孙后代造福。在这里，"无知者无畏"却被当作了开拓性行为。

水乃生命之母，无水就无生命可言。即便你有上天入地的本事，没了水，你便失去了生存之本。要知道动用大型机械来运送饮用水，把一部分人迁移到有水源之地，终究不是万全之策，那只是解决燃眉之急的补充手段而已。

据说某些地方，有一句很时髦的流行语，叫作："不求天长地久，只求一朝拥有。"这种短视和贪婪行为，怂恿了各行各业的贪欲膨胀和美丽泡沫的形成，房地产业尤甚，其间的"醉马草"式的梦幻之景，诱人魂魄不由自己，于是人们摇摇晃晃醉态十足起来，这是一个不幸的信号。我们应当为自己的这种行为，来一番反思，并警钟长鸣。要不然，贪婪的过度放纵，会击垮整个社会。恩格斯有一句名言，我们应该铭记："人类对大自然的每一次征服，都遭到了大自然的无情报复。"

在今天，我们的各行各业都需要拥有"宝日勒岱"式的勇者智者，来铲除我们各自阵前的"醉马草"，使我们改革开放的伟大事业，干净而健康地向前推进，这或许就是该补的一课吧？

闲说残荷

就荷花而言，初荷之青春之美，固然会吸引文人墨客丹青手们的眼球。但这只属于事物的一面，另一面就该说到残荷了。对于初荷的溢美之词，自古至今不胜枚举。其中，古诗人杨万里的《晓出净慈寺送林子方》一首，就写尽了六月荷花的无尽风光，很是受诗歌爱好者们的青睐。

那年我去杭州时，友人马萧萧就把这首诗题写在我的扇面上，为我送行，使我感受到了友情以及清爽。诗曰：

毕竟西湖六月中，
风光不与四时同。
接天莲叶无穷碧，
映日荷花别样红。

这是一首极美的诗作，也是一幅耀人眼目的画卷。正如唐朝诗人王维所说，诗中有画，画中有诗也。

当然，严格意义上讲，诗就是诗，画就是画，各具自己的躯体和血脉，有着本质上的区别，是不可混同的。然而它们，的确有神似之处。前些日子读到画家吴冠中有关美术方面的议论文章，他对此就有十分精辟的论述，到底是行家，大家，经他一点拨，就使人豁然开朗。

画之出现，大概始于人类对大自然的图腾崇拜吧？就如音乐，始于求偶和求爱一样。当然也有一说，音乐始于打夯劳作之初。但我偏向前一种说法。

再说初荷，初荷之美无与伦比，初荷之生动之态无与伦比。它简直就是对生的一种深刻阐释与解读，就如对初生婴儿的阐释与解读。

然而，自然界展示给人们的不仅是生，更有死。因而，人们从未忽略过对残荷的关照与探索。

从某种意义上讲，残荷之悲剧形态，要比初荷之喜剧形态更具缅怀之力。残荷之出现，其实就是把美好事物毁灭给人看。大自然这种内在的奥秘，人类是永远不会探究清楚的。

你看接天的莲叶，一夜之间枯萎了，别样红的花朵们低眉之下败落了，剩下的，只有断枝瘦叶，犹如折断了的骨骼和泛黄了的衣裙，那些东倒西歪的曲线，不规格地交叉成一幅极富凄美意韵的抽象画。文字的表现力，对此是苍白的，一一描述尽墨，极难。

这里展现的是荷之整个生命里程，它概括着生与死的必然关系。这里有沉郁，更有警策在。它所涵盖的丰富内涵，一部长篇的文字未必能说得清楚。这里似乎说明了一个规律，那就是生与死的转换是必然的，也应该是平和的、静悄悄的，凭任何外力，也不能抵挡得住的。

从初荷到残荷，只一步之遥。就如生与死，只隔一步之遥一样。如此看来，人们又何喜生而又何惧死呢？开与败，生与死，在大宇宙的运动规律中，只是一碟小菜而已，用不着大惊小怪。

假如你有兴趣，可把一塘残荷之败象，用相机记录下来，装在黑色相框里，再把它挂在洁白的墙壁之上，天天读，夜夜思，说不定会引发你生命的潜力呢。也就是说，对人生做一次理性关照，带有禅意的关照。可惜的是，这一关照，我们是缺失的。

何况残荷不是物质的消失，而正在孕育另一种生。假如对此伤感和落泪，上帝也会哑然失笑的吧。

想读残荷，要怀着喜悦去读。读残荷时，最好有落日，还有白发的一岸芦苇。假如你在京城，可以选择昆明湖西岸的那一片残荷来读，更是别有一番韵味在。因为在那里，历史与你更近。

其实，残荷、落日、芦苇都不是结尾，而是序言。只要你沉下去读，就会明辨很多事理，哲思的和辩证的。

秋天之有别于其他节令，更在于它的沉思意味，犹如罗丹那一幅名画所展示给人们的。

人与物，浮夸和变态时最为廉价。假如，秋天忘形于它的饱满和收获，那将是悲哀的，就本质而言，秋天是丰盈的，饱满的，是收获的季节，但我们把所有的收获之功，统统归咎于它，是有悖公允的。假如没有春之萌生，夏之拓展，何谈秋之收获呢？人世间的很多事物，也有类此以偏概全的误区。

显然，悲情绝非秋天之本色。当我们老了，拄着拐杖，站在萧索的秋风里，面对一塘残荷，反而显得豁达和宁静了。为什么呢？那是因为真正意义上的秋天，使人和物更加成熟达观而不被事物的表象所迷惑。

以往，每到"秋风吹渭水"的时候，总是有点悲秋，心绪也低落，有时要靠吹箫和独吟来排解心中的一片悲情。

现在人老了，对于秋天的认识到更深入了一层，以上所述便是。秋天是一本厚厚的书，越翻越有道不尽的禅味在里边。残荷，是其中一个小小的细节。

对于丹青手来说，表现残荷最得意的手法，莫过于施墨。只有墨，才具有力透纸背的表现力。墨，会使"悟"渲染得淋漓尽致。残荷是"悟"之圣物，秋天当然也是。

"悟"是人生的最高境界。遗憾的是，它来得总是太晚。

造物主把秋放在第三位，是为给人和物一个回旋的余地的吧？不然，迷津会使人生陷于进退两难的境地。

　　"悟"使残荷显得那样地悲壮和光彩照人，寓意无尽。不信你来站在昆明湖十月的岸边，闭目，聆听，以整个心灵去体会，你就会豁然明白一个道理，那就是死即生。

学会享受清风明月

　　大自然对于人间万物的抚慰，是无微不至的。一个人学会品读和享受大自然的恩惠，是一件很幸福的事情，譬如清风明月。

　　清风明月自古有之，而人生的轮回却永无休止。因而诗仙李白感叹："今人不见古时月，今月曾经照古人。古人今人若流水，共看明月皆如此。"（《把酒问月》）。人生若流水，瞬间流逝尽，而明月清风却永久在。人的一生，说短很短，说长也很长，伴随它的是奔波劳碌和流血流汗。也就是说，人的一生大半是在艰难困苦中度过。一个人一经离开母胎和襁褓，就已经独立存在了。独立，就意味着担当和寂寞，无论你是帝王抑或乞丐。

　　怀胎十月，作为胎儿的人，难道就是快乐的吗？不尽然。胎中之人的快乐与忧愁，与母亲的体会相同，只是他不会大声表述罢了。我总觉得人的个性的形成，他与在胎时的处境不无关系。总之，人活一世，不容易。

　　人落生之后，第一个接触的便是母性的土地。她以无私的爱接纳我们。人，其实也是一种植物，落根成长，春绿秋黄，最终的归宿仍是土地。其间，人们被慈父般的阳光所照耀，被生命之雨所滋润，被清风所抚慰，被白雪所浸润，被明月所呵护。只是在忙忙碌碌懵懵懂懂中，忽略了这些功臣罢了。

　　有一年回老家，陪二哥去锄苞谷地，三下两下他把我甩得老远，我站在酷阳下，看劳作中的他的身影，他似一张弓，爬行在田垄上，汗水浸满了他黝黑的脊背，亮晶晶的。"哥，休息一下吧，喝一口水！"我喊他。他展开了弓身，嘿嘿地笑了，说："你别急着锄，会累着，到了那头我来接你。"我的泪水，一下子涌满眼眶。这就是我们任劳任怨的中国农民，这就是以他的辛勤劳动和汗水供养过我的兄长。

　　我把他拉到地边的一棵大榆树下，把酸奶水罐子递过去。犹如牛饮，他咕嘟几下，便把一罐子水饮尽了，并敞开衣襟，迎风而坐。这时的田野之风，温柔又凉爽，极富爱抚之意。我不由得感慨，"啊，这风真好，真是一种享受。"他愕然，嘴里嘟哝，"享受？享受？"似乎不解此话何意。是啊，一个为养家糊口而辛苦劳作的农民，实在顾不得去掂量"享受"这个字眼的分量的呀。在他的意识里，此刻的风，仅仅凉爽而已，解酷暑而已。我感到了哀伤。

　　太阳落山时，我与他荷锄而归。夕阳下的田野一片金黄，随风掀动一层又一层的波浪。我说："哥你看，这庄稼多有意思，就像在前仰后合地开怀大笑。"他无回应，却说另一个话题："今年收成看来不错，可以给咱妈做一件羔皮大衣了，再弄回一坛上等高粱（酒）让咱妈尝尝。"我的心，猛烈地颤动了一下。是啊，他哪里顾得上欣赏眼前这些田园风光呢？因为他满脑子琢磨的都是一家老小的生存之机。

当夜，堂屋里极其闷热，蚊虫嗡嗡乱飞。二哥把一张草席铺展在院子里，并把一捆搓成绳子的艾蒿搬出来，放在风口，点燃一头，驱赶蚊虫。月色，洒满我们的篱笆小院，艾烟缭绕，显得十分温馨。村西传来悠悠笛子声，一曲《嘎达梅林》一下子覆盖了夜色中的整个村庄。这使我猛然想起李白名句"谁家玉笛暗飞声，散入春风满洛城"来。二哥说："那是老刘家的小儿子在吹，夜夜如此，这小子有出息。"

"哥，还是我们的老家好，这月色这清风，多舒坦啊？城里是没有的。"我很带感怀地对他说。他抬头看了一眼东方那轮明月，不无感激地轻声说，"是啊，节省多少灯油啊？反正我们也不去看书写字，有这月光足够了。"夜色中，我的眼眶又一次的潮湿。

如斯，我终于明白，品读和享受清风明月，是有先决条件的，享受均等谈何容易？可是，清风明月是上苍所赐，世上的每一个人，都有享受它的权力。是什么造成了享受它的不均等？按理，劳作者，创造财富之人，首先享受清风明月，是天然合理的。因为他们在流血流汗，在他们间歇期间，有清风明月去陪伴一下，会给他们多伤痕的身心，带去些许抚慰的吧。可是他们，往往顾不得去品读和享受清风明月，也不大会去享受清风明月。我的二哥便是其中的一个。他们往往注重直接的生活体验，而缺少形象思维。他们只知道，月光可以代替油灯，照亮黑暗，而不懂得月光大有想象空间，可以借助她来抒发感情。这是不是我们这些城里人的伤痛和过失呢？我们除了享用他们的劳动果实之外，很少去为他们创造一些哪怕是一丁点儿，享受清风明月的时间和空间。我们甚或躲避他们，然而又离不开他们。

记得有一年，我的一位邻居，家里搞装修，她每天唠叨，装修工如何不讲究卫生，如何汗臭熏人，如何大声喧哗。可是当那些装修工，把一个破旧的房子，装修一新，亮可照人地交给她的时候，她却手舞足蹈兴奋不已。然而，她却没有一句发自内心的感激之言，更无一点愧疚之心。假如我们把清风明月，化作理解、感恩、赞赏的话语送与他们，一来可拉近我们之间的思想感情，二来也提升了我们自己有所锈蚀的品质和修养。

在这个人世间，金钱绝非一切。你就是有豪宅千座，所需只是一张眠床罢了。你独具山珍海味万桌，所用仅八两而已。

金钱换不来，心中的清风明月。

假如我们每一个人，不但学会去品读享受清风明月，更要把清风明月装进心窝里珍藏，人间是不是会变得更为美好一些呢？

老实说，如今的我们，是有愧于清风明月的。劳作者顾不及欣赏和享受清风明月，是有情可原的。而富贵一些的人们，则大都沉浸于所谓人造美的环境里，把灯红酒绿，当作了清风明月，就不能不让人唏嘘了。

写到这里时，夜色已深。推开楼窗远目，恰好雨过天晴，一轮明月，湿漉漉地踱步于高朗的夜空，很雅致的风之涟漪扩散开来，那些暗绿色的星座，仿佛是盛开在涟漪上的睡莲，伸手可触，举首可闻。假如此时，我远在故乡的二哥，畅饮他心爱的"草原白"之后，带一些醉意的也在抬头望月，畅怀迎接清风，该有多好呢？但愿他已经学会了欣赏和享受清风明月，毕竟他挂锄清闲有年了。

有一天，当我们的父老乡亲，都有情致来欣赏和享受清风明月的时候，我们的日子，就可以叫作小康了吧？当我们的黎民百姓，把清风明月都装进自己心里的时候，我们的东方智慧，就可以与世界文明相辉映了吧？

亦如我们误读秋风

人，一言秋风，陡生悲情，自古如是。这是因为秋风一起，万物便开始萧条的缘故。记得在我的童年，每当秋日来临，秋风开始吹拂之时，母亲的心情，便低沉起来。看着自己亲手侍弄的菜蔬、瓜果、花草，一一枯去，她呆呆地站在秋风下，一言不发，脸上仿佛落了一层轻霜。有时，蹲下去抚摸那些枯萎中的瓜藤，眼里噙满了泪水。眼看母亲如此悲怆，我就用柳条挥击秋风，说，你坏你坏，我抽死你。母亲就回过头来，慈爱地苦笑着说，这不能怪秋风，它是在替老天来收拢它们的。老天也疼爱它的孩子，万物都是老天的孩子，这些植物是老天专门派下来滋养所有动物性命的。相隔一段时日，就把它们收回去，好让它们休养生息，好好睡一觉，待春天来临，就又分派它们下来生长，滋润大地。母亲这样一说，我也觉得这些花花草草、瓜瓜果果，是该回去与亲人团聚了，不能责怪秋风，将它们吹枯。现在想来，我的母亲是以母爱的角度，来理解大自然的枯枯荣荣现象的，具有朴素的哲思意味在里边。

后来，书读得多了才发现悲秋情结不仅我的母亲有，古人更甚。譬如唐诗人李白，在他的《秋风词》里就写："秋风清，秋月明，落叶聚还散，寒鸦栖复惊。"其中的悲情，一一浮现在字里行间。是啊，面对秋风，不光人，连鸦雀都有所惊恐，心绪不定呢。还有唐诗人贾岛的两句诗："秋风吹渭水，落叶满长安。"尤为出神入化。乍看，写得十分随意，细品却有着撼动人心的力量。遂成为千古绝句，诵者无数。诗为白描，像一幅一挥而就的风情画。然而，给人以辽阔、苍凉、入骨的凄楚之感。不信你来听，秋风浩浩荡荡，一拂万里。吹皱渭水，漾荡一片。秋意，如斯浩阔，让人感慨不已。而俯仰之间，古都长安则叶落一片，萧瑟满城。在如斯情景之下，诗人在忆友人吴处士时，不被一种别情离绪所笼罩，是不可能的。

受这些影响，渐渐地，我也有了些许悲秋情结。现在回头看来，所写悲秋诗章，该有百首之多。后来，有了一定阅历，开始理解秋风所含有的丰富内涵，心绪变得坦然起来。再后来，聆听秋风，则成为了我的一种生命需求。本来嘛，秋天属于季节中的黄金时光，万物成熟并结果之后，收获便成为了压倒一切的喜庆景象。何来那么多悲情？更何况对广大的自然界而言，季节交替是一种稀松平常的事情。因为一切都还存在着，只是以另一种形式出现罢了。枯萎，只是一种转换，而非灭绝。

对于秋天，有了客观认知之后，聆听秋风，便成为一种情趣和诗意享受了。之后，每当秋天到来之时，有去高山野岭踏足的机会，我是一概不会放过的。因为只有在那里，秋风才显得更为辽阔、空灵、爽气。音与色，也才归于完美。这样的时候，人一临秋风，心中的污浊与闷气，便随之被荡尽。仿佛临得一次浩荡秋风，灵魂便崇高了一次一样。血流，干净了许多，也畅快了许多。

有一年秋日，没有机会去远足，便去香山碰碰运气，寻觅一处听风之地。然而，观光红叶的那些地方，太过噪闹，秋声也显得杂乱不堪。有幸，终于在香山植物园西北角，遇有一处高耸的宽大平台，上架纯原木的方形长廊，造型朴拙，也显得达雅。此处，可来听风，也可远目。视野开阔得让人可敞开心怀。由此俯视东方，浩然古都，清晰在目。回首西望，即是起伏连绵的香山众峰。目光所及，均为金辉与红光。初霜之后的红枫与黄栌，点燃起所有的景致，远远近近皆幻化为童话。金色的银杏叶，在诗意地飘落着。仿佛有一架轻拢慢捻的古琴，在那里闲闲地弹奏。

此刻，最好轻微地闭起双目，让睫毛轻合、舒缓。然后，身倚廊柱，将双手抱在胸前，像胎中等待出世的婴儿。你听到了吗？从山峦背后，有什么在轻轻然、曛曛然，但又是空空然地流泻而来。你的衣领、衣角有轻微的掀动。你的发丝，开始轻抚你的额、脸颊、鼻尖。使你进入一种睡眠状态，就像在母亲的温怀里一样。你的心灵之气，像一股清流，不知要流向何处？遽然，你感觉到有人在轻轻地吻了你。那是秋风在留给你一个属于哲思的印迹，且带有深深的祝福。

山野，静若梦境。最具禅意的远方草木之香味，缓缓飘来，熏染得你全身皆是自然香气。如斯，你不能不想起，那些餐风饮露，坐禅于菩提树下的得道高僧。你可能也会想起，唐人王维和他那些，从浊世中脱颖而出的初莲般的诗作："独坐幽篁里，弹琴复长啸。深林人不知，明月来相照"来。（《竹里馆》）总之，来聆听山野里的秋风绵绵，会使你的心灵，由污浊变为清明、由复杂变为简洁、由世俗变为达观。由此看来，秋风并非一律以肃杀为能事，而只是改变了一下生存状态。秋风者，绅士也。与术士，无关。

抬头，有一群乌鸦，缓缓飞过头顶。鸣声，苍茫而极富禅味。是一种空静中的阐释吗？对于这秋风和流逝的时光，也不一定呢。山鸦，为黑金鸟，是吉祥之物。误读它，是源于我们的偏执，亦如我们误读秋风。

又见芳草碧连天

连天的芳草，且呈碧色，岂不美煞人。这是母亲的大自然赐给一切生灵，最佳的生日礼物。这是你一生享不尽的福分。我们草原人，最珍惜这一福分。假如雨水丰腴，草原八月就会展开"芳草碧连天"的景观给你看。

草浪跌宕起伏，无边亦无际，是一片舞动中的绿，是生机盎然的绿。静之极致，也在其中。我相信对此天然美景，连飞禽都会感动得落泪吧。

而"芳草碧连天"这样动感加色彩的词汇，就使你身临其境，就使你嗅到野草的清香 。也因为这些，你不能不想起李叔同这个名字。 所谓李叔同，就是后来的弘一大师。他是才子、人之楷模，是圣者。他的名声大若青山，一直耸立于世人心间。

有一首歌词《送别》就是他的感世之作：

长亭外，古道边，芳草碧连天

晚风拂柳笛声残，夕阳山外山

天之涯，地之角，知交半零落

人生难得是欢聚，唯有别离多

长亭外，古道边，芳草碧连天

问君此去几时还，来时莫徘徊

天之涯，地之角，知交半零落

一壶浊酒尽余欢，今宵别梦寒

  这首《送别》最初发表版本见于裘梦痕和丰子恺合编的《中文名歌五十曲》上。从此之后，在民间广为传唱。其中还有一段动人的故事。弘一法师在俗时，他的"天涯五好友"中有位叫许幻园的，有一年冬天，天降大雪于凄凉的上海滩，门外有人喊，见是许幻园，他说"叔同兄，我家破产了，咱们后会有期"，遂掉头便去，家门也未进。李叔同看着好友远去的背影，雪地里呆呆地站了一个小时。叶子小姐唤他几回，都没听见。随后回屋，让叶子小姐弹琴，他便含泪写下这首传世佳作。解放前的知识界，无人不爱唱此曲。有不同版本，个别字有差异。如壶与觚。翻唱者更是多之又多。

  大家熟悉的电影《城南旧事》主题曲，就是借用这首《送别》。于是又一次不胫而走，在又一代人中间迅疾传开。因为，别情离绪常随人生，自古而至今。也因为如斯，抒写《送别》者，接连不断。这首就是其中之一。

唐人王维，也有一首《送别》："下马饮君酒，问君何所之。君言不得意，归卧南山陲。但去莫复问，白云无尽时。"韵译就是："请你下马来喝一杯酒吧，敢问你要到哪里去呢？你说人生之事不如意，要到终南山那边隐居。那么只管去好了，我也不再多问，而那白云没有穷尽的时候。"这样一个一问一答之间，简洁巧妙地道出了社会和生活的真实况味，也道出了人与人之间的理解与同情。

送别，是一个十分温馨而又甜蜜感伤的词汇。人的一生里，谁没有过送别的感伤经历呢？清人沈树荣的一首《送别》就是表述这样的心情："落叶枫林两岸秋，曾于南浦动离愁。只今一片江头月，不照归舟照去舟。"月光下一叶孤独的去舟，又不知揪动了多少亲朋好友的心？而唐人王之涣的《送别》则是这样的："杨柳东风树，青青夹御河。近来攀折苦，应为别离多。"古人送行，要折柳枝。折柳，是一件很苦的差事，苦在送别。

古时传递信息不像现在，手机一打开，立马看到了对方，就像在身边。而"家书抵万金"则是古人之感叹，遥远而又沉重。一封信走一年半载，是常有的事。因而显得十分金贵。送别之状，往往也十分隆重，且带伤感。今天的人，无法理解古人的别离之苦。行动之便捷，使他们体会不到这些。坐动车，坐飞机，几千公里，几个小时就可抵达。远方儿子想妈，发个短信："妈，馋死我了，给我做一碗你拿手的辣子面吧，我两小时之后就可进门了。"而古时，就算是李白的轻舟，顺流而下，一日也就走个几百里路程而已。所谓朝发夕至，也是很短的一段距离。所以，对古人而言，送别一直是很沉重的一件事。

你想啊，长亭外，古道边，芳草碧连天，再加夕阳山外山，已够叫人寂寞的了，何况还有友人独自远去的背影，消失在一片烟水里，哪有不叫人感伤揪心的道理？这是一幅友人远行图，如此勾勒的确别具一格。这是李叔同，当时的环境与心境所致。这种情景别人也有，只是表达得没有他这般真切感人罢了。这是他的高明之处。他这样一渲染，把读者和听众，都拉进了他送行的队伍里。于是，长亭、古道、连天芳草，夕阳山外山，皆成为寂静，悠长，忧人的特殊画面，长留在人们心里。然而，愁归愁，伤感归伤感，这种场景总是让人动容，让人记忆久长，不能忘怀。因为这属于美好。

有一年夏末秋初，邵燕祥、从维熙、扎拉嘎胡、陈忠实、梁鸿鹰和我，结帮走入大兴安岭深处。当我们走进达尔滨湖罗国家森林公园的时候，满眼皆是"芳草碧连天"的金秋景色。秋风一拂，无际无涯的草浪，波动而去。一浪追赶一浪，消失在远方云际处。如梦如幻，使你不知身在何处？水草的气息，浸入你的骨髓。那份清新那份芬芳，此处独有。

而原始状态下的湖水，深不可测，我们的船走到哪里，鱼群就跟到哪里，它们跳跃水面的潇洒姿态，让我们惊叹不已。蛙声，此起彼伏，像交响乐队正在演奏《生命交响曲》。高挑的芦苇、菖蒲和不知名的水草，是礼宾队，风一吹，前仰后合，扭动腰肢，来欢迎我们。

湖岸，也有一座原生态的长亭。因为人迹稀疏，鸟儿们留下了很多排泄物。然而，一点不也不觉得扎眼，反而觉得很和谐，很温馨。站在亭子间举目望去，草浪不止，碧色连天。同行者发感慨：长亭外，古道边，芳草碧连天，此处是也。可惜弘一法师不在此处，不然，他的《送别》会有更新更美的段子呢。

的确，艺术的生命力和感召力，就在这里。生活给艺术启迪和激情。艺术又把生活装进永恒的镜面。照人心，也照天地。永无止境。是啊，在这里，在这个长亭间，我们是主人，又是客人。我们送行又被送行。

"别"这个词语，平淡而神奇，沉郁而情重。其中有多少个离绪别情的人生故事在，谁也说不清楚。"一音入耳来，万事离心去"，我们也哼起"长亭外，古道边，芳草碧连天……"此时，正好也有无边夕晖在西天，山外山，朦朦胧胧起伏不定。整个大兴安岭山脉，横卧在无限的苍茫里，似在静神而禅。遽然，我联想到了弘一大师，这个出家人。躺在这里的仿佛不是山，而是他了。

　　当我们驱车离开达尔滨湖罗国家森林公园时，正好有一群小白鹭掠过头顶，抛下几声鸣叫，奔湖而去。同行者笑着说，听，它们也在唱《送别》，为我们送行吧？我说，一定是。

图书在版编目（CIP）数据

红叶归处 / 查干著 . —北京：民主与建设出版社，
2017. 10
　　（名家散文自选集）
　　ISBN 978-7-5139-1718-6

　　Ⅰ . ①红… Ⅱ . ①查… Ⅲ . ①散文集－中国－当代
Ⅳ . ① I267

中国版本图书馆 CIP 数据核字（2017）第 235862 号

红叶归处
HONGYE GUICHU

出 版 人	许久文	
总 策 划	李继勇	
责任编辑	刘　芳	
封面设计	宋双成	
出版发行	民主与建设出版社有限责任公司	
电　　话	（010）59417747　59419778	
社　　址	北京市海淀区西三环中路 10 号望海楼 E 座 7 层	
邮　　编	100142	
印　　刷	三河市腾飞印务有限公司	
版　　次	2017 年 10 月第 1 版　2017 年 11 月第 2 次印刷	
开　　本	787mm×960mm　1/16	
印　　张	24 印张	
字　　数	218 千字	
书　　号	ISBN 978-7-5139-1718-6	
定　　价	39.80 元	

注：如有印、装质量问题，请与出版社联系。